남편을
보면

Love Life for Every Married Couple

아내가
보인다

남편을
보면

Love Life for Every Married Couple

아내가
보인다

김은영 지음

도서출판 **더 로드**
The Road Books

머리말

장남인 나는 결혼하면서 어머니를 모시겠다는 여자를 찾았습니다. 배우자를 선택하면서 어머니와 사이좋게 지낼 수 있는 여성을 원했습니다. 그런 여성이라고 생각해서 선택한 여성이 어느 날 퇴근했더니 어머니에게 소리를 지르는 것이었습니다. 그래서 순간적으로 아내에게 "세상에 어머니는 한 분이시지만 쌓인 것이 여자야."라고 소리를 질렀습니다. 그 말 한 마디는 결혼한 지 얼마 되지 않은 시점에 위기를 가져왔습니다.

아내도 직장을 다니고 있었는데 퇴근해서는 친정으로 가고 집으로 오지 않는 날이 여러 날 계속되면서 결혼생활에 위기를 맞았습니다. 고부관계는 생각한 대로 되지 않는다는 것을 실감하게 되었습니다. 아이들이 사춘기가 되면서 아내와 아이들이 갈등을 겪으며 소리를 지르는 모습을 보면서 정말 힘들었습니다. 그런 모습을 보기 싫어 밖에서 시간을 보내다가 밤늦게 집에 들어오곤 했습니다. 그것이 악순환을 가져오는 것인 줄 모르고 최선이라고 생각했습니다.

대학원에서 심리상담공부를 하면서 전문상담가로 활동은 하지 않더라도 최소한 아내나 아이들이 하는 행동이 왜 그러는지를 이해할 수 있게 되었습니다. 내가 어떻게 해야 하는지를 알게 되었습니다. 그러면서 부부관계가 좋아지고 아이들과의 관계가 좋아지기 시작했습니다. 상담공부를 하면서 무엇보다도 내가 편해졌고, 내 주변에 있는 사람들이 편해졌습니다.

서로 사랑한다며 결혼한 부부가 성격차이가 나서 못살겠다며 이혼합니다. 이 세상에 성격차이가 없는 부부는 없습니다. 갈등이 없는 부부는 없습니다. 성격차이가 나서 못 살겠다며 이혼하는 부부는 성격차이 때문에 이혼하는 것이 아니라 이혼하기 위한 구실을 찾는 것입니다. 성격차이는 헤어져야 할 이유가 아니라 극복해야 하는 것입니다.

부부간에 갈등은 생길 수 있습니다. 그러나 갈등을 겪고 부부싸움을 하고 설사 이혼을 하는 상황이 온다고 하더라도 해서는 안 될 말이 있고, 넘어서는 안 되는 선이 있습니다. 물론 화가 나는 상황에서는 힘들 수밖에 없습니다. 하지만 내가 행복하고, 부부가 행복하고, 가족이 행복해지기 위해서는 평소 대화하는 데도 훈련이 필요합니다.

부부는 행복한 결혼생활을 위해서 해서는 안 될 일이 있습니다. 의도적이든 아니든 상대방의 자존심은 절대로 건드리지 말아야 합니다. 자존심을 건드리면 상대방은 상처를 받게 되고 나의 자존심을 건드리게 되어 있습니다. 자존심을 건드리면 상처가 치유되더라도 흉터는 오랫동안 남을 수밖에 없습니다.

부부의 행복을 위해서 반드시 해야 할 일이 있습니다. 부부는 서로 차이를 인정해야 합니다. 행복했던 순간을 많이 만들어야 합니다. 매일 구체적으로 사랑을 표현해야 합니다. 상대방을 바꾸려고 하지 말고 나를 바꿔야 합니다. 상대방의 말을 귀를 기울여 들어줘야 합니다.

부부에게는 행복한 순간도 있고, 힘들고 어려운 순간도 있습니다. 부부 사이를 어렵게 만드는 것은 힘들고 어려울 때입니다. 상대방이 나를 사랑하고 있다는 확신이 있을 때는 아무리 어렵고 힘든 일이 있다고 하더라도 극복할 수 있습니다. 평소 부부는 서로에게 신뢰를 쌓는 노력을 해야 합니다.

내가 겪은 사례들은 결혼생활을 하는 사람들 누구나가 겪고 있는 일입니다. 외적으로는 편해 보이지만 내적으로는 갈등을 겪고 힘들어하는 것이 결혼생활입니다. 한 번뿐인 인생인데 가장 가까이서 매일 얼굴을 마주해야하는 배우자와 자녀들과 서로 갈등을 일으키며 살아갈 필요가 없다는 생각이 들었습니다.

살아오면서 결혼 초기에 힘들고 어려웠던 것을 극복했던 사례나 주변에 있는 지인들의 사례를 책 안에 담았습니다. 나와 같은 실수를 반복하지 않기를 바라는 마음입니다.

이 책을 쓰면서 사랑하는 아내와 딸이 자신들과 관련된 이야기를 할 수 있도록 이해해준 데 대해 고맙게 생각합니다. 이 책을 쓰며 아내나 딸이 힘들고 어려울 때 그것을 알아주지 못하고, 이해해주지 못했다는 것을 알게 되었습니다.

부부가 해야 할 것을 하지 않고, 하지 말아야 할 것을 하는 경우가 있습니다. 나중에 후회할지도 모르면서 말입니다. 해야 할 것은 하고 하지 말아야 할 것은 하지 맙시다. 그러면 내가 행복하고, 배우자가 행복하고, 가족이 행복해집니다.

제 3 장

[갈등의 이유는 달라도 원인은 감정에 있다]

제 4 장

[행복한 결혼생활을 하는 8가지 방법]

제 5 장

[상대를 바꾸려 하기보다 긍정으로 교감하라]

제1장

나는 왜 이 사람과
결혼했을까

나는 왜 이 사람과 결혼했을까

한때 나는 살아가면서 술, 담배, 결혼을 하지 않겠다고 생각했던 적이 있다. 술을 마시지 않겠다고 했던 것은 어릴 때 술을 마신 사람들이 하는 모습을 보고 좋지 않은 인상을 받았기 때문이다. 담배는 옆에서 담배 피우는 사람들의 담배연기를 들이마실 때 힘들었기 때문이다. 결혼에 대해선 부모님을 비롯해 결혼해서 살아가는 사람들이 자신이 하고 싶은 것을 하지 못하는 모습을 보면서 자유롭게 살고 싶다는 생각을 가졌던 적이 있다.

살아가면서 하지 않겠다고 한 것 세 가지 중에 담배는 아직까지 입에 한 번도 대보지 않았다. 술은 군대에서 중대장이 주는 잔도 거부했는데 공직생활하면서 가장 힘들었던 수암면사무소를 벗어나면서 기분이 좋다며 마시기 시작했다. 한때는 소주를 7병까지 마실 때도 있었고, 의식을 잃을 정도로 마셨던 적도 있다.

결혼을 하지 않겠다고 생각한 것은, 자유롭게 살고 싶다는 생각도 있었지만, 어머니를 모시고 살아야 한다는 것도 하나의 이유였다. 어머니는 어려운 환경 속에서도 안 쓰고, 안 입고, 안 드시면서 우리 삼남매를 키우셨다. 내가 어릴 때 나 때문에 누군가에게 허벅지를 걷어차이는 일을 당하시고 그 후유증으로 다리를 저시는 상태였다. 어머니는 단돈 10원도 함부로 쓰지 않으시면서 아껴 쓰시며 모으시는 분이다. 장남인 내가 모셔야 하는데 어느 여성이 시어머니를 모시면서 살려고 할까? 시어머니를 모시며 갈등을 겪지 않고 살아갈 수 있을까? 갈등을 갖고 사는 것보다는 차라리 결혼을 하지 않겠다는 생각을 했었다.

군에서 마지막 휴가를 얻어 풀무원을 방문했을 때 원경선 원장님이 말씀하셨다. "이제 결혼할 때가 되었는데 결혼할 생각이 있느냐. 여기 자네도 아는 여성이 있다. 그 여성은 자네가 좋다고 하는데 자네의 생각이 어떠냐? 남자는 남자가 하려고 하는 일을 하지 못하게 하지 않는 배우자를 만나야 한다."

결혼은 하면 괴롭고, 안 하면 외롭다고 한다. 결혼을 해야 하나, 말아야 하나 하는 고민이 들기도 했다. 어머니와 갈등이 생기지 않을 여성이 있다면 결혼할 것이라며 여성을 만나면서 얼굴이 예쁜 것보다는 어머니를 잘 모실 수 있는 여성인가를 더 마음에 뒀다. 여기저기서 중매가 들어오니까 여성들을 많이 만나봤다. 한 여성을 보고 나서 다음 여성을 만나면 전에 만났던 여성과 비교하는 습관이 생겼다. 어머니를 잘 모시고 내가 하고 싶은 일을 하도록 도와주는 여성이면 족하다고 생각

14

했는데도 말이다.

사람들은 살면서 얼굴 예쁜 것은 아무 소용이 없다고 했다. 하지만 기왕이면 얼굴도 예쁘고, 조건도 좋은 사람과 결혼하고 싶어졌다. 여성들을 만나면서 내가 좋다고 하는 여성은 여성이 싫다고 했고, 여성이 좋다고 하면 내가 싫다고 했다. 비교하는 습관이 생기면서 여성을 선택하는 것이 쉽지 않았다. 처음 생각과 달리 어머니를 잘 모실 수 있는 여성을 찾는 것이 아니라 내가 좋아하는 여성을 찾고 있었다.

아내를 만나 데이트를 할 때 30분 이상 늦게 나갈 때가 많았다. 당시에는 휴대폰도 없어서 갑자기 무슨 일이 있어서 늦게 도착하게 되더라도 연락할 방법이 없었다. 약속시간에 늦게 나가도 아내는 항상 기다리고 있었다. 어머니를 모셔야 한다고 하니까 모시겠다고 했다. 아내도 나와 두 살 차이니까 여자로서는 늦은 나이다.

더 이상 결혼을 미룰 수 있는 입장이 아니다 보니 어머니를 모시겠다고 했는지 몰라도 어머니를 모시겠다고 하니까 좋았다. 어머니를 모셔야 하는 입장이다 보니 어머니를 모시겠다는 여성과 결혼을 할 수밖에 없다는 생각이 들어 아내와 결혼한 것이다.

아내도 출근을 했으니 집에 계시는 어머니가 집안 청소며 빨래를 하셨다. 어느 날 퇴근하니까 아내가 어머니에게 막 뭐라고 소리를 지르는 것이었다. 내가 결혼할 때 사준 옷을 드라이클리닝 해야 하는데 어머니가 물세탁을 하신 모양이다. 어머니에게 큰소리를 지르니까 나도 모르게 순간적으로 아내에게 한마디 했다.

15

"그까짓 옷은 새로 사면 되는데 왜 어머니에게 소리를 지르는 거야. 어머니는 한 분이시지만 세상에 깔린 게 여자야."

서운했던지 아내는 울었고 다음 날 출근해서 친정으로 가서는 집으로 오지 않았다. 1주일 넘게 오지 않았지만 전화도 하지 않았다. 어머니를 모신다고 해서 결혼한 것인데 어머니에게 소리를 지르는 것이 용납되지가 않았다.

아내의 입장에서는 결혼 때 사준 옷이니까 비싸기도 하고 소중하게 간직하고 싶었는지 모른다. 물빨래를 하여 옷이 줄어들어 속이 상했는지 모른다. 나중에 안 사실이지만 아내는 한 번 산 옷을 10년 이상 입는 경우가 많았다. 결혼할 때 입었던 것인데도 27년이 지난 지금까지도 입는 옷도 있다. 아내는 '공주'라는 별명을 가지고 있는데 옷을 살 때도 예뻐야만 산다. 같이 살다보니 이제는 옷 가게를 지나가며 아내가 좋아하는 옷인지 아닌지를 금방 알 수 있다. 가격은 비싸지 않은 옷이라고 하더라도 한 번 산 옷은 오랫동안 입는다.

어머니는 시골에 사시면서 평생 손빨래만 하셨지 드라이클리닝은 한 번도 해본 적이 없으셨다. 집에는 손빨래하는 옷만 있었지 드라이클리닝 하는 옷은 한 벌도 없었다. 어머니는 드라이클리닝이 뭔지도 모르시는 분이셨다. 옷은 모두 손빨래를 하는 것이라고 알고 계셨다. 아무리 소중한 옷이라고 하더라도 어머니에게 그렇게 막 할 수는 없다는 생각이 들었다. 앞으로도 계속 이런 일이 발생한다면 안 된다는 생각에 나는 끝까지 잘못했다는 소리를 하지 않았다.

　나는 왜 이 사람과 결혼했을까? 이 결혼을 유지시켜야 하나. 그냥 혼자 살았더라면 이런 일이 없었을 텐데, 하는 생각이 들었다. 선도 많이 봤고, 나를 좋아하는 여자도 많았는데 하필 왜 이 사람과 결혼했을까. 원경선 원장님이 내게 소개해주시려고 했던 여성은 어떤 사람일까? 한 번 만나볼 것을 그랬나, 하는 생각이 들었다. 아버지가 월남하시는 바람에 남한에는 아버지 친척이 단 한 명도 없다 보니 어머니에게 더 애착을 가졌던 것 같다.

　아내는 어머니가 어떤 삶을 살아왔는지 몰랐다. 어머니는 물빨래만 해오셔서 어떤 옷을 드라이클리닝을 해야 하는지 몰랐다. 나는 아내의 마음을 몰랐다. 결혼은 서로 다른 환경에서, 서로 다른 방식으로 살아온 두 사람이 만나서 살게 되는 것이다. 함께 사는 부모자녀 사이나 형제지간도 이해되지 않는 것이 있는데 알지 못하는 사람과 만나서 살면서 시행착오를 겪는 것은 당연한 일이다. 콩깍지가 씐 때는 다 이해할 수 있다고 생각했지만, 콩깍지가 벗겨지면서 이해 안 되는 것이 너무나 많다.

　결혼은 사랑해서 하는 것이 아닌가 보다. 돈을 많이 가졌는지, 좋은 직장을 가졌는지 조건을 따져서 결혼하는 사람들이 있다. 하지만 그들도 싸우고 갈등을 겪고 이혼한다. 부자라고 행복한 것이 아니다. 조건이 아무리 좋고 화려하다고 하더라도 그것이 행복을 보장해주는 것은 아니다.

　괜찮은 집안의 딸 순옥 씨는 아버지가 집안 배경도 좋고 재산도 많은 사람이라며 자녀가 딸린 남자지만 결혼하라고 하여 결혼했다. 순옥 씨는 남편 덕에 좋은 지위를 얻었고, 왕성한 활동도 하면서 살아왔지만 평생 남편의 눈치를 보며 살아야 했다. 남편이 사망한 후 순옥 씨는 "남편이 사망하니까 후련하다."고 했다. 돈이 많다고 행복한 것이 아니고 집안 배경이 좋다고 행복한 것도 아니다.

살아가면서 왜 이 사람과 결혼했을까 하는 생각이 들 때가 있을 수 있다. 부부는 행복하기 위해서 결혼한 것이다. 행복을 위해서는 아무리 화가 나고 힘들더라도 해서는 안 될 말은 절대로 해서는 안 된다. 그러면 아무리 힘들고 어려운 일이 발생하더라도 이겨낼 수 있다. 서로의 입장을 조금만 배려하면 분명 행복은 찾아오게 되어 있다.

우리는 부부인가 동거인인가

2016년 우리나라의 이혼율이 30.4%로 3명 중 1명이 이혼하고 있고 황혼 이혼이 늘어나고 있다. 혼인 지속기간이 20년 이상인 부부의 이혼율이 가장 높다. 통계청 자료에 따르면 학력이 높은 여성의 비혼율이 증가하고 있는 것으로 나타났다. 경제적으로 안정되면 결혼하겠다고 하는 것이 높고, 이혼 사유 중에 경제문제가 2위를 차지하는 것을 보면 결혼생활에서 경제문제가 상당히 중요한 비중을 차지하고 있다.

요즈음 젊은 청년들이 경제적인 문제를 해결하기 위해 직장을 가져야 하는데 경쟁이 치열하다 보니 취업준비 기간이 길어질 수밖에 없다. 결혼하려면 설사 취업을 했다고 하더라도 집을 준비해야 한다. 그러다 보니 결혼하기 전에 연애를 통하여 서로를 알아가는 과정이 필요한데 그럴 시간을 갖지 못하고 있는 것이 현실이다. 신규 공무원 대부분 30세가 넘어서 들어오는 것만 보더라도 쉽게 알 수 있다.

딸에게 "아빠가 현직에 있을 때 결혼하면 좋을 텐데"했더니 "아빠! 결혼은 내 인생에 아주 중요한 일인데 아빠가 부조금을 더 받자고 일찍 결혼하는 것은 아니라고 생각해. 30세가 되기 전에는 결혼 얘기를 하지 않았으면 좋겠어."했다.

정년퇴직을 앞두고 있어 딸에게 결혼 얘기를 꺼낸 적이 있다. 딸이 아직 취업을 하지 못한 상태이기도 했지만 자기가 하고 싶은 것이 있어서 30세 이전에는 결혼을 하지 않을 계획이란다. 내가 결혼할 때는 30세가 넘으면 '노총각', '노처녀'라는 소리를 들었지만 이제는 대부분 30세가 넘어서 결혼을 하는 것이 현실이다. 40세가 넘어서 결혼하는 경우도 종종 있다.

나는 경제적인 문제로 결혼을 미룬 것은 아니지만 어쩌다가 결혼 적령기를 한참 지난 후에야 결혼했다. 나와는 물론 어머니와도 잘 지내며 고부간의 갈등이 없이 살아줄 여성을 찾았다. 그러나 그런 여성을 만나는 것이 쉽지 않았다. 그러다가 아내를 만났다. 아내도 나를 만났을 때 결혼 적령기를 넘겼었고 여동생이 먼저 결혼한 상태이다 보니 결혼을 서두를 수밖에 없었다. 만난 후 얼마 지나지 않아 결혼하게 되다보니 서로를 알 수 있는 시간도 없었다.

살다보면 의견 충돌도 생기고 갈등도 빚어지게 마련이다. 갈등이 생기면 아내는 말을 하지 않는다. 말은 하지 않지만 출근할 때 아침식사 준비는 물론 출근할 때 입을 옷은 챙겨준다. 퇴근하면 저녁식사를 차려주고는 방으로 들어간다. 이런 관계가 하루 이틀이면 괜찮은데 1주일

이상 될 때는 힘들었다.

식사는 한 끼 굶을 수도 있고, 외식으로 해결해도 된다. 그런데 말을 하지 않으니까 답답하기도 하고 힘들었다. 출근할 때 아내가 차려 놓은 밥을 먹고 소리 없이 나가고, 퇴근해서는 아내가 집에 있지만 반갑게 맞아주지 않을 때, 우리가 부부인가 동거하는 것인가, 하는 생각이 들 때도 있었다. 결혼하여 아내가 옆에 있었지만 외로웠다.

미국에서 부자가 유산을 자식에게 남겨주지 않고 애완동물인 '강아지'에게 전 재산을 물려주면서 한 말이다. '나에게 자식이 있었지만 아무도 내 옆에 있어 주지 않았다. 내가 외로울 때 나와 함께 있어준 것은 강아지밖에 없다. 그래서 나는 나의 전 재산을 강아지에게 물려주겠다.'

아무리 부부라고 하더라도 함께하는 것이 느껴져야 외롭지 않다. 강아지는 말은 하지 못한다. 하지만 만나면 꼬리쳐주고 반가워한다. 사람은 반겨주지 않더라도 강아지는 주인이 오면 옆에서 아는 체한다. 부부가 옆에 있는 것만으로는 의미가 없다. 함께하고 있다는 것을 느낄 때 비로소 가치가 있는 것이다. 사람들이 반려동물을 키우는 이유가 사람에게서 느끼지 못하는 것을 느끼기 위함인지도 모른다.

'동거'를 사전에서 찾아보면 '부부가 아닌 남녀가 부부관계를 가지며 한 집에서 사는 것'이라고 기록되어 있다. 내가 공직생활을 시작하여 얼마 지나지 않아 주민등록업무를 담당할 때의 일이다. 결혼한 여성이 주민등록등본을 발급해 달라고 하여 발급해줬더니 우리는 결혼해서 부부인데 왜 '동거인'이라고 되어 있느냐며 눈물을 글썽였다.

혼인신고를 하고 호적정리 내용이 주소지로 통보되어야 주민등록표 상에 '처(妻)'로 등재되는데, 결혼하고 혼인신고를 했더라도 호적정리 내용이 주소지로 통보되지 않으면 주소를 남편에게 옮기더라도 주민등록표 뒷면에 '동거인'으로 등재가 된다. 호주가 다른 사람이, 같은 주민등록표에 등재될 때는 동거인으로 등재된다. 그 여성은, 자신은 부부가 아닌 남녀가 부부관계를 가지며 한 집에서 사는 것이 아니라, 결혼해서 함께 살고 있는 부부인데 동거인이라고 되어 있으니까 많이 서운했던 모양이다.

내 고향 용인에 전해져 내려오는 얘기 중 '살아서는 진천, 죽어서는 용인'이라는 이야기가 있는데 여기에는 2가지 설이 있다. 한 가지는 진천은 살기 좋은 곳이고, 용인은 명당이 많은 곳이라는 설이다. 다른 한 가지는 용인에 사는 남자가 어느 날 진천에 사는 첩을 만났다는 설이다.

용인에 사는 본부인은 가족들의 미래를 위해 잔소리도 하고, 아껴 쓰면서 미래를 준비하는데 진천에 사는 첩은 아주 잘 하고 잔소리도 하지 않으니까 첩과 살림을 차렸다. 늙고 돈이 떨어지니까 첩은 집을 나가버렸다. 하는 수 없이 남자는 받아주면 다행이고 받아주지 않으면 그만이라는 생각으로 본부인을 찾아가기로 했다. 용인에 사는 본부인에게 찾아갔더니 원망을 했지만 애들의 아버지라며 받아주어 살았다는 얘기다.

부부는 지금은 힘들더라도 미래를 준비한다. 부부는 미래를 위해서 때로는 잔소리를 하기도 하고, 때로는 싸우기도 하고, 때로는 참기도 한다. 하지만 동거는 싫으면 언제라도 헤어질 수 있기 때문에 잔소리할 필요도 없고, 싸울 필요도 없고, 참을 필요도 없다. 부부는 부부관계를 갖고 아이를 놓고 부부의 수입은 각자의 수입이 아니라 공동의 수입이지만, 동거는 부부관계를 가지며 살지만 아이를 놓지 않고 생활의 필요한 비용을 반씩 부담한다.

호주나 뉴질랜드를 여행할 때 '이혼하게 되면 재산의 반을 여성에게 주어야 한다. 여성이 재혼하기 전까지는 매월 급여의 반을 여성의 통장으로 입금해야 한다. 남자가 두 번 이혼하면 거지가 된다.'는 얘기를 들은 적이 있다. 그러다보니 혼인신고를 하지 않고 동거를 한다고 한다. 재산을 빼앗기지 않으려고, 싫을 때 언제든지 헤어지려고 혼인신고를 하지 않는다고 한다. 이처럼 동거는 헤어질지도 모른다는 생각을 갖고 만나는 것이다.

우리는 오래전부터 부부는 물론 아이들도 함께 만나는 모임을 갖고 있다. 회원 중에 한 명이 이혼신고를 하지 않은 상태에서 동거를 하고 있다고 했다. 이혼하지 않고 동거하는 회원을 회원으로 계속 유지시킬 것이냐 말 것이냐를 논의하는 자리가 있었다. 대부분 친구인데 어쩔 수 없지 않느냐며 유지시키자고 했다. 부부끼리만 만나는 모임이라면 나도 동의를 하겠지만 아이들도 함께 만나는 모임인데 동의할 수 없다고 했다. 그 회원을 회원으로 유지하면 내가 나가겠다고 한 적이 있다.

부부 사이는 한순간 아주 사소한 것으로 시작된 싸움이 갈등을 낳고 남보다 못한 사이로 변할 수도 있다. 결혼할 때는 다 이해할 수 있을 것 같았지만 살다보면 점점 더 이해가 안 되는 일이 생기게 된다. 결혼하여 함께 살면서 대화가 없고 소통이 없다면 부부라고 할 수도 없고, 동거관계라 할 수 있다. 동거라면 헤어지면 그만이지만 부부는 그럴 수 없다. 부부라면 끊임없이 노력해야 한다. 상처받은 배우자의 마음을 어루만져줘야 한다.

결혼은 환상이 아니라 현실이다. 갈등이 생기면 잠시 대화를 하기 싫을 수도 있지만 그 기간이 너무 길어져서는 안 된다. 부부관계는 당사자가 풀어야지 아무도 풀어주지 않는다. 상대방이 먼저 다가오기만을 기다리지 말고 먼저 다가가라. 할 말이 없으면 미안하다고 해라. 잘못했다고 해보라.

사람들이 애완견을 좋아하는 이유가 주인에게 먼저 다가가기 때문이다. 부부 사이는 동거관계가 아니다. 부부로 살아가며 우리가 부부인가 동거인가 고민하지 말고 가족의 미래를 위해서 때로는 참고, 때로는 기다려주고, 때로는 먼저 다가가야 한다.

03

왜 결혼하면 단점만 보일까

연애할 때는 상대가 너무 적극적으로 나오면 만나고 싶지 않고, 상대가 멀리 가려고 하면 붙잡고 싶어진다. 밀고 당기기를 잘해야 자기가 원하는 사람과 결혼할 수 있다. 연애할 때는 단점은 보지 못한다. 콩깍지가 씌었기 때문이다. 항상 사랑하는 사람에 대한 생각으로 가득 차 있다. 잠시 떨어져 있더라도 보고 싶은 마음에 일에 집중하지 못하고 수시로 휴대전화를 꺼내 문자가 왔나, 카톡이 왔나 확인한다. 상대가 떠날까봐 상대방에게 맞추려고 한다. 상대방에게 홀딱 빠지면 상대방의 단점도 좋게 본다.

오래전에 주일학교 교사로 활동할 때의 일이다. 내가 가르치고 있는 남학생이 찾아왔다. 고등학교 1학년인 학생이 몇 차례 만나 잠자리를 했는데 그만두려고 하는데 여학생이 자꾸 만나자고 하는데 타일러 달라고 했다. 여학생과 얘기를 하려고 방에 가서 얘기하려고 했더니 나

25

가라고 했다. 나가지 않으면 옷을 벗겠다며 하나하나 벗어서 방을 나올 수밖에 없었던 적이 있다.

그냥 사귀다가 고등학교를 졸업하고 만나라고 했지만 아무 소용이 없었다. 한 번 콩깍지가 씌어 버리면 누가 말려도 듣지 않는다. 오히려 말리면 말릴수록 더 강하게 반발하고 부모와 심각한 갈등만 겪게 된다. 부모가 심하게 말리면 야반도주를 하는 극단적인 행동도 서슴지 않는다. 연애하면서 콩깍지 쓴 사랑이 없다면 배우자를 선택하기가 쉽지 않을 것이다. 상대방의 단점이 보이면 결혼을 주저할 것이다.

아내는 수입이 적으면 적은 대로 거기에 맞춰서 살아주니까 고맙다. 쓰레기봉투 구입비를 아끼려고 쓰레기가 발생해도 남이 버린 봉투 중에 꽉 차지 않은 봉투를 열어 거기에 담는다. 마트에서 물건을 구입할 때 주는 봉투도 모아두었다가 가져가면 20원씩 돌려주니까 모았다가 마트에 가서 현금으로 바꿀 정도로 절약한다.

어머니는 월남하신 아버지와 사시면서 모을 줄은 알아도 쓸 줄은 모르는 분이다. 아무것도 없는 데서 시작하다 보니 아끼며 살 수밖에 없었겠지만 지나칠 정도로 아끼는 어머니의 모습이 어떤 때는 부끄럽게 느껴지기도 했다. 그런데 아내가 어머니가 했던 것처럼 한 푼이라도 절약하겠다며 남이 내놓은 쓰레기봉투에 쓰레기를 넣는 모습을 보고 그러지 말라고 해도 계속한다.

그래도 남편이 시청간부 공무원이고, 청소행정과장의 부인이 남이 내놓은 쓰레기봉투에 쓰레기를 담는 모습을 다른 직원들이 보면 창피하니까 그만두라고 해도 그만두지 않는다. 이사 가며 내놓은 폐가구를 쓸 만하다고 집으로 가지고 들어온다. 아끼고 절약하는 것은 분명 장점이고 아름다운 모습이다. 그렇지만 지나칠 때는 장점으로 보이지 않는다. 그것이 분명 단점이 아니지만 단점으로 보인다.

나는 사회복지시설에서 무료급식 봉사활동을 할 때 설거지를 할 때가 많다. 설거지가 힘이 들지만 보람도 있고 재미도 있다. "집에서도 사모님 많이 도와주시겠어요."라는 소리를 봉사자들로부터 많이 듣는다. 하지만 정작 집에서는 설거지를 하지 않는다. 집에서는 청소기도 밀지 않는다. "이걸 식기라고 닦았느냐", "여기는 먼지가 많은데 잘 밀어야지 이게 뭐냐"는 소리를 몇 번 들으니까 설거지를 하고 싶지가 않다. 청소기를 밀고 싶은 생각이 없다.

아내가 워낙 깔끔하니까, 조금도 더러운 것을 보지 못하는 성질이다 보니까 아내의 기준에 맞추기가 정말 힘들다. 나름대로는 아내를 도와준다고 도와줬는데도 좋은 소리를 듣지 못하니까 도와주고 싶지가 않다. 사회복지시설에서 봉사활동을 할 때는 누가 잔소리하는 사람이 없다. 서로 격려해주는 봉사현장에서는 힘든 일을 하면서도 힘든 줄 모른다. 깔끔한 것이 흠은 아니다. 장점이다. 하지만 너무 깔끔하면 상대방에게 부담스럽다. 지나치면 장점이 아니라 단점으로 보인다.

아내를 처음 만날 때는 절약하는 것이 아름답게만 보였다. 깔끔한 것이 장점이라고만 보였다. 하지만 결혼해서 살면서 보니까 장점으로 보이지 않고 단점으로 보였다. 쓰레기봉투 값이 얼마나 간다고 남이 버린

쓰레기봉투를 열고 버리는 모습을 다른 사람이 보면 뭐라고 할까? 직원들이 보면 뭐라고 할까? 왜 저렇게까지 할까? 하는 생각이 들었고 단점으로 보였다.

아내가 새 옷을 사오면 입기가 겁이 난다. 새 옷을 입고 어디를 갔다 오면 꼭 옷에 뭔가가 묻어 있었다. 그럴 때마다 아내는 한마디 한다. 아내는 "새 옷을 사주면 뭐해, 새 옷만 입고 나가면 뭐를 묻혀 오는데 새 옷을 사줄 필요가 없어"한다. 새 옷을 입을 때 "오늘은 뭐 묻혀 오지 마세요. 옷 좀 조심해서 입으세요. 식사를 할 때 꼭 앞치마를 입고 먹으세요."새 옷을 입을 때는 조심해서 입는다.

아내에게 잔소리를 듣지 않기 위해서 뭐가 묻지 않도록 하기 위해서 조심한다. 혹 뭐가 묻으면 아내에게 잔소리를 듣지 않기 위해서 화장실에 가서 깨끗하게 빨아 온다. 괜찮겠지 하고 집에 들어오면 아내는 "오늘은 뭐 묻혀 오지 않았나."하면서 내 옷을 살펴본다.

새 옷을 입고 나가서 뭐를 묻혀 왔더라도 아무 소리 없이 깨끗이 빨아 주고 모르는 체하면 어떨까? 그래도 아내가 사준 새 옷을 입는 것을 부담스러했을까? 언젠가 아내가 어디 갔을 때 식사를 하고 설거지를 했다. 평소 같으면 식탁을 깨끗이 닦지 않았다고, 그릇을 깨끗이 닦지 않았다고 한마디 할 텐데 아무 말이 없었다. 아내가 아무 소리를 하지 않으니까 설거지에 대한 부담이 없어졌다. 그다음에는 청소기를 밀었더니 아무 소리를 하지 않으니까 청소기를 미는데 부담이 없어졌다.

아무리 깔끔한 아내라고 하더라도 조금 지저분해도 넘어가 주고 남편에게 청소를 해줘서 고맙다고 하면 남편은 청소를 도와주고 싶을 것이다. 깨끗하면 더 좋겠지만 조금 마음에 들지 않는다고 하더라도 그냥 넘어가 주면 아내 마음에 들게 청소를 하려고 노력할 것이다. 깔끔한 것이 지나치면 지저분한 것보다 못할 수도 있다. 깨끗한 것보다 부부의 행복이 더 중요하다. 깨끗하게 하기 위해서 상대방에게 부담을 준다면 장점이라고 할 수 없다. 오히려 단점이라고 봐야 한다.

설거지를 했는데 마음에 들지 않으면 남편이 보지 않을 때 다시 닦는 한이 있더라도 설거지 해줘서 고맙다고 말하면 설거지를 도와주고 싶어질 것이다. 한 번에 완벽하게 마음에 들게 하려고 하다 보면 오히려 반발을 사게 된다. 처음에는 마음에 들지 않는다고 하더라도 도와주려고 하는 마음만이라도 고맙게 받아들이면 차츰 설거지를 잘 할 수 있다.

연애를 할 때는 보이지 않던 단점들이 결혼하면 비로소 보이기 시작한다. 연애할 때는 환상이었지만 결혼은 환상이 아니라 실전이기 때문이다. 환상에서는 볼 수 없었던 것들이 실전에서는 보이기 시작하는 것이다. 완벽하게만 보였던 사람에게서 단점이 보이기 시작하면서 실망하기도 하고 갈등이 시작되기도 한다. 사랑해서 결혼한 사람이 외로워서 이혼하겠다고 한다. 완벽한 사람은 아무도 없다. 누구나 부족한 점이 있기 마련이다.

깨끗하고 정리정돈이 잘 되어 있는 것이 좋다. 하지만 깨끗한 것보다 더 중요한 것이 부부의 행복이고 가족의 행복이다. 살아가면서 절약이 정말로 중요하다. 하지만 지나친 절약보다 더 중요한 것은 부부의 행복이고 가정의 행복이다. 더 중요한 것이 무엇인지를 분명하게 아는 것이 필요하다. 그래야만 장점이 단점이 되지 않는다. 그래야만 장점이 장점으로서의 빛을 발할 수 있다.

우리 다시 시작할 수 있을까

결혼하는 친구에게 좋은 시절 다 지나갔다는 소리를 한다. 누구나 결혼할 때는 환상적인 부부라고 생각했을 것이다. 막상 결혼하면 이때까지 보지 못했던 것들이 보이기 시작하고 도저히 이해를 할 수 없다고 한다. 부모도 자식을 모르겠다고 하고, 자녀가 부모를 모르겠다고 한다. 하물며 서로 다른 환경에서 수십 년 살아온 두 사람이 만나서 함께 살면서 어떻게 상대방을 다 알 수 있나.

어머니가 드라이클리닝 해야 하는 아내의 옷을 물빨래했을 때 아내가 어머니에게 소리를 지르는 것을 보고 무심코 한마디 던졌다. "세상에 어머니는 한 분이지만 깔린 것이 여자야"했다. 아내는 서운하다고 울었다. 아내는 퇴근해서는 수원에 있는 집으로 오지 않고 과천에 있는 친정으로 갔다. 결혼한 지 얼마 되지 않은 시점이다 보니 우리 부부에게 위기가 닥쳐온 것이다. 우리 다시 시작할 수 있을까, 하는 생각이 들었다.

아내는 직장에 나가서 늦게 들어오고 어머니는 집에 있으니까 어머니가 아내를 도와주려고 빨래를 하신 것이다. 어머니는 이때까지 물빨래만 해오셨고 모든 빨래는 물로 빠는 줄만 알았다. 그런데 아내가 빨래를 해줬는데도 잘못했다고 소리를 지르니까 며느리라고 들였더니 호강은커녕 황당한 일을 당한 것이다.

아내는 젊기도 하고 도시에서만 살아왔다. 드라이클리닝 하는 옷을 입어봤고 드라이클리닝 하는 옷은 물빨래를 하면 안 된다는 것을 알고 있다. 드라이클리닝 해야 하는 옷을 물빨래 하는 것이 도저히 이해가 되지 않았을 것이다. 거기다 남편이 하는 소리가 많이 서운했을 것이다.

남편인 나의 입장에서도 어머니와 갈등이 없을 사람을 찾았는데 신혼 초에 어머니에게 소리를 지르는 것이 도저히 용납되지 않았던 것이다. 월남하신 아버지와 살면서 온갖 고생을 다 했는데 아내와 어머니가 갈등이 생긴다면 차라리 결혼을 하지 않겠다는 생각을 가지고 있었다. 남편의 입장에서는 어머니와 아내가 갈등 없이 지내기를 바랐다. 옛날부터 고부관계는 어쩔 수 없나보다.

서로가 서로의 입장을 몰랐던 것이다. 서로 악의는 없었지만 서로에게 상처를 주었고 상처를 받았다. 내가 아는 것은 배우자도 알고 있을 것이라고 생각했다. 내가 해왔던 방식으로만 생각하고 행동했다. 배우자가 어떻게 살아왔는지 모르고, 알려고도 하지 않았다. 배우자와 내가 다를 수도 있다는 생각은 한 번도 해보지 못했다.

어떤 때 사무실에서 전화를 받으면 욕부터 시작하는 사람이 있다. 가만히 듣고 있으면 스트레스 받고 짜증이 난다. 그렇다고 같이 욕을 했다가는 항상 손해를 보는 것이 공무원이다. 전화를 받다보면 요령이 생긴다. 전화를 받았는데 욕부터 하는 전화가 오면 수화기를 살며시 내려놓는다. 한참 있다가 수화기를 들어도 아직까지 욕을 하고 있으면 다시 내려놓고 상대방이 전화를 끊었으면 수화기를 올려놓는다. 그렇게 전화를 받으면 스트레스를 받을 일도 없고 말실수를 할 일도 없다.

아내의 잔소리가 시작되면 침묵을 지킨다. 무슨 말을 했다가는 문제가 더 커질 것이라는 생각에 조용히 듣고만 있다. 어떤 때는 인터넷 바둑을 두며 한잠도 자지 않고 출근할 때도 있었다. 아내와 갈등이 있을 때는 같은 집에 살고, 같은 이불을 덮고 자기는 하지만 얘기를 하지 않고 지낼 때가 있다. 아내가 옆에 있지만 외롭다.

아버지가 홀로 월남하셔서 남한에는 친척이 하나도 없다. 어릴 때 다른 친구들은 명절이면 일가친척을 만나는 날이라며 좋아했지만 우리 집에는 아무도 오지 않는다. 명절이면 혼자 산에 올라가서 있다가 저녁에 내려온 적도 있다. 명절이 싫었다. 명절이 없었으면 좋겠다는 생각이 들었다. 일가친척이 없다 보니 형제간이라도 잘 지내고 싶은데 결혼하여 성씨가 다른 사람들과 살면서 마음대로 되지 않는다. 맏이인 우리가 손해를 보자고 해도 아내는 나와 생각이 다르다. 조금 손해를 보면 되는 일을 손해를 보지 않으려고 하면서 갈등이 생기고, 싸우게 되고, 상처를 주게 되고, 상처를 받게 된다.

부부가 갈등이 생겨 남보다 못한 사이처럼 느껴질 때는 이러려고 결혼한 것이 아닌데 괜히 결혼을 했나 하는 생각이 들 때가 있다. 차라리 혼자서 사는 것이 낫다는 생각이 들 때도 있다. 서로에게 할 말 못할 말을 다하다 보면 자존심을 건드리게 된다. 자존심에 상처를 입으면 참지 못한다. 배우자의 약점을 지적하고 배우자의 자존심을 건드리게 된다. 어느 한쪽에서 무심결에 이혼을 하자는 말이 나온다.

이혼이라는 말을 한 번 들으면 '이혼'이라는 말이 자주 생각난다. 배우자가 알아주지 않았을 때, 배우자가 상처를 줄 때, 외롭게 느껴질 때 생각난다. 자주 생각나면 결국 이혼으로 연결될 확률이 높아진다. 한 번 내뱉은 말은 다시 주워 담을 수 없다. 한 번 신뢰가 깨지면 다시 신뢰를 회복하기는 쉽지 않다. 특히 자존심을 건드리면 오랫동안 남는다. 평생 갈지도 모른다.

나는 에니어그램 9가지 성격유형 중 1번 유형이다(이 책 맨 뒤 부록에 "에니어그램 9가지 성격유형의 특성"에 대한 설명이 실려 있음). 1번 유형은 성격이 급한 편이다. 남의 잘못을 잘 지적하는 편이다. 직원이 하는 일이 마음에 들지 않으면 내가 직접 해버린다. 도덕적이고 원칙을 중요시한다. 아내와 다른 사람이 갈등을 가질 때도 아내의 편이 되기보다는 옳고 그른 것을 판단해서 아내가 틀리면 아내가 잘못했다고 한다. 그럼 아내는 자기편이 되어주지 않는다고 서운하다고 한다.

1번 유형의 성격을 가진 사람들은 배우자가 잘못하는 것을 보고 잘했다고 하기는 힘들다. 더 이상 악화되지 않게 하기 위해서 여기서 그만두라고 하면 그만두지 않고 계속 한다. 끝까지 자기가 맞는다고 주장한다. 그러다 보면 관계가 악화될 수밖에 없다.

배우자가 말릴 때 못이기는 척 배우자의 말을 들으면 문제가 더 이상 악화되지 않고, 모두가 편하다. 그렇지만 화가 났을 때 그만두는 것이 말처럼 쉽지는 않다. 평소 배우자의 말을 존중해주는 훈련이 되어 있어야 가능하다.

정신건강의학과 전문의 박성덕도《우리, 다시 좋아질 수 있을까》에서 다음과 같이 말했다. '명색이 정신과 전문의인데 내 가정에 문제가 있으면 안 된다는 생각에 문제가 드러나지 않기를 바랐기 때문이다. 적극적으로 문제를 해결하기보다는 애써 감추는 데 급급했다. 그런다고 문제가 사라지는 것도 아닌데 아내와의 갈등이 겉으로 들어날까 봐 두려웠다.'

정신건강의학과 전문의 박성덕도 문제를 해결하기보다는 감추려고 했고, 갈등이 겉으로 드러날까 봐 두려워했다. 아버지학교에 참석한 것이 부부에게 변화의 계기가 되었다고 했다. 부부의 갈등이 악화된 상태에서 둘이서 문제를 풀기 쉽지 않다. 부부상담 전문가를 찾아가 상담을 받거나 아버지학교 같은 프로그램에 참여하는 것도 하나의 방법이 될 수 있다.

서로를 모르는 상태에서 무심코 던진 말 한마디는 서로에게 상처가 되고, 갈등이 되고 부부사이를 갈라놓기도 한다. 화가 나더라도 말을 할 때 상대방에게 변명할 수 있는 기회를 한 번 줘봐라. 변명을 듣더라도 상대방을 다 알 수는 없다. 하지만 상대방을 조금은 이해를 할 수 있다.

상대를 조금이라도 이해하게 되면 최소한 자존심을 건드리는 말은 하지 않을 수 있다. 자존심을 건드리지 않으면 상처나 갈등은 극복할 수 있다. 상대방의 자존심을 건드리지 않으면 조금 시간은 걸릴지 모르지만 분명 다시 시작할 수 있다.

05

애인과 부부는 다르다

사전을 보면 서로 애정을 나누며 마음속 깊이 사랑하는 사람을 애인
이라고 되어있다. 애인이 결혼하면 부부라고 부른다. 남자를 남편이라
부르고 여성을 아내라 부른다. 그런데 어떻게 된 것인지 결혼한 남자나
여자 모두 '애인이 있느냐'는 얘기를 많이 한다. 나도 애인이 있느냐는
얘기를 많이 들었다. 아내도 내게 농담으로 애인이 있느냐는 말을 했다.
요즈음에는 애인이 없으면 바보라고 말한다. 결혼한 사람이 애인이 있
다면 그것은 불륜 아닌가.

결혼하기 전 연애를 할 때는 서로 상대방의 의견을 받아주고 맞춰주
려고 한다. 금방 만났다가 헤어졌는데도 또 보고 싶다. 요즈음이야 휴대
폰 영상통화 기능이 있어 언제 어디서나 영상통화가 가능하지만 내가
결혼할 무렵에는 전화가 없는 집도 많았다. 휴대폰이 대중화하면서 편
지를 주고받는 것이 사라졌지만 당시에는 편지를 주고받았다. 사랑하

는 사람들이 주고받는 편지를 연애편지라고 했다.

애인은 결혼하기 전이니까 언제라도 헤어질 수 있다. 내가 군에 있을 때 선임 1명은 애인이 매주 면회를 왔다. 면회를 올 때는 항상 소대원이 먹을 통닭이나 간식을 가져왔다. 그래서 간식을 먹으면서 오늘도 그 선임의 애인이 면회를 왔었다는 것을 알 수 있었다.

애인이 면회를 오면 외박을 보내주는데 외박을 나가면 비용을 여성이 다 쓸 수밖에 없다. 그 선임의 애인은 월급을 받아서 연애하는 데 다 썼을지도 모른다. 그 선임은 수요일에 전역했는데 선임의 애인은 그 선임이 전역을 했는데 전역했는지도 모르고 토요일에 면회를 왔다. 그 선임이 전역 날짜도 가르쳐주지 않고 전역을 했나보다.

애인은 사귄 기간이 아무리 길어도 헤어질 수 있다. 결혼을 해도 헤어질 수는 있지만 결혼하면 이혼이라는 절차를 거쳐야 한다. 하지만 애인이 헤어질 때는 이혼 절차가 필요 없다. 한쪽이 마음에 들어 만나고 싶어도 다른 한쪽이 싫으면 일방적으로 헤어질 수 있는 사이가 애인 사이다.

내가 수원에 살 때 친구가 와서 같이 저녁식사를 하기로 했던 적이 있다. 친구가 수원에 대학친구가 있는데 같이 먹으면 안 되냐고 하여 같이 먹자고 했다. 그 대학친구는 자기가 잘 아는 집이 있다고 하여 따라갔다. 들어갔더니 아가씨 세 명이 와서 앉았다. 식사하는 장소가 아니라 룸이었던 것이다. 술을 마시고 나오는데 대학친구가 계산하겠다고 계산대로 가더니 금액이 크니까 계산을 하지 못하고 있는 것이다.

당시 나는 총각이었고 마침 월급날이라서 수중에 돈이 있어 내가 계산하고 나왔지만 만약 내가 결혼을 했다면 계산하지 못했을 것이다. 금액이 내가 받는 월급의 대부분을 써야 하는 돈이니까 감히 계산하지 못했을 것이다.

IMF 때 지인이 돈을 빌려달라고 했다. 마침 아파트를 판 돈이 있었지만 그 돈은 빌려줄 수가 없었다. 비상금으로 가지고 있는 돈을 주면서 갚지 않아도 된다고 했던 적이 있다. 내가 존경하는 분이고 신세를 진 분이라서 빌려줘야 하는데 빌려줬다가 문제가 생기면 가정의 평화가 깨질 것이라는 생각이 들어 빌려줄 수가 없었다.

군대생활을 같이 했던 동기 중 한 명은 아들이 결혼하기 전에 신용카드를 만들어 주고는 사용하고 싶은 대로 사용하라고 했다며 자랑했다. 그런데 아들을 결혼시키고 신혼여행을 다녀와서는 아들이 "아빠, 전에 제가 만들어드린 신용카드를 돌려주세요. 용돈은 아내가 직접 드릴 거예요."했단다. 그래서 신용카드를 돌려주면서 많이 서운함을 느꼈다고 했다.

결혼하기 전에 아들은 아버지가 눈치 보지 않고 용돈을 쓰시라고 신용카드를 만들어 줬는데 결혼을 하니까 아내에게 돈 관리를 맡겼다. 아내가 직접 용돈을 드리겠다고 하니까 신용카드를 회수할 수밖에 없다. 결혼하기 전에는 내 마음대로 할 수 있었지만 결혼을 한 후에는 내 마음대로 할 수가 없다. 결혼한 후에는 배우자와 의논해서 결정해야 한다.

애인일 때는 상대방의 의견을 받아주고 상대방에게 맞춰주려고 한다. 그러다보니 언제 만나더라도 반갑고 부담이 없다. 하지만 결혼하여 부부 사이가 되면 달라진다. 결혼하기 전에는 마음대로 했지만 결혼하면 마음대로 할 수도 없고 마음대로 해서도 안 된다. 연애할 때는 현재만 좋으면 되었지만 결혼하면 현재도 중요하지만 미래가 더 중요하다. 결혼하면 가족의 미래를 준비해야 한다. 미래를 준비하다 보면 잔소리할 때도 있고, 싸울 때도 있고, 갈등을 겪기도 한다. 결혼하기 전에 했던 일 중에 그만두어야 하는 경우도 있다.

아내는 연애할 때는 자신을 위해서 돈을 막 써도 아무 말을 하지 않더니 결혼하니까 아껴 쓰라고 한다. 연애할 때는 잔소리를 하지 않았는데 결혼하니까 잔소리를 한다. 연애할 때는 간섭을 받지 않고 하고 싶은 것을 마음대로 할 수 있었지만 결혼하니까 마음대로 할 수가 없다. 연애할 때는 갈등이 없었으나 결혼하니까 갈등이 생기고 싸우게 된다. 연애를 할 때는 배우자의 장점만 보이더니 결혼하니까 단점만 보인다.

사람들은 결혼해서 사랑하는 배우자가 옆에 있는데도 애인을 가지려는 이유가 뭘까. 성적 욕구를 충족하기 위해서일까. 그렇지 않을 가능성이 높다. 배우자로부터는 애인에게서 느끼는 편안함을 느낄 수 없기 때문이 아닐까. 배우자가 있지만 외로움을 느끼기 때문이 아닐까. 배우자에게는 말할 수 없는 것을 애인에게는 말할 수 있는 것이 있다고 한다. 그것이 무엇이며 왜 배우자에게는 얘기하지 못하고 애인에게는 얘기하려는 이유가 뭘까. 이유는 간단하다. 애인은 그냥 들어주는데 배우자는 그냥 들어주지 않기 때문이다.

나는 사무실에서 '애인'얘기를 많이 한다. '애인을 만나러 간다.', '애인하고 약속이 있다.'나와 처음 근무하는 직원들은 나를 이상한 눈으로 쳐다봤다. 보는 사람마다 애인이라고 부르니까 근무하면서 모든 사람을 애인이라고 부르는 사람이라고 본다.

나는 사랑하는 사람을 애인이라고 부른다. 내가 애인이라고 부르는 사람은 남자도 있고 여자도 있다. 어떤 사람들은 내가 부르는 애인이 아니라 사전에서 말하는 애인 관계를 유지하는 사람들이 있다. 지나가는 사람들이 손을 잡고 걸어가면 불륜이고, 떨어져서 걸어가는 사람은 부부라고 말하는 사람이 있다. 그만큼 불륜이 많다는 얘기다.

결혼하기 전보다 더 외롭다는 사람이 있다. 결혼해서 동반자라고 여겼던 배우자가 자신의 마음을 달래주지 않으면 외로움을 느끼게 된다. 남편은 아내가 자신을 인정해주지 않아 외롭고, 아내는 남편이 자신의 감정을 알아주지 않아 외로움을 느낀다. 사람들이 외로움을 느낄 때는 외로움을 달래줄 대상을 찾게 되어 있다.

외로울 때 찾는 것은 다양할 수 있다. 친구를 만나 술을 마시며 푸는 사람도 있고, 노름을 하며 푸는 사람도 있고, 인터넷 바둑을 두며 푸는 사람도 있다. 때로는 여자친구를 만나서 푸는 사람도 있다. 외로움을 달래줄 사람이 사랑하는 배우자라면 얼마나 좋을까.

2011년 구제역이 발생했을 때 구제역 확산을 방지하기 위해서 살아 있는 소에게 구제역 주사를 놓아 매립할 때에 대부분의 소들은 주사를 맞으면 1분이면 쓰러지는데 새끼가 젖을 빨고 있는 어미 소는 구제역 주사를 맞고도 다리를 부르르 떨면서도 3분 이상 버티는 모습을 봤다. 사람도 아무리 극한 상황에 처해 있다고 하더라도 사랑해야 할 사람이 한 명이라도 있거나 사랑해줄 사람이 한 명이라도 있으면 어떻게든 버틴다고 한다.

결혼해서 외롭다며 애인을 찾으려고 하지 말고 애인 같은 부부로 살아갈 수는 없을까. 남편이 외로우면 아내도 외롭다. 배우자가 나의 외로움을 풀어주기만 바란다면 외로움을 풀 수 없다. 배우자가 풀어주기를 기다리지 말고 내가 먼저 외로워하는 배우자의 외로움을 풀어주려고 노력해보자.

06

더 이상 외롭고 상처뿐인 결혼생활을
계속하지 마라

결혼을 하지 않고 혼자 사는 여직원이 병원에 입원했을 때 다른 사람들은 남편이 위문을 오거나 자녀들이 위문을 오는데 자신은 아무도 위문을 오지 않으니까 외로움을 느꼈다는 얘기를 들었다. 결혼을 했지만 결혼하기 전보다 더 외롭다고 하는 사람들도 있다. 결혼을 했다고 외로움을 느끼지 않는 것은 아니다. 결혼하여 배우자와 함께 살고 있지만 외로움을 느끼는 사람이 있다.

내가 사회복지계장으로 근무할 때 동사자가 발견되었는데 주머니를 뒤져보니까 종이에 쌓인 돈다발이 발견되었다. 돈다발을 싸맨 종이에 '제가 죽으면 이 돈으로 저를 장사 지내 주시고 가족에게는 절대로 알리지 말아 주세요.'라고 쓰여 있었다. 그렇다고 하더라도 연고자를 찾지 않을 수가 없어서 연고자를 추적하여 연락했다. 가족이 와서는 돈만 달라고 했다. 사체는 인수하지 않겠다고 했다.

가족에게 연락하지 말라고 한 이유를 알 것 같았다. 무슨 사연이 있었는지는 몰라도 가족이 있더라도 외로움과 쓸쓸함을 느꼈고 견디기 힘들었기 때문에 집을 나왔을 것이다. 얼마나 힘들었으면 가족도 있고 돈도 있었지만 추운 겨울에 밖에서 동사하고 말았나. 사회복지 업무를 담당하면서 노인들이 행려자로 발견되면 누구인지 신원을 확인해야 하는데 자신이 누구인지 말하지 않는 경우가 많다. 집이 어디인지 물어도 대답이 없다. 가족의 연락처를 물어도 대답이 없다. 그저 고개를 가로저을 뿐이다.

하는 수 없이 열 손가락의 지문을 채취하여 경찰서에 신원조회를 의뢰하면 바로 누구인지 밝혀진다. 가족이 어디에 살고 있는지 밝혀진다. 금방 밝혀질 것인데도 말을 하지 않는 데는 이유가 있다. 가족이 싫어서 스스로 집을 나왔거나 집에서 버림을 받아서이다. 집까지 찾아가서 가족에게 인계하려고 하면 고맙다는 인사를 하는 것이 아니라 오히려 왜 데려왔느냐고 화를 낸다. 세상에서 가장 가까운 사이가 가족관계라고 하는데 가족이 가족을 외면하는 경우를 많이 봤다.

피를 나눈 가족도 가족을 외면하는데 부부는 피를 나눈 관계가 아니다. 서로 다른 환경에서 자라다가 서로 사랑한다며 결혼한 사이다. 결혼할 때는 검은 머리가 파뿌리 될 때까지 사랑하겠다고 맹세를 했다. 괴로울 때나 즐거울 때나 항상 사랑하겠다고 맹세를 했다. 막상 결혼 후에는 갈등을 겪고 싸운다. 상대방의 자존심을 건드리고 할 말 못할 말 다 퍼부어댄다. 남에게도 하지 못할 말을 배우자에게 퍼붓는다.

아내와 처가에 갔다 오면서 갈등이 빚어질 때가 있었다. 아내가 '나는 당신을 칭찬해주고 존중해 주는데 왜 당신은 나를 칭찬해주거나 존중해 주지 않고 무시하느냐'고 했다. 나는 아내를 무시할 생각은 조금도 없었고 그냥 서로 웃자고 한 얘기인데 아내에게는 상처가 된 모양이다.

서로가 서로를 모르다 보면 상대방은 아무것도 아닌 아주 작고 사소한 것에 상처를 받는다. 상처를 주는 사람은 상처를 주고 있다는 것조차도 모른다. 상처를 받는 사람에게만 그것이 상처로 다가오는 것이다. 상처를 주는 사람이 상대방에게 왜 상처가 되는지 알면 상처를 주지 않을 수 있지만 왜 상처가 되는지 모르면 계속 상처를 줄 수밖에 없다.

상처가 깊어지면 관계가 악화될 수밖에 없다. 관계가 악화되면 같은 집에서 살지만 서로 얘기도 하지 않는다. 각자 다른 방에서 잔다. 부부이지만 서로 상대방이 집에 들어오든 나가든 관심도 없고 상관하지도 않는다. 서로 무엇을 하든지 관심이 없다. 말만 부부이지 실제로는 부부라고 보기 어렵다. 집에 들어가면 누가 반겨주는 사람이 없다. 강아지라도 있으면 꼬리라도 쳐주겠지만 강아지도 없으면 아무도 반겨주는 사람이 없다. 집이 있지만 집에 들어가기가 싫다.

어느 지인은 아내에게 살림을 맡기고 남편은 돈도 벌지도 않으면서 자기가 하고 싶은 일만 하면서 살아갔다. 아내는 가족의 미래를 위해서 이리 뛰고 저리 뛰지만 남편은 다른 여성들과 어울려 다니면서 돈만 쓰고 다녔다. 아내는 더 이상 참지 않겠다며 집을 나가버렸다. 남편은 후회를 했지만 이미 때가 늦은 것이다. 결혼을 했으면 문제를 함께 해결하려고 노력해야 한다. 어느 일방은 희생을 하고 어느 일방은 즐기기만 한다면 결코 행복한 결혼생활을 유지할 수 없다.

남편이 왜 그러는지를 도저히 모르겠다는 부부가 있다. 남편에게 왜 그러느냐고 하면 이유를 말하지 않고 싸움을 하게 된다. 상담기법 중에 상담자와 남편이 대화하는 장면을 아내가 다른 방에서 지켜보게 하는 경우가 있다.

상담자가 남편에게 왜 그러는지를 물으면 남편은 사실대로 얘기를 한다. 아내는 남편과 상담자가 대화하는 모습을 보면서 남편이 어릴 때 부모로부터 받은 상처 때문이라는 것을 알게 되었다. 아내는 비로소 남편이 왜 그러는지를 알게 되었고 남편을 이해할 수 있게 되었다.

남편이 상담자에게는 얘기하면서 왜 아내에게는 말을 하지 않을까. 남편은 그것이 자신의 약점이라고 생각하고 있었고, 약점을 아내에게 말하고 싶지 않았던 것이다. 아내에게 얘기 했더라면 서로가 편했을 것인데 얘기를 하지 않으니까 아내는 아내대로 힘들었다. 아내가 힘들어하는 모습을 보는 남편도 힘들었던 것이다.

서로 속마음을 얘기하면 서로 힘들어하거나 어려워하지 않아도 된다. 그런데 부부가 자발적으로 그런 이야기를 하기는 쉽지 않다. 사람은 상대방이 있는 그대로 들어줄 수 있다는 확신이 있어야 비로소 사실대로 이야기를 하기 때문이다.

결혼하면서 하고 싶은 것을 모두 포기해야 한다면 결혼하고 싶지 않을 것이다. 나는 내가 하고 싶은 것을 하면서 자유롭게 살고 싶어서 결혼을 하지 않으려고 했던 적이 있다. 결혼을 하더라도 결혼하기 전에 했던 것을 모두 다 할 수는 없지만 모두 다 포기하게 해서도 안 된다.

포기하고 싶지 않아도 결혼하면서 포기해야 하는 것도 있고, 아이가 생기면서 포기할 수밖에 없는 게 있는 것이 현실이다. 여성에게 아이가 생길 때 육아문제를 아내에게만 맡기고 남편이 도와주지 않을 때가 가장 힘들다. 특히 맞벌이 부부에게는 더 그렇다.

부부관계는 관계가 악화되면 남만도 못하다. 남이라면 싫으면 만나지 않으면 그만이지만 가족이라는 관계는 그럴 수도 없다. 부부간에 불화가 있으면 자녀가 힘들어진다. 자녀가 힘들어지면 결국 부모가 힘들어지는 것이다. 가족 모두가 힘들어지는 것이다. 모두가 힘들게 사는 것은 그 가족에게 불행이다. 이혼을 한다고 해서 행복해지는 것도 아니다. 모든 문제가 해결되는 것도 아니다.

요즈음 '졸혼'이라는 얘기를 많이 한다. 졸혼이 무엇인가 궁금해서 인터넷을 검색해 봤다. '결혼을 졸업한다는 뜻으로 이혼과는 다른 개념이다. 혼인관계는 유지하지만 부부가 서로의 삶에 간섭하지 않고 독립적으로 살아가는 것이다.'아내도 결혼하기 전에는 하고 싶은 것이 많았는데 결혼하면서 하고 싶은 것을 모두 포기했다는 얘기를 한다. 누구에게나 꿈이 있고 하고 싶은 것이 있다.

더 이상 외롭고 상처뿐인 결혼생활을 계속하지 마라. 결혼생활을 하면서 하고 싶은 것을 모두 포기하지는 말자. 서로 간섭하며 갈등을 일으키고 싸우지 말자. 서로 상처를 주고 상처를 받으며 살아가지 말자. 기왕 부부로 함께 살아가려면 서로 하고 싶은 것을 하도록 도와주고, 서로 하고 싶은 것을 하면서 살아가자.

남편이 외로우면 아내도 외롭다. 아내가 외로우면 남편도 외롭다. 서로 외로워하며 힘들어하지 말고 용기를 내어 먼저 다가가라. 속마음을 배우자에게 말하라. 배우자가 편해야 내가 편하고, 배우자가 행복해야 내가 행복하다. 단 한 번뿐인 인생이다. 행복하게 살아가자.

07

결혼 20년차, 우리는 어느 단계일까?

　결혼생활은 초기가 중요하다. 연애할 때는 좋은 것만 보이다가 막상 결혼하면 단점들이 보이기 시작한다. 단점을 보기 시작하면서 내가 결혼을 잘못했나 하는 생각이 들기도 한다. 그러나 걱정할 필요는 없다. 우리 부부도 결혼 초기에 이혼의 위기를 맞았지만 지금은 행복하게 잘 살고 있고, 많은 부부들이 결혼 초기의 위기를 극복하고 잘 살고 있다. 인간은 누구나 단점을 가지고 있다. 서로 다른 것도 단점이라고 보는 경우가 있는데 다른 것은 단점이라고 할 수 없다. 서로 다른 것이 불편할 수 있지만 장점이 될 수도 있다. 내가 못하는 것을 배우자가 해줄 수도 있다.

　군대생활을 할 때 군인교회에서 장교 부인들과 얘기할 때가 있었다. "남자들은 얼굴 예쁘고 몸매가 예쁜 여성을 원하는데 그럴 필요가 없다. 나도 처녀 시절에는 몸매가 예뻤지만 결혼하고 아이를 갖게 되니까

이 모양이 됐다."사실 나도 결혼생활 27년차를 맞고 있지만 얼굴이나 몸매가 예쁜 게 중요한 것이 아니라고 생각한다.

나는 결혼하기 전에는 내가 하고 싶은 것을 마음대로 해도 누가 뭐라고 잔소리하는 사람이 없었다. 결혼을 하니까 아내가 잔소리를 시작했다. 전에 했던 말을 반복해서 한다. 한 번 했던 말을 백 번도 더 들은 얘기도 있다. 좋은 얘기도 몇 번 들으면 싫증이 나는데 같은 소리를 자꾸 하니까 짜증이 나기 시작했다. 짜증이 나니까 반발심이 생겨 반대로 행동할 때도 있었다.

내가 반대로 행동하면 아내의 잔소리는 더 심했고, 나는 더 반발하며 청개구리처럼 행동했다. 부부의 갈등은 시작되었고 서로 한 집에 살면서 말도 하지 않았다. 내가 먼저 다가가면 지는 것이라고 생각했다. 누군가가 초장에 기를 꺾어 놓지 않으면 평생 쥐어 산다고 했다. 내가 반발한 것은 아내의 기를 꺾어 놓으려고 한 것은 아니다. 다만 했던 소리를 자꾸 하는 것이 참기가 힘들었고 짜증이 났기 때문이다.

아내에게 "알았다. 이제 그만해줬으면 좋겠다."고 해도 아내는 또다시 얘기를 할 때가 있다. 아내가 하는 얘기는 맞는 얘기다. 맞는 얘기라고 하더라도 조금 기다려 주고 조금 만족하지 않더라도 그냥 넘어가 줬으면 하는 생각이 들었다. 짜증이 날 때는 잔소리를 피해서 밖으로 나갔다. 밖에서 있다가 밤늦게 들어와서 바로 잠을 자려고 했다. 아내는 이불을 걷어내며 얘기를 하자고 했다.

그때는 내가 왜 그랬는지 모른다. 아내가 하는 얘기가 맞는 얘기인데

도 왜 아내의 말을 듣지 않으려고 했는지 모른다. 지금 와서 생각해 보
면 그때 아내의 말을 들었으면 더 행복하지 않았을까 생각된다. 애들이
우리의 눈치를 보면서 힘들어하지 않아도 되었을 텐데 왜 그랬는지 모
른다.

　어머니가 아버지에게 잔소리하시는 모습을 보면서 좀 그만했으면
좋겠다는 생각을 해왔다. 원경선 원장님이 "남자는 남자가 하고자 하는
일을 하지 못하게 하지 않는 여자를 만나야 한다"는 말씀이 생각났다.
내가 잘못했음에도 아내가 미웠다. 결혼을 하지 않았으면 이런 일이 없
었을 텐데 하는 생각이 들었다.

　매슬로우의 욕구 5단계 이론에 의하면 사회적 욕구는 3단계의 욕구
로 이성과의 교제를 통해서 결혼이나 연애와 같은 감정을 갈구하는 욕
구를 말한다. 3단계 사회적 욕구가 충족되면 4단계 존경의 욕구로 올
라간다. 하지만 3단계 사회적 욕구가 충족되지 못하면 정신적, 심리적,
육체적으로 안전을 확보하고 싶은 2단계의 안전의 욕구나 인간이 살
아가는 데 있어서 필수적인 동물적인 욕구인 생리적인 욕구로 떨어질
수 있다.

　여성들은 육아가 힘들다고 한다. 육아 문제를 아내에게만 맡기고 내
가 하고 싶은 일만 하려고 했다. 아내의 입장에서는 내가 얼마나 미웠
을까? '내가 이러려고 저 남자와 결혼했나, 뭐 저런 남자가 있나?' 하는
생각이 들었을지 모른다. 솔직히 나는 육아가 그렇게 힘든 줄도 몰랐고,
사춘기 아이들에게 시달리는 것이 얼마나 힘든지 몰랐다. 사춘기 애들

과 겪는 갈등에 힘들어하는 아내를 도와주지도 못했다.

여자들은 아는데 남자들은 모르는 것이 있다. 아내가 남편에게 요구하는 것이 큰 것이 아니라는 것이다. 아내가 원하는 것은 아주 작고 사소한 것이다. 남자들은 '아무것도 아닌데 자기가 하지'라고 생각하며 도와주지 않는다. 가정에서 일어나는 모든 일을 아내에게 하라고 한다면 설사 해야 하는 일이 작고 사소한 것이라 하더라도 혼자 하기에는 벅차다.

아내들은 남편이 일은 도와주지 않더라도 감정을 알아주면 힘들어하거나 외로워하지 않을 것이다. 남편이라고 하나 있는 것이 하나도 도움이 되지 않고 열만 받게 한다. 남자와 여자, 남편과 아내는 생각하는 것이 다르다. 남자는 자기가 한 일을 인정받고 싶은 반면, 여자들은 자기의 감정을 읽어주기를 바란다. 서로가 생각하는 것이 다르기 때문에 상대방의 입장을 인식조차 못할 수 있다.

남편은 남편대로 아내가 미웠고, 아내는 아내대로 남편이 미웠다. 우리 부부도 시행착오를 거치면서 전에는 듣기 싫었던 잔소리에 짜증을 내고 스트레스를 받았지만 지금은 농담으로 받아친다. 아내의 입장에서는 어이가 없지만 웃어 버린다. 전에는 서로가 힘들었지만 이제는 서로를 많이 이해하게 되었다.

아침에 출근할 때는 아내가 옷을 챙겨준다. 내 머리숱이 없고 대머리다 보니 출근할 때마다 머리를 고정하는 크림을 바르고 드라이로 머리를 만져준다. 아마 전 같았으면 거부하고 난리를 부렸을 것이다. 이제는

아내가 드라이를 가지고 오면 얌전하게 앉아서 아내가 끝내기를 기다
린다. 안 한다고 해봐야 시간만 더 걸린다.

시간이 부족하더라도 그냥 앉아서 기다린다. 시간이 없다고 일어나
려고 하면 아내와 실랑이가 벌어질 것이 분명하기 때문이다. 내가 원하
지 않는다고 하더라도 조금 기다려 주면 아내가 좋아한다. 아내가 그렇
게 하는 것을 좋아하면 그렇게 할 수 있는 기회를 줘라. 아내가 좋아하
고 행복하면 결국 내가 행복해지는 것이다. 조금만 참아주면 아내도 행
복하고 나도 행복해진다.

아내가 출근할 때마다 문까지 나와서 '뽀뽀'를 해준다. 아내가 다른
일을 하고 있을 때는 "나 나갑니다."하면 하던 일을 멈추고 재빨리 와서
뽀뽀를 한다. 아내와 뽀뽀를 하고 출근하는 날은 기분이 좋다.

아내는 처음에는 1주일에 1번 봉사활동에만 참여하더니 요즈음은
거의 매일 난타도 배우고, 풍물을 배우고, 건강체조도 배우고, 스포츠
댄스에도 참여하면서 바쁘다. 딸이 말한다. "요즈음 우리 집에서 가장
행복한 사람은 엄마인 것 같아. 뭐가 즐거운지 매일 웃고 자랑해"아무
것도 하지 않다가 뭔가를 할 때 행복해지는 것이다. 자신이 하고 싶은
것을 하는 것은 삶을 살아가는 의미를 갖게 한다.

전에는 휴일에 산행을 간다든지 한다며 짐을 챙겨달라고 하면 본인
이 챙겨가라고 했다. 지금은 말하지 않아도 알아서 챙겨준다. 미처 말을
하지 못하고 아침에 얘기해도 "진작 말하지 그랬어."하면서도 짐을 챙
겨준다. 나도 아내가 다양하게 활동하는 것을 잘한다고 격려해주고 지

지해주니까 서로 마음이 편해졌다.

　결혼 초기에는 갈등을 일으키고 싸우기도 했다. 서로를 모르는 상태에서 서로에게 상처를 주면서 위기를 맞기도 했다. 결혼한 지 27년이 지나다 보니 이제 우리는 서로를 이해할 수 있게 되었다. 이제는 설사 갈등이 생겨도 원만하게 해결할 수 있게 되었다. 서로를 지지해주고 존중해주니까 서로가 편해졌다. 우리 부부는 3단계 사회적 욕구를 넘어 4단계 존경의 욕구에 와 있다. 이제 4단계를 넘어 5단계 자아실현 욕구로 향하고 있다.

08

문제를 알면 답이 보인다

부부가 서로 갈등하는 데는 이유가 있다. 외로워하는 데는 이유가 있다. 다만 왜 갈등이 생기고 있는지를 모르기 때문에 갈등이 생기고 서로가 싸우고 서로가 힘들어하는 것이다. 외로움을 느끼는 원인이 상대방에게만 있는 것이 아니다. 분명 나와 관련이 있다. 내가 그 원인을 모르고 있을 뿐이다.

심한 갈등을 일으키고 서로 싸우고 상처를 주고 있지만 갈등의 원인이 되었던 것을 찾아보면 아주 작고 사소한 것에서 시작한다. 서로의 단점을 보기 시작하면서 실망하기도 하고 갈등을 빚게 된다. 내가 단점으로 봤던 것이 나중에 보면 단점이 아니라 나와 다른 것을 단점으로 봤던 것이다. 서로 다른 환경에서 자라면서 갖게 되는 습관들이 있다. 부모님에게서 받은 상처 때문일 수도 있고 주변에 있는 사람으로부터 받은 상처 때문일 수도 있다.

무심코 하는 행동 중에는 오랜 기간 동안 겪어왔거나 어떤 사실을 지켜보면서 생긴 것도 있고, 유전적인 것도 있다. 딸이 무엇을 사면서 아빠나 엄마에게 눈치를 보며 "이거 사도 돼"할 때가 있다. 눈치 보지 말고 사고 싶은 것을 사라고 해도 눈치를 본다. 눈치를 보지 말고 하고 싶은 것을 하라고 했는데 왜 자꾸 눈치를 보느냐고 했더니 한마디 했다.

"아빠 엄마가 나를 그렇게 키운 게 아닐까? 아마 한 번에 내가 그렇게 되지는 않았겠지. 수없이 반복된 결과가 아닐까?"맞는 말일지 모른다. 그렇지만 딸이 그렇게 눈치를 보게 했던 것이 무엇인지 도저히 생각나지 않는다. 그렇게 했던 적이 없는 것 같다. 본인도 왜 그렇게 되었는지 모른다고 한다. 왜 그렇게 되었을까?

상대방이 문제라고 생각하는 것을 정작 자신은 모르는 경우가 있다. 자기가 한 일을 어떻게 본인이 모를 수가 있느냐고 할지 모른다. 어릴 때부터 살아오면서 나도 모르게 머릿속에 각인되어 나도 모르게 자동적으로 작동하기 때문에 본인이 모를 수 있다. 우리 딸이 길을 가다가 갑자기 "꺄악"소리를 질러 깜짝 놀랐던 적이 있다. 왜 그러냐고 했더니 저기에 고양이가 있다는 것이다.

딸은 고양이에게 물린 적도 없고, 고양이와 무슨 일이 있었던 적이 없다. 고양이를 무서워 할 이유가 전혀 없다. 하지만 고양이만 보면 깜짝 놀라고 소리를 지른다. 고양이가 무서워서 고양이를 기르는 친구네 집은 가지도 않는다고 한다. 딸 친구가 딸을 놀려주려고 카톡으로 고양이 사진을 보내줘도 놀란다. 딸에게 이유를 물어봐도 왜 그러는지 이유를 모른단다. "아마 고양이와 무슨 악연이 있지 않을까?" 했다.

　이처럼 본인이 왜 그러는지 모르지만 자신도 모르게 하는 행동들이 있을 수 있다. 그것이 왜 그렇게 되었는지를 알면 해결방법도 찾을 수 있다. 하지만 왜 그렇게 되었는지를 모르면 해결방법을 찾기가 쉽지 않다. 하지만 지속적인 노력과 도움이 있으면 조금씩 좋아진다. 딸도 이제는 친구들이 놀려주기 위해 카톡으로 보내는 고양이에는 놀라지 않는다. 조금 떨어진 곳에 있는 고양이를 보고도 놀라지 않는다.

　부부도 함께 살아가며 나와는 다르다는 것을 느낄 때가 있다. 당연한 일이다. 서로 자라온 환경이 다르다. 남자로 자라오면서 보고 느낀 것이 있고, 여자로 자라오면서 보고 느낀 것이 있다. 다른 것이 모두 나쁘다고만 할 수는 없다. 남편이 소극적이고 여성적인데 반대로 아내가 남성적이고 적극적이라면 남편이 못하는 일을 아내가 대신할 수도 있고, 아내가 못하는 일을 남편이 대신해줄 수도 있다.

　아이들과 관련된 문제에서 아내와 의견이 다를 때가 있었다. 아내가 아이들을 혼낼 때 한 소리 또 하고 한 소리 또 하지 말고 짧게 끝내라고 했다. 그렇지만 아이들에게 어릴 때 똑바로 가르쳐야 한다며 혼내기를 그치지 않았다. 아내와 아이들의 갈등이 부부의 갈등으로 바뀌는 경우가 종종 있었다. 서로가 서로에게 상처를 주는 말을 할 때가 있었다. 가족 전체의 분위기가 망쳐지고 만다.

　부부로 함께 살아온 기간이 길건 짧건 서로가 서로를 모를 때는 무심코 던지는 말 한 마디가 상대방에게는 상처가 될 수도 있고, 상대방의 자존심을 건드릴 수도 있다. 서로가 서로를 힘들게 할 수 있다. 자존심에 상처를 받으면 상대방을 불신하게 된다. 다시 신뢰를 확보하는 데는 많은 시간이 필요하다.

서로 간에 갈등이 생기고 상처를 줄 때는 이성적인 판단을 하기가 쉽지 않다. 이성적인 판단을 위해서는 부부가 싸우더라도 잠시 멈추는 시간이 필요하다. 부부가 싸우다가 잠시 멈추려면 싸울 때도 룰이 필요하다. 잠시 멈추면 자신이 한 말을 되돌아볼 수도 있고, 이성적으로 판단할 수 있다.

부부가 서로 다른 것이 잘못된 것이 아니라 남자와 여자가 다른 것처럼 다른 것에 불과하다. 에니어그램에서는 사람의 성격유형을 9가지로 나눈다. 누구에게나 9가지 성격유형의 특성이 모두 존재한다. 다만 어떤 유형의 특성이 높고 낮은가에 따라 다르게 보일 수는 있다. 그리고 건강한가, 불건강한가에 따라 특성이 다르게 나타날 수는 있다. 어떠한 성격도 장점만 있는 것이 아니고, 어떠한 성격도 단점만 있는 것이 아니다.

누구나 장점도 가지고 있고, 단점도 가지고 있다. 본인 스스로 어떤 노력을 하느냐에 따라 자신의 장점을 더 개발할 수도 있고, 단점을 고칠 수도 있다. 에니어그램의 1번 유형은 건강할 때는 양심적이고 옳고 그름에 대한 강한 신념을 가지고 있다. 합리적이고 이성적이며 자기 원칙적이고 성숙하며 절제한다. 그렇지만 불건강할 때는 자기 정당화, 인내심 결여, 고도의 교조주의, 유연성 결여의 특성을 가질 수 있다.

1번 유형은 본인이 발전하려면 남을 비판하지 말고 귀감이 되어야 한다. 스스로 약속한 것을 지켜야 하고, 자신의 기준을 낮춰야 한다. 다른 유형들이 1번 유형과 잘 지내려면 깔끔하게 정리를 해야 하고, 시간을 지켜야 하고, 규칙을 따라야 한다.

1번 유형이라고 하더라도 건강할 때 다르고, 불건강할 때 다르다. 부부관계도 마찬가지다. 부부관계가 원만할 때 다르고, 서로 갈등하고 서로 힘들 때가 다르다. 1번 성격유형을 알고 있으면 1번 성격유형을 대할 때 어떻게 대해야 하는지 알 수 있다. 1번 유형이 무엇을 좋아하는지 무엇을 싫어하는지 알 수 있다.

부부가 서로를 알면 서로를 어떻게 대해야 하는지를 알 수 있다. 서로의 성격을 모르면 도와줄 수 없지만 서로의 성격을 알면 서로를 이해할 수도 있고, 서로를 도와줄 수도 있다. 서로를 알기 위해서는 무의식적으로 하는 행동들에 대해 서로 솔직하게 이야기를 나눌 필요가 있다. 때로는 본인도 모르는 경우가 있을 수 있다.

부부라도 서로를 모르면 갈등이 생기기 쉽다. 나는 아무것도 아니라고 생각하는 것을 상대방은 큰 것이라고 생각하고 자존심을 건드리는 것이라고 생각할 수 있다. 나는 크고 자존심을 건드린다고 생각하는 것을 상대방은 아무것도 아닌 것이라고 생각할 수 있다. 상대방이 어떤 것을 크게 생각하고, 어떤 것을 작게 생각하는지를 알아야 한다. 작은 것을 큰 것으로 보는 것은 틀린 것이 아니라 서로 다르게 생각하는 것이다.

문제가 무엇인지를 감추려고 한다면 문제를 해결할 수 없다. 어떤 문제는 나는 아는데 상대방은 모르는 경우가 있다. 어떤 문제는 상대방은 아는데 나는 모르는 경우가 있다. 어떤 문제는 나도 모르고 상대방도 모르는 문제가 있다. 서로가 문제를 해결하려면 문제를 알아야 한다. 문제를 알기 위해서는 서로 노력해야 하고 이성적이어야 한다. 문제를 알아야만 답이 보인다.

제 2 장

남편을 보면
아내가 보인다

01

나는 왜 아내에게 거짓말을 할까?

거짓말은 나쁜 것이라는 사람이 있고, 선의의 거짓말은 필요하다고 하는 사람이 있다. 나도 이따금 선의의 거짓말이라며 아내나 주변 사람들에게 할 때가 있다. 때로는 상대방이 기분 나쁘지 않게 하려고 할 때가 있고, 때로는 잔소리를 듣지 않기 위해서 할 때가 있다. 선의의 거짓말을 통해 나도 편하고 상대방도 편할 때가 있다.

아내에게 뭘 사다주고 얼마냐고 말할 때 사실대로 말하면 왜 비싸게 사왔느냐는 소리를 듣는다. 그다음부터는 비싸게 사와도 싸게 샀다고 하거나 누가 선물로 줬다고 한다. 그러면 잔소리도 듣지 않고 편하다. 그러다가 한번 당했던 적이 있다. 비싸게 사왔는데 아내에게 싸게 사왔다고 했더니 지인들에게 싸게 샀다고 자랑을 한 모양이다. 지인들 몇 명이 자기도 사달라고 했다며 나에게 살 수 있느냐고 했다. 아내에게 거짓말을 했다고 말하지 못하고 돈을 보태서 사줬던 적이 있다.

아내가 선물을 받으면서 가격을 묻지 말고 고맙다며 반갑게 받으면 거짓말을 할 필요가 없다. 사실대로 말하면 비싸게 사왔다고 잔소리를 하니까 싸게 사왔다고 거짓말을 하게 된다. 딸이 아빠의 생일 선물이라며 명품 지갑을 사왔다. 아내가 얼마를 주고 샀느냐고 물어 사실대로 대답을 했더니 돈도 벌지 않으면서 그렇게 비싼 것을 사왔다며 다시 반품하라고 했던 모양이다. 딸이 반품을 해야 하나 말아야 하나 고민하고 있었다. "아빠는 명품을 좋아하지 않아 딸이 아빠를 생각해 주는 것만으로도 고마워"했던 적이 있다.

딸을 태우고 어디를 갈 때 사거리에서 신호를 기다리고 있었다. 딴짓을 하다가 앞차를 추돌하고 말았다.

"엄마에게는 아무 소리를 하지 마라."

"아빠 왜"

"엄마가 알면 조심하지 않고 운전을 하며 왜 딴짓을 하느냐고 잔소리를 듣게 되니까 아무 말도 하지 마라."

아내에게 사실대로 말할 때 잔소리를 하지 않고 사실 그대로 들어주면 구태여 거짓말을 할 필요가 없다. 이때까지 그래왔던 것처럼 앞으로 아내의 잔소리를 몇 번 들어야 할지 모르니까 잔소리를 듣고 싶지 않아서 아내에게 거짓말을 계속하게 된다. 때로는 눈을 감아주면 좋겠는데 그러지 않으니까 계속하게 된다.

"비자금을 숨기지 말고 나에게도 좀 쓰세요."

아내도 서울시립대학교 교직원이었으니까 공무원 보수가 어떻게 나오는지 다 알고 있다. 그리고 조카 녀석이 공무원인데 미주알고주알 다 얘기하니까 다 알 수밖에 없다. 아내가 비자금 얼마나 가지고 있느냐고 할 때마다 나는 비자금이 없다고 한다. 연가 보상비도 있고, 성과상여금도 있지만 성과상여금을 받지 못했다며 발뺌을 했다. 아내는 다 알면서도 속아주지만 나는 철저하게 아내에게 거짓말을 한다.

IMF 때 지인이 돈을 빌려달라고 했던 적이 있다. 마침 수원에 있는 아파트를 판 돈은 있었지만 지금 전세를 살고 있는 입장이다 보니 그 돈을 선뜻 빌려줄 수는 없었다. 내가 신세를 진 것도 많아 빌려줘야 하는 입장이었지만 돈이 없다며 빌려주지 않았다. 마침 연가 보상비를 타서 조금 있는 돈을 주면서 갚지 않아도 된다고 하며 빌려줬던 적이 있다. 그 돈을 빌려줬다가 제때에 받지 못하면 가정의 평화가 깨질 것 같았다.

사람이 살다 보면 진실을 말하는 것보다 선의의 거짓말을 해야 할 때가 있다. 선의의 거짓말을 통해서 상대방을 위로해줄 때가 있다. 상대방에게 상처를 주지 않기 위해서 선의의 거짓말을 해야 할 때가 있다. 사실대로 말하는 것이 본인은 물론 상대방에게도 도움이 되지 않을 때 선의의 거짓말을 할 때가 있다.

아내에게 선의의 거짓말을 많이 하다 보니 이제는 거짓말을 하는 것을 알면서도 잔소리를 하지 않는다. 그러다 보니 구태여 거짓말을 할 필요가 없다. 아내에게 거짓말을 하게 되는 것은 아내가 어떻게 반응하느냐에 달려 있다고 할 수 있다. 사실대로 말을 하더라도 크게 문제가 되지 않는 것은 그대로 받아주면 거짓말을 하지 않는다. 하지만 사실대로 얘기를 했을 때 과민하게 반응하면 사실대로 말하기가 쉽지 않다.

산책을 하고 있는데 노인 3명이 그늘에서 소주를 마시며 하는 얘기가 "부부간에는 거짓말을 해서는 안 된다.", "들키지만 않으면 된다."하는 소리가 들렸다. 부부관계는 신뢰가 형성되어야 한다. 무슨 일이든 사실대로 얘기할 수 있는 여건이 조성되어야 거짓말을 하지 않게 된다. 들키지만 않으면 된다는 얘기는 외도를 해도 들키지만 않으면 된다는 소리로 들린다.

남편이 외도를 하고 아내에게 거짓말을 하는 것은 선의의 거짓말이라고 할 수 없다. 남편의 외도는 가정을 파탄으로 몰고 간다. 부부에게 가장 심각한 상처를 입히는 것이 배우자의 외도다. 배우자에게 들키느냐 들키지 않느냐가 중요한 것이 아니다. 이때까지 서로 노력하며 좋은 관계를 유지해왔던 부부라고 하더라도 배우자의 외도는 지워지지 않는 상처로 남는다.

부부가 서로 신뢰하고 그대로 받아들이면 선의의 거짓말이라고 하더라도 할 필요가 없다. 선의의 거짓말을 하는 이유는 부부가 서로 좋은 관계를 유지하고자 하는 마음에서 시작되는 것이다. 갈등이 발생하지 않도록 하기 위해서 거짓말을 하는 것인데 사실대로 말할 때 불편하게 하지 않으면 구태여 거짓말을 할 필요가 없다.

남편이 아내에게 선물을 주면 얼마 주고 샀느냐고 묻지 말고 그냥 고맙다며 받으면 주는 사람이 편하다. 받는 사람이 기쁘게 받으면 주는 사람도 기쁘다. 하지만 얼마에 샀느냐고 물을 때 비싸게 샀다고 하면 아내가 "왜 그렇게 비싼 것을 샀느냐.", "가서 환불해 와라."할 것이 분명하기 때문에 싸게 샀다고 하는 것이 편할 때가 있다. 그러다 보니 선의의 거짓말을 할 수밖에 없다.

선의로 거짓말을 많이 하다 보니 아내는 진짜 누가 선물로 준 것을 선물로 받았다고 하면 돈 주고 사왔으면서 선물로 받아왔다고 거짓말을 한다고 할 때가 있다. 아내는 내가 하는 말 중에 어느 것이 진실이고 어느 것이 거짓인지 모르겠다고 말할 때가 있다. 나쁜 짓을 한 것은 아니다. 하지만 선의의 거짓말을 많이 하다 보니 진실을 말해도 거짓말을 하는 것으로 받아들일 때가 있다.

나는 왜 아내에게 거짓말을 해왔으며 지금도 거짓말을 하고 있나? 아내와 갈등을 빚지 않으며 잘 지내기를 바라기 때문이다. 아내가 잔소리를 하는 것이 듣기 싫었던 것도 있지만 아내가 편하게 받아들이게 하고 싶은 마음도 있다. 사실을 말하는 사람이 눈치를 보며 말하게 해서는 안 된다. 말하는 사람이 편하게 말할 수 있도록 해야 한다.

02
남편은 아내의 거울이다

누구에게나 나도 모르게 하는 행동이 있다. 이런 행동을 하게 되는 원인을 살펴보면 가족관계에서 비롯되는 경우가 많다. 부모와의 애착 관계에서 나도 모르게 반복되면서 습관화되어 나도 모르게 무의식적으로 행동하는 경우가 많다. 그렇기 때문에 부모가 어떻게 자녀를 가르치고 기르느냐는 아주 중요하다. 부모 때문에 하게 되는 행동이 있고, 부모 때문에 하지 않는 행동도 있다.

시집살이를 호되게 한 며느리가 나중에 자신이 시어머니가 되면 시집살이를 절대 시키지 않겠다고 했는데 막상 본인이 시어머니가 되고 보니 시어머니보다 더 심하게 시집살이를 시킨다는 얘기가 있다. 언젠가 에니어그램 성격검사 봉사활동을 할 때 한 가족 4명이 왔다. 성격검사를 해주면서 "부모님이 자녀에게 이런 요구를 자주 하시나요." 했더니 부모가 깜짝 놀라며 "그걸 어떻게 알았습니까?" 했다.

부모가 자녀에게 무엇을 요구하느냐에 따라 자녀는 무의식적으로 부모의 욕구를 만족시켜 주려고 한다. 부모의 욕구를 만족시켜 주려는 일이 반복되면서 나도 모르게 성격으로 형성된다. 성격으로 형성되면 나도 모르게 그런 행동을 하게 된다. 때로는 부모가 자녀에게 무의식적으로 요구하면서도 정작 부모는 그것을 모를 때가 있다. 자녀가 하는 행동은 다른 것에서 영향을 받은 경우도 있지만 부모의 영향을 가장 많이 받게 된다.

결혼 초기에 아내가 너무 깔끔한 것이 내게는 너무 부담스러웠다. 지저분한 것을 절대로 참지 못하는 아내에게 맞추기가 쉽지 않았다. 깨끗한 것이 좋기는 하지만 항상 정리정돈이 되어 있어야 한다는 것이 부담스러웠다. 조금 지저분하면 어떠냐고 해도 아내에게는 용납이 되지 않는 모양이다. 자신은 그렇게 살아왔는지 모르지만 나는 그렇게 살아오지 않았고 부담스럽고 힘들었다.

부부는 서로 살아온 환경이 다르다. 서로 다른 환경에서 살아오면서 자신도 모르게 행동하는 것들이 생겼을 수 있다. 나와 다른 것이 처음에는 불편할 수 있다. 왜 저 사람은 저럴까? 하는 생각이 들 때도 있다. 살아가다 보면 자신을 상대방에게 맞추려고 하는 것도 있고, 상대방을 자신에게 맞추려고 하는 경우도 있다. 상대방을 자신에게 맞추게 하려다 보면 갈등이 생길 수도 있다.

남편이 어떻게 하느냐에 따라 아내의 모습이 달라진다. 반대로 아내가 어떻게 하느냐에 따라 남편의 모습이 달라진다. 아내가 지저분하다고 하며 청소기를 밀어달라고 하여 청소기를 밀었는데 "여기는 빠졌네. 여기는 이렇게 해야 하는데 엉터리로 했네."하면 그다음에는 내가 잘못했으니까 더 잘 밀어야 하겠다는 생각보다는 해줘도 말이 많다며 하고 싶지 않게 된다.

결혼 초기에 내가 늦게 퇴근하더라도 아내는 밥을 먹지 않고 기다렸다. 자지 않고 기다리고 있었다. 거의 매일 늦게 들어오는 날이 많으니까 어느 날부터는 자고 있다. 남편이 온 것도 모르는 경우도 있다. 아내 입장에서는 늦게 들어오는 날은 전화를 해주면 편할 텐데 전화도 주지 않고 늦게 들어가니까 기다리면서 짜증이 난다.

부부로 함께 살면서 아침에 일찍 나가고 저녁에 들어와서 잠만 자고 나갈 때는 대화도 거의 없을 때가 있었다. 밖에서 활동하는 사람은 정신없이 바쁘기도 하고 할 일도 많지만 집에서 기다리는 아내의 입장에서는 정말로 짜증이 날 수밖에 없다. 이제는 사전에 약속이 있는 경우에는 출근하면서 오늘은 저녁을 먹고 들어온다고 말하고, 갑자기 약속이 잡히는 경우에는 전화로 저녁식사를 하고 들어간다고 한다.

기다리는 것은 정말 지루하다. 나는 약속시간보다 30분 정도는 일찍 나가서 기다리는 편이다. 일찍 나가서 아무것도 하지 않으면서 기다리는 것은 정말 지루하고 짜증이 난다. 언젠가부터는 약속시간에 미리 나가면서 책을 한 권 가지고 나간다. 책을 읽고 있으면 지루하지도 않고 설사 바람을 맞더라도 크게 손해 볼 일이 없다. 요즈음은 휴대폰이 있어서 어디까지 왔냐고 연락을 할 수도 있고, 휴대폰으로 인터넷을 검색

할 수도 있고, 카톡을 할 수도 있고, 게임을 할 수도 있다. 그런다고 하더라도 기다리는 것은 지루하다.

집이 편해야 남편은 집에 일찍 들어간다. 집보다 밖이 더 편하면 집에 일찍 들어가지 않고 밖에서 시간을 보내려고 한다. 북유럽 여행을 하다 보니 우리나라처럼 야간문화가 없다. 일요일에는 마트에서 술도 팔지 않는다고 한다. 그러다보니 퇴근하면 바로 집으로 갈 수밖에 없다고 한다. 가족과 보내는 시간이 많다고 한다. 우리나라도 술 문화가 바뀌어 가고 있다고 한다. 전에는 회식을 하면 2차, 3차까지 마시며 코가 삐뚤어지게 술을 마셨다. 요즈음에는 혼주나 홈술이 늘어나고 있다고 한다.

여성들은 하루에도 수십 번 거울을 쳐다본다. 특히 외출을 할 때는 반드시 거울을 쳐다본다. 그것도 모자라 핸드백에 거울을 가지고 다니며 수시로 거울을 본다. 자식을 보면 부모를 알 수 있는 것처럼 남편을 보면 아내를 알 수 있다. 남편이 하는 행동은 아내와 연결되어 있다.

PPT 발표연습을 하고 있는데 딸이 옆에서 보더니 "아빠 휴대폰으로 녹음을 해서 들어봐"했다. 녹음하지 않고 연습할 때는 내가 어떻게 하고 있는지 몰랐었는데 녹음을 하며 연습을 하니까 한 번 연습하고 다시 들어보고, 다시 한 번 연습하고 다시 들어보면서 잘못된 부분이나 언어 표현이 적절하지 않은 것을 수정해 나갈 수 있었다.

평면거울은 어떤 사실을 그대로 보여준다. 거울에는 자동차 백미러로 사용하는 볼록거울이 있고, 오목거울은 빛을 모아주어 물체를 더 밝게 볼 수 있도록 해주어 손전등의 반사경이나 현미경의 반사경으로 사용한다. 거울이 평면이면 있는 그대로를 보여주지만 볼록거울이나 오목거울은 그대로를 비춰주지 않는다.

발표연습을 하면서 녹음만 하더라도 말을 어떻게 하는지 알 수 있으니까 말의 거울이라고 할 수 있다. 동영상으로 녹화를 하면 말하는 것뿐만 아니라 손짓이나 표정 등도 모두 볼 수 있어서 좋다. 어느 부분을 고쳐야 하는지 쉽게 알 수 있다. 본인도 모르게 하는 습관들을 볼 수 있고, 고칠 수 있다.

아내는 남편이라는 거울을 보면서도 거울에 비친 자신의 모습을 읽지 못하는 경우가 많다. 아내는 남편이라는 거울을 평면거울이 아니라 어느 부분은 오목거울로 보고, 어느 부분은 볼록거울로 보고, 어느 부분은 평면거울로 본다. 평면거울로 보면 있는 그대로를 볼 수 있지만 어떤 거울로 보면 거꾸로 보이고, 어떤 거울로 보면 일그러져 보이고, 어떤 거울로 보면 작게 보인다.

남편이나 아내나 있는 그대로를 보고 싶으면 평면거울로 봐야 한다. 남편이 아내의 거울임에도 다른 거울로 보면 안 된다. 자신의 모습을 제대로 보려면 평면거울로 봐야만 자신의 모습을 제대로 볼 수 있다. 그래야 화장을 하면서 립스틱을 제대로 바를 수 있고, 눈썹을 제대로 그릴 수 있다. 오목거울이나 볼록거울로 보면 제대로 화장을 할 수가 없다.

지인 중 다니던 회사에서 퇴직을 당했음에도 한동안 아내에게 사실을 말하지 못하고 고민하며 평상시 출근해오던 시간에 집을 나오고 퇴근하던 시간에 집에 들어가는 사람이 있었다. 아내에게 어떻게 얘기해야 하나 고민하면서 얘기를 하지 못하고 있었다. 이럴 때 눈치 보지 않고 아내에게 사실을 말할 수 있어야 한다. 아내가 충격을 받거나 힘들어하면 말하는 것을 주저할 수밖에 없다.

남편은 아내의 거울이고, 아내는 남편의 거울이다. 거울을 자주 봐야 자신의 모습을 제대로 볼 수 있고, 잘못된 모습을 고칠 수 있다. 거울이 평면거울이라야 있는 그대로를 볼 수 있다. 있는 그대로를 볼 수 있어야 화장을 고칠 수 있다. 남편의 모습을 제대로 봐야 아내는 어떻게 해야 할지를 알 수 있다.

잔소리는 습관에서 비롯된다

아내의 잔소리 중에는 가족의 미래를 위한 것도 있을 수 있다. 남편에게 잔소리를 하면 그 순간은 시원하고 스트레스가 풀릴 수 있을지 모르지만 남편을 주눅 들게 한다. 행복하기 위해 한 결혼을 불행하게 만드는 것에는 여러 가지가 있다. 그중에 하나가 아내의 잔소리다. 아내의 잔소리는 남편뿐만 아니라 본인도 힘들게 하고 불행하게 만든다.

아이들이 어릴 때는 화장실에 들어갈 때 문을 잠그지 않고 들어갔다. 그런데 지금은 화장실에만 들어가면 문을 잠근다. 애들이 문을 열어 놓고 세수를 하거나 머리를 감을 때는 밖에서 다 보인다. "칫솔질은 이렇게 해라. 비누는 이렇게 써라. 세면대는 깨끗이 써라. 머리를 감을 때는 이렇게 감아라. 머리를 말릴 때는 이렇게 해라."아내는 잔소리를 한다. 잔소리를 하는 아내와 아이들 사이에는 실랑이가 벌어진다.

실랑이가 반복되면서 아이들은 화장실에만 들어가면 문을 잠근다.

아내는 집에서 화장실에 들어가면서 왜 문을 잠그는지 모르겠다고 하지만 아이들은 또 잔소리를 들을까봐 문을 잠그는 것이다. 아이들은 문을 잠그면 잔소리를 듣지 않으니까 화장실에만 들어가면 무조건 문을 잠근다. 아내의 잔소리가 아이들에게 문을 잠그는 습관을 만들어준 것이다.

잔소리를 듣기 싫어하는 이유는 했던 얘기를 자꾸 반복하거나 지나치게 길게 얘기하기 때문이다. 좋은 얘기도 자주 들으면 듣기 싫은 법이다. 좋은 얘기도 반복되면 잔소리가 된다. 잔소리가 길어지면 짜증이 나고 스트레스를 받는다. 했던 얘기를 반복하거나 잔소리가 길어지면 잔소리를 듣지 않는 방법을 찾게 된다. 회피하는 방법이 있고, 싸우는 방법이 있다. 회피하는 방법이나 싸우는 방법은 모두 좋은 방법이 아니다.

잔소리가 부부싸움이 되어 아내가 큰소리를 지를 때 조용히 밖으로 나가는 남편의 속마음은 더 이상 악화되는 것을 막으려고 하는 것이다. 그러나 아내는 남편이 자기를 무시했다고 생각한다. 아내는 남편의 속마음을 읽지 못하고 남편은 아내의 속마음을 읽지 못하면서 갈등이 생기고 싸움이 생기고 서로 상처를 주고 상처를 받는다.

아내가 잔소리를 하는 속마음은 잘되기를 바라는 마음일 것이다. 남편에게 스트레스를 주려고 하거나, 싸움을 걸기 위한 것은 아닐 것이다. 그러나 남편은 아내가 하는 말이 잔소리로 들리면 짜증이 나고, 화가 난다. 아내의 속마음을 남편에게 전달되게 하려고 길게 하고 반복하는지는 몰라도 길게 한다고 머릿속에 각인되는 것이 아니다. 자꾸 반복한다고 해서 각인되는 것이 아니다. 오히려 반발심만 커지고, 짜증만 나고, 점점 듣고 싶지 않아진다.

아내가 크게 소리를 지르면 남편은 급격하게 혈압이 오르고, 맥박이 빨라지고, 호흡이 가빠진다고 한다. 습관적으로 큰소리를 지르는 사람들은 습관이 되어 모르지만 큰소리를 듣는 사람은 혈압이 오르고, 맥박이 빨라지고, 호흡이 가빠진다. 누구에나 큰소리를 지르는 사람보다는 그 소리를 듣고 참는 쪽이 더 힘들다.

세계적인 대문호 톨스토이도 여든두 살에 아내의 잔소리를 피해 나와 어느 시골역사에서 죽으며 남긴 유언에 아내가 절대로 가까이 오지 못하게 해달라고 했다고 한다. 잔소리가 얼마나 사람을 힘들게 하는지를 말해주는 단면이다.

아내의 속마음이 남편에게 전달되게 하려면 남편을 비난하지 말고 "자신이 느낀 서운한 마음을 얘기하고 싶다"고 하고 요점만 간단하게 말해야 한다. "지난번에 얘기했는데 왜 고치지 않느냐.", "쉬는 날이라고 당신이 도와주는 게 뭐 있어.", "새 옷을 사주면 뭐해 옷도 챙기지 않고 매일 뭐를 묻혀 온다."는 부정적인 말은 도움이 되지 않는다. 부정적인 말보다 "이렇게 도와주면 내가 덜 힘들 것 같다."처럼 도움을 요청하는 것이 필요하다.

아내가 비난하지 않으며 요구하는 말에는 귀를 기울이지만 잔소리하는 아내의 말에는 귀를 기울이지 않는다. 잔소리하는 아내의 말은 듣지 않던 남편도 애교를 부리는 여성의 말은 들어줄 때가 있다. 잔소리는 누구나 듣고 싶지 않다. 남편이 잔소리를 하면 아내가 싫어하고, 아내가 잔소리를 하면 남편이 싫어한다.

최성애 박사는 《부부 사이에도 리모델링이 필요하다》에서 과학적으로 '아내의 목소리가 크면 이혼을 하거나 남편이 일찍 죽는다'는 것이 밝혀졌다고 말한다.

여기서는 아내의 목소리가 크면 이혼을 하거나 남편이 일찍 죽는다고 했지만 반대로 남편의 목소리가 크면 아내가 힘들어진다. 공격하는 쪽은 속이 시원하고 스트레스가 해소될지 모르지만 참는 쪽은 스트레스 받고 속이 문드러진다. 서로의 평화를 바라는 마음으로 참고 견디지만 언젠가는 곪아서 터진다.

내 휴대폰에는 수신이 거절된 사람이 몇 명 있다. 전화를 해서 이상한 것을 요구하거나 괜한 트집을 잡는 사람들이다. 그 사람들의 목소리를 들으면 짜증이 나고 스트레스를 받는다. 목소리도 듣고 싶지 않다. 스트레스를 받고 싶지 않아서 휴대폰에 수신거부를 설정해 놓은 것이다. 함께 사는 부부라고 하더라도 잔소리가 심해지면 잔소리를 듣고 싶지 않아 피하고 싶어진다.

아내가 뭘 하라고 하면 언젠가부터 "나는 원래부터 그런 사람이야."라는 말을 자주 한다. 내가 원래부터 그런 사람이라고 말하는 것은 그냥 있는 대로 봐주기를 바라는 나의 표현이다. 아내가 가끔 내게 하는 말이 있다. "바보 멍청이야"하면 나는 "내가 바보 멍청이면 당신은 바보 멍청이 마누라야"라고 하고, "곰탱이야"하면 "내가 곰탱이면 당신은 곰탱이 마누라야"할 때가 있다.

잔소리하는 것도 대물림된다. 딸은 엄마가 하는 잔소리를 들으며 자신이 엄마가 되면 절대로 엄마처럼 잔소리를 하지 않을 것이라고 다짐을 하지만 자신도 모르게 엄마를 따라하게 된다. 습관적으로 엄마가 아빠에게 하는 잔소리를 나도 모르게 따라 하고 있는 것이다. 잔소리하는 것이 딸에게 대물림되지 않도록 하려면 잔소리보다는 칭찬을 하는 것이 좋다. 칭찬하는 것이 대물림되는 것은 좋다.

잔소리를 하는 속마음이 가정의 행복과 평화를 위한 것이라면 방법을 바꿔야 한다. 남편이 잔소리로 듣지 않고 아내의 간절한 바람으로 듣도록 해야 한다. 남편이 잔소리로 들으면 아내의 속마음을 절대로 읽을 수가 없다. 말할 때 큰소리를 지르지 말고 긍정적인 언어를 사용하는 것이 필요하다. 길게 말하는 것보다는 짧게 요점만 말하는 것이 필요하다.

길을 걸어가며 딸에게 "손을 잡으면 안 될까?"했더니 안 된다고 했다. 아빠가 이미 안 될 것이라는 부정적인 생각을 하고 물어봤으니까 안 된다고 했다. 나는 아차 실수를 했다는 생각이 들었다. 그다음부터 부정적인 언어를 사용하지 않겠다고 마음을 먹었지만 오랫동안 습관이 되어버려 무심코 부정적인 언어를 사용할 때가 있다. 의식적으로 부정적인 언어를 사용하지 않으려고 노력하니까 이제는 긍정적인 언어 사용이 늘어나고 있다.

잔소리는 습관에서 비롯된다. 습관은 오랜 기간 반복의 결과다. 오랫동안 해오던 것을 하루아침에 바꾸기는 쉽지 않다. 부정적인 언어를 긍정적인 언어로 바꾸는 것이나, 자꾸 반복해서 길게 해왔던 잔소리를 짧고 간단하게 하려면 의도적인 노력이 필요하다. 진정으로 가정의 행복과 평화를 원한다면 반드시 화를 다스리는 훈련을 해야 한다.

아내가 딴 생각을 하는 데는
이유가 있다

누구와 대화를 하는 중에 휴대폰을 꺼내 다른 것을 검색하거나 게임을 할 때는 대화가 재미없다는 표시이다. 말하는 사람이 다른 사람에게도 이야기할 수 있는 기회를 줘야 한다. 다른 사람에게는 기회를 주지 않고 혼자서만 말하면 다른 사람은 지루해한다. 부부관계도 마찬가지이다. 어느 일방이 말을 하면 상대방은 말하고 싶어지지 않을 때가 있다.

아무리 바빠도 가족이 대화하는 시간을 가져야 한다. 우리나라 부부 3쌍 중에 1쌍은 하루에 1시간도 대화를 나누지 않는다고 한다. 부부 중에는 배우자는 말하지 않아도 알 것이라는 오해 속에서 말을 하지 않는 경우가 있다. 직장에서 일하고 돌아와서 피곤한데 쉬고 싶다며 대화를 하지 않는 경우가 있다.

나는 요즈음 아내에게 고맙다는 생각이 든다. 아내는 전업주부임에도 내가 출근하려고 일찍 식사를 할 때 같이 식사를 한다. 그리고 퇴근하여 저녁을 먹을 때도 조금 늦더라도 기다렸다가 같이 식사를 한다. 식사를 하면서 대화를 나눌 수 있는 시간이 만들어지는 것이다. 나는 식사를 빨리 하는 편이다. 다른 식구들은 반도 먹지 않았는데 다 먹는다. 다른 식구들과 보조를 맞춰 먹으려고 해도 잘 안 된다.

요즈음은 현미밥을 해주니까 오래 씹어야 한다. 그러다 보니 식사하는 시간이 조금 길어지기는 했으나 그래도 밥을 먹는 시간이 10분도 걸리지 않을 때가 있다. 전에는 밥을 먹으면 식사가 끝나자마자 식기를 설거지통에 갖다 놓고는 방으로 가서 컴퓨터를 만졌지만 지금은 다른 식구들이 식사를 마칠 때까지 같이 앉아서 대화를 나눈다. 대화를 나누니까 가족끼리 더 많은 대화를 나눌 수 있어서 좋다.

나는 직장에 다니니까 여러 사람들을 만나며 대화를 나눌 수 있지만 아내는 집에서 혼자 보내는 시간이 많다. 집에서 혼자 보내다 보면 하루 종일 TV를 본다고 하더라도 쌍방향은 아니다. 그저 누군가가 하는 것을 지켜보기만 하는 것이다. 내가 하고 싶은 말이나 내 생각을 전달할 수 있는 것은 아니다. 남자는 하루에 2천 마디를 사용하면 되는데 여자는 하루에 6천 마디를 해야 한다. 여자는 남자의 3배의 말을 해야 하는데 혼자서 집에 있다 보면 누구와 말을 할 수 없다.

그러다 보니 아내는 퇴근하고 들어오는 남편에게 말을 해대기 시작한다. 여자는 말을 하면서 피로를 푼다고 한다. 그런데 남자들은 이미 직장에서 하루에 할 말 2천 마디를 다 했기 때문에 더 하고 싶지 않다. 가정 밖에서 이미 다 채웠기 때문에 부부가 나눌 정서가 없다. 하고 싶은 말을 다 할 때는 만족스럽지만 하고 싶은 말을 다 하지 못하면 스트레스를 받고 힘들어진다.

아내에게 말을 할 수 있는 기회를 줘야 한다. 본인이 들어주면 좋은데 들어줄 수 없다면 여자들끼리 수다를 떨 수 있는 자리라도 만들어 줘야 한다. 아내가 집에만 있다가 어느 날 아는 사람을 쫓아서 주민자치 프로그램에 1주일에 1번 정도 참여하더니 요즈음에는 평일만 아니라 주말에도 나간다. 나가서 장구를 치는데 잘 치지는 못해도 하면서 즐겁고 스트레스를 해소할 수 있으면 된다. 꼭 잘 쳐야 하는 것은 아니다.

나도 색소폰을 잘 불지는 못하지만 색소폰을 불면 마음이 편해지는 것을 느낄 때가 있다. 잘해야만 되는 것은 아니다. 그냥 즐거우면 되는 것이고, 스트레스를 해소할 수 있으면 되는 것이다. 아내가 공연을 한다고 해서 가봤더니 뒤쪽에서 다른 사람이 하면 따라서 했다. 나는 그런 아내가 조금도 창피하지 않다. 오히려 잘하고 있다는 생각이 든다. 틀리면 어떤가? 본인이 좋으면 되지.

만나는 사람들과 하고 싶은 말을 하며 서로가 스트레스를 풀 수 있으면 되는 것이다. 하고 싶은 것을 하지 못하고, 하고 싶은 말을 하지 못하면 스트레스를 받고 삶의 활력을 찾기가 어렵다. 하고 싶은 것을 하지 못하고, 하고 싶은 말을 하지 못하면 다른 생각을 하게 된다. 남편이 말을 들어주지 않으려고 하면 자신의 말을 들어줄 사람을 찾게 되고, 스트레스를 풀 방법을 찾게 된다.

스트레스 받고 외로워지면 외로움을 달래주는 것을 찾았을 때 그것에 몰입할 수도 있다. 그것이 사람일 수도 있고, 노름일 수도 있고, 물건일 수도 있고, 애완동물일 수도 있다. 남자가 그런 여성을 만나면 그런 여성과 쉽게 가까워질 수 있다. 여성도 마찬가지다. 그런 남자가 있다면 그런 남자와 쉽게 가까운 사이가 될 수 있다. 아내보다 그 여성이, 남편보다 그 남자가 더 편하고 좋아질 수 있다.

사람은 불편한 사람보다는 편한 사람을 만나고 싶어한다. 자주 만나다 보면 친해지고 사랑하는 사이가 될 수도 있다. 그러다가 선을 넘어가는 만남이 이어지면 가정이 파탄 나는 일이 생길 수도 있다. 아내가 외도한다면 외도를 하고 싶어서 하는 것이 아니다. 남편보다 그 사람을 만나는 것이 편하니까 만나는 것이다. 배우자가 말을 들어주지도 않고 불편하면 마음을 편하게 해주는 사람을 만나고 싶은 것이다. 남자나 여자 모두 같다.

딸과 차를 타고 가면서 이것저것 물어보면 말을 하지 않으려고 하는 경우가 있다. 왜 그런 것을 자꾸 물어보느냐고 한다. 나는 관심을 가져주려고 말하는 것이지만 정작 당사자는 그런 것에 대해서 자꾸 물어보면 이제는 아빠 차를 타지 않고 버스를 타고 다니겠다고 한다. 하고 싶은 것을 눈치 보지 않고 자유롭게 하고 싶다고 했다. 가족이라고 하더라도 자기가 하고 싶은 것을 할 수 있도록 내버려둘 필요도 있다.

부부 사이에 비교하면서 상처를 받고 갈등이 생기는 경우를 종종 볼 수 있다. 비교한다는 것은 누구는 더 잘하는데 당신은 왜 못하느냐고 하는 것이다. 못하는 사람보다 더 잘한다는 얘기는 절대로 하지 않는다.

꼭 더 잘하는 사람과 비교하며 상대방의 기를 죽이고 사기를 꺾어 놓는다. 비교를 당하는 나는 "그 사람이 그렇게 좋으면 그 사람과 같이 살아."할 때가 있다.

비교당하는 것을 싫어하는 것은 남편이나 아내나 마찬가지다. 아내를 예쁜 여자와 비교하면 아내는 화를 낸다. 다른 집 여자는 잘하는데 당신은 왜 그러느냐고 하면 화를 낸다. 누군가는 행복의 반대말이 불행이 아니라 비교하기라고 하는 사람이 있다. 비교하기 시작하면서 불행이 시작되기 때문에 그런가보다.

북유럽 여행을 할 때 가이드가 하는 말이 북유럽 사람들은 태어나서 외부에 나가지 않고 그곳에서만 살면서 그렇게 사는 자신들이 행복하다고 생각하고 있다고 한다. 다른 것을 보지 않으니까 비교할 대상이 없다는 것이다. 내가 어릴 때 주일학교에서 불렀던 방아꾼이라는 노래에 '이 세상에 부러울 사람 하나도 없고, 나를 부러워할 사람도 하나도 없네.'라는 가사가 있다. 방아꾼은 부러워할 사람이 없었지만 왕은 방아꾼을 부러워했다.

아내가 남편 때문에 힘들고 스트레스를 받는다면 딴생각을 함으로써 자신이 편하고 즐거워진다면 딴생각을 하게 되어 있다. 더 이상 남편이 나의 행복을 좌우하게 하지 말자. 내가 행복해야 남편도 행복해진다. 내가 행복해야 자녀도 행복해진다. 내가 행복해야 가족이 모두 행복해진다.

아내가 딴생각하는 데는 이유가 있다. 반대로 남편이 딴생각하는 데도 이유가 있다. 가족은 자연스럽게 대화할 시간을 가질 필요가 있다. 아무리 시간이 없어도 함께 식사하는 시간은 가져야 한다. 정 시간이 없다면 같이 식사하는 시간이라도 필요하다. 저녁시간은 맞추기 어렵다면 아침시간이라도 같이 먹어라. 아침식사를 하면서 가벼운 대화를 나누다 보면 차츰 대화하는 시간이 늘어난다.

회피하는 남편, 회피하는 아내

부부로 오랫동안 함께 살아왔다고 하더라도 서로가 원하는 것이 무엇인지 알기 위해서는 대화가 필요하다. 서로가 마음을 가장 빨리 전달할 수 있는 것이 대화다. 부부가 대화를 나누면서도 상대방이 하는 이야기를 잔소리로 듣는 경우가 있다. 아내가 말하는 것이 잔소리로 들리면 남편은 술을 마시고 늦게 들어오거나 대화를 하다가 밖으로 나가는 경우가 있다. 남편의 잔소리가 시작되면 아내는 입을 다물어 버린다.

대화는 가장 좋은 의사소통 수단이다. 대화를 하면서 소리를 지르거나 했던 말을 자꾸 반복하면 듣기 싫어진다. 처음에는 싫어도 듣지만 자꾸 반복되면 피하고 싶어진다. 짜증이 나고 스트레스를 받는다. 대화를 하고 싶은 마음이 사라진다. 부부간에 대화가 없으면 단절을 가져온다. 남편은 아내를 피하고, 아내는 남편을 피하게 된다.

말이 통하고, 마음이 통하는 사람과 만나면 마음이 편하고 만족감을 느끼는 것은 남자나 여자나 마찬가지다. 배우자에게는 사실대로 얘기를 하지 않으면서 상담자에게는 사실을 털어 놓는다. 물론 상담자를 신뢰할 때만 가능한 일이다. 배우자가 있는 그대로를 받아주면 배우자에게도 가능하다는 얘기다.

상담자에게는 대화가 되는데 배우자에게는 안 되는 이유가 무엇일까? 상담자는 진실성을 갖고 행동, 사건, 감정이 좋건 나쁘건 간에 판단 없이 내담자를 수용해준다. 그러면서 속마음을 털어놓게 한다. 하지만 배우자는 서로 자기의 주장이 맞다고 하고 상대방의 의견을 판단 없이 들어주려고 하지 않는다. 그러다 보니 상대방은 속마음을 드러내지 않으려고 한다. 결국 상대방의 속마음은 알지도 못하고 겉으로 드러난 모습만 볼 수밖에 없다.

부부는 왜 상대방이 말하는 것을 판단 없이 들어주지 못할까? 사람들은 들어주기만 잘해도 대화를 회피하지 않는다. 잘 들어주는 사람과는 대화를 하고 싶어진다. 대화를 하면서 상대방의 주장을 그대로 들어주지 않고 판단하고 자기주장만 옳다고 주장하면 더 이상 말을 하고 싶지가 않아진다. 갈등이 심해지면 더 이상 갈등이 확산되는 것을 피하기 위해서 입을 닫아 버리거나 밖으로 나가 버리면서 대화를 회피하게 된다.

전에는 아내의 잔소리가 시작되면 듣기는 들어도 말은 하지 않는다. 말을 한 마디 하면 열 마디를 들어야 하니까 가만히 있을 수밖에 없다. 아내의 잔소리가 시작될 때마다 입을 다물고 한 마디도 하지 않는 일이 반복되니까 아내는 "입에 또 자물통을 채웠네."한다. 아내의 잔소리가 그치기만 기다렸다. 아내가 그렇게 만든 것이다.

아내가 얘기를 하자고 하면 '오늘은 무슨 얘기를 하려고 하나.', '얼마나 시간이 걸릴까?'하는 생각이 먼저 들었다. 가능하면 아내와 얘기하는 시간을 피하고 싶었다. 할 일이 없어도 일이 있다며 밖에서 있다가 늦게 들어와서는 바로 잠자리에 들 때도 있었다. 가능하면 아내와 부딪치는 일을 만들지 않으려고 했다.

분명 아내가 잔소리를 하는 것은 가족의 미래를 위한 것이라고 하지만 잔소리는 듣고 싶지 않다. 제발 잔소리만 없었으면 좋겠다는 생각이 들었다. 내가 휴일마다 밖에 나가려고 하는 것도 아내의 잔소리를 피하기 위한 것이었는지 모른다. 아내의 속마음은 내가 잘하기를 바라는 마음에서 했는지 몰라도 나는 잔소리가 듣고 싶지 않을 뿐이다.

가능한 한 아내를 회피하는 것이 잔소리를 듣지 않는 방법이라고 생각했다. 아내가 미운 것이 아니라 잔소리를 듣고 싶지 않을 뿐이다. 아내가 잔소리를 많이 할 때는 아내가 미워질 때가 있었다. 잔소리는 부부 사이를 멀게 하기도 하고 부부 사이를 갈라놓기도 한다. 잔소리를 하는 사람의 의도와는 전혀 다른 결과가 나올 수도 있다.

아내의 입장에서는 아이들 문제나 집안일은 모두 자기에게 맡기고 밖으로 나도는 남편이 미울 수 있다. 지금은 술을 마시지 않지만 내가 술을 마실 때는 술을 너무 많이 마셔서 의식을 잃어 직원 4명이 나를 들고 집까지 올 때가 있었다. 아내는 동네 창피하다며 이사를 가자고 할 때가 있었다.

회피하는 남편 뒤에는 몰두형 아내가 있다. 몰두형 아내는 집요하게 요구하고, 매달리고, 불안해한다. 자신의 욕구가 채워지지 않을 때 끊임없이 배우자를 비난하고 집착한다. 하지만 회피하는 남편은 집요하게 요구하고, 매달리는 아내가 싫어진다. 갈등이 생기면 무의식적으로 도망간다. 혼자 있으면서 안정을 찾으려고 한다.

아내는 곤란한 일이 생기면 대화로 풀기 위해서 남편에게 다가간다. 남편은 아내가 다가오면 또 무슨 얘기를 하려고 하나 걱정이 된다. 괜히 참견했다가 오히려 관계가 더 나빠질지 모른다는 생각을 한다. 아내는 피하기만 하는 남편을 보기만 해도 화가 난다. 아내는 점점 더 공격적으로 변하고 남편을 비난한다.

아이러니하게도 피하는 남편을 붙잡고 싶은 것이 아내다. 아내가 남편에게 집요하게 요구하거나 매달리면 남편이 아내를 피하고 싶어진다. 남편이 원하는 것과 아내가 원하는 것이 다르다. 무엇이 다른지를 알면 서로 이해할 수도 있고, 서로 맞춰줄 수도 있고, 서로 참을 수도 있다. 남편이 바라는 것은 아내로부터 인정받고 싶고, 존경받고 싶고, 아내에게 필요한 존재가 되고 싶고, 아내가 충족감을 느끼는 것을 보고 싶은 것이다. 아내가 바라는 것은 애정이고, 솔직한 대화이고, 헌신이다.

남편이 아내를 회피하는 데는 이유가 있다. 아내의 잔소리일 수도 있고, 자꾸 반복해서 요구하는 것일 수도 있다. 아내가 남편을 불편하게 하기 때문이다. 남편이 자꾸 회피를 하면 왜 그러는지 원인이 무엇인지 알아볼 필요가 있다. 회피하는 기간이 길어지면 부부만 힘들어지는 것이 아니라 자녀들은 눈치를 보면서 힘들어진다. 자녀들의 성격에도 영향을 미친다. 자녀들의 미래 삶에도 영향을 미친다.

부부는 어린 시절 부모로부터 수용받지 못했던 것을 배우자를 통해서 느껴보고 싶고, 만족을 얻고 싶어한다. 나와 반대인 배우자에게 끌리지만 배우자는 내가 왜 그러는지를 모른다. 배우자를 통해 만족을 얻으려고 하지만 충족되지 않은 채 살아가면서 갈등이 점점 심해지는 경우가 있다. 이때 부부가 어린 시절의 이야기를 나눠보는 것은 서로를 이해하는 데 많은 도움을 준다.

서로 상대방의 부모 입장이 되어 이야기해주고 수용해주면 어린아이에 머물지 않고 성장할 수 있다. 서로의 상처를 보듬어줄 때 상처는 치유되고 부부관계는 성장한다. 회피하는 남편은 현실에서 달아남으로써 자기 현실의 기회를 잃고 자신감을 잃는다. 남편이 몰두형 아내를 피해 달아나면서도 마음속으로는 부담감을 느끼게 되고 우울해지기도 한다. 아내와 함께 살고 있지만 외로움을 느끼게 된다.

어린 시절 부모로부터 수용받지 못했던 것을 배우자가 수용해주지 않으면 어린 시절에 받았던 상처는 치유되지 않고 그대로 상처로 남아 있게 된다. 계속해서 회피하는 삶을 살 수밖에 없다. 서로가 힘들어질 수밖에 없다.

회피하는 남편이라고 해서 마음이 편한 것은 아니다. 갈등을 더 악화시키지 않고 평화를 유지하고 싶어서 피하는 것이다. 회피하는 남편을 보는 아내도 마음이 불편하다. 회피하는 아내도 마찬가지다. 회피하는 쪽이나 회피하는 것을 보는 상대방 모두 행복하게 살고 싶다. 배우자에게 의사를 전달하는 방법이 다를 뿐이다. 배우자가 좋아하는 것이 무엇이고 싫어하는 것이 무엇인지 알아야 한다.

06

자녀는 부모의 거울이다

어린 시절 경험했던 아버지의 생활 습관이나 어머니의 행동을 자신도 모르게 따라 하고 있는 경우가 있다. 절대 배우거나 따라 하지 않겠다고 했던 것을 따라 하고 있는 자신을 발견할 때는 당황스럽고 충격에 휩싸일 때가 있다. 벗어나려고 하면 할수록 더 발목을 잡는다. 이미 자신의 의도와 관계없이 아주 오래전부터 굳어져 성격이 되어버렸는지도 모른다.

우리 부부가 딸들에게 준 것이 무얼까? 곰곰이 생각해 봤다. 아빠나 엄마를 보면서 나도 모르게 습득된 것이 감정보다는 이성을 중시하는 것이라고 했다. 자신의 감정도 무시하고 다른 사람의 감정도 무시하고 신경 쓰지 않는다고 했다.

사람이 살아가면서 이성도 중요하지만 감성도 대단히 중요하다. 특히 여성들에게는 더 그렇다. 가훈을 '아무리 힘들고 어려운 일이 있다고 하더라도 해서는 안 될 말은 하지 말자'고 했다. 감정을 강조하기보다는 이성을 강조했다고 할 수 있다. 무슨 일을 할 때 정에 끌리기 보다는 '옳으냐, 그르냐.'를 강조해서 그랬나.

내 삶의 철학은 아버지에게서 물려받은 것 같다. 아버지도 내게 말한 것이나 약속한 것은 반드시 지키라고 하셨다. 설사 손해를 보더라도 약속은 지키라고 하는 얘기를 많이 들었다. 딸이 또 나를 따라 하고 있다. 딸은 말한 것이 틀리더라도 말한 것은 꼭 하려고 한다. 손해를 보거나 욕을 먹더라도 하려고 한다. 누가 말을 바꾸는 것을 싫어한다.

아버지가 평소에 하셨던 생활습관을 나도 모르게 하고 있을 때가 있다. 내가 하고 있는 일을 딸들이 그대로 따라 하고 있는 것을 보게 될 때가 있다. 내가 하라고 시킨 것도 아닌데 나를 따라 하고 있는 것이다.

아이의 뇌는 만 3세 이전에 75% 이상 형성이 완료된다고 한다. 이 시기에는 주로 사람의 의식 중 90%를 차지하는 무의식이 형성된다고 한다. 이 시기에 부모와의 애착이 어떻게 형성되느냐는 평생을 좌우하게 된다. 아이의 성격이 나쁘게 형성되면 평생 고생하는 것은 본인이지만 주변에 있는 사람들도 피해를 본다.

아이는 세상에 태어나서 말을 할 수 있어야 대화가 가능한 것이 아니다. 임신을 했을 때는 좋은 말만 듣고, 좋은 말만 하라고 했다. 아이가 뱃속에 있을 때 태교음악을 들려준다. 대답은 하지 못하더라도 좋은 말을 들려주는 것이 중요하다.

말을 하지 못하는 식물들도 관심을 가져주고 사랑해주는 것을 안다고 한다. 매일 좋은 말로 칭찬을 해주면 잘 자라지만 무관심하면 잘 자라지 않는다고 한다. 3세 미만의 아이는 말은 잘하지 못하더라도 생존 전략이 있다. 부모의 말을 잘 듣고 순종적이어야 인정받는다는 것을 부모와의 애착관계에서 습득하게 된다.

부모는 자기 틀로 아이를 바라본다. 순응적인 아이가 건강한 아이라고 착각한다. 아이를 순응적인 아이로 키우려고 한다. 순응적인 사람으로 자랄 수 있지만 자기 목표, 자기 의지, 자기 색깔과 모양, 자기 캐릭터를 갖기는 어렵다.

건강한 아이는 순응적인 아이가 아니라 적응적인 아이다. 자기가 원하는 것을 분명하게 알고, 원하는 것을 열심히 해서 도움을 청할 줄도 알고, 도움을 줄 줄도 아는 사람이 안정적으로 자기 성격을 발달시켜 나갈 수 있다.

어릴 때는 뽀뽀도 잘하고 아량도 잘 떨던 딸이 같이 걸을 때 팔짱을 끼라고 하면 안 낀다. 아빠가 팔짱을 끼자고 하는 것이 싫어서 다른 사람과도 팔짱을 끼지 않는다고 한다. 이제 결혼할 나이가 되어 가는데 애인하고도 팔짱을 끼지 않으려고 하면 어떻게 해야 하나 걱정이 된다.

아이는 주로 엄마와 애착관계가 형성되지만 아빠와도 애착관계가 형성되는 것이다. 엄마의 육아방법만 성격형성에 영향을 미친다고 할 수는 없다. 엄마가 생각하는 육아와 아빠가 생각하는 육아가 다를 수 있다. 육아에 대해 둘이 갈등이 생길 때는 아이는 혼란스러울 수밖에 없다. 혼란에 빠지면 엄마 쪽에도 아빠 쪽에도 설 수 없는 상태가 되어

버린다. 아이가 눈치를 볼 수밖에 없는 상황을 만들어 버리게 되는 것이다.

딸은 아빠의 눈치도 보고 엄마의 눈치도 본다. 아빠나 엄마의 눈치만 보는 것이 아니라 친구들의 눈치도 본다. 냉장고에 있는 아이스크림을 먹으면서도 "이 아이스크림 먹어도 돼?"라며 눈치를 본다. 맛있는 것을 사먹고 가족 단체 카톡 방에 올릴까 하다가도 "엄마가 뭐라고 할지 몰라."하면서 카톡을 올리지 않았다고 한다.

눈치를 보게 만든 것은 아빠이고 엄마이다. 적당히 눈치를 보는 것은 몰라도 눈치 보는 것이 심해지면 성격이 소심해질 수 있다. 눈치를 보지 말고 당당하게 하라고 하지만 잘되지 않는다고 했다. 무엇을 하든 하는 대로 놔두고 봐줄 수 있어야 한다. 잘한 것이 있으면 칭찬해주고 혹 잘못된 것이 있으면 다음에 잘하면 된다고 격려를 해줄 필요가 있다.

아이를 키우면서 아이에게는 좋은 면도 있고 싫은 면도 있다. 좋은 면을 보는 부모가 있고 싫은 면을 보는 부모가 있다. 싫은 면보다는 좋은 면을 봐주는 것이 좋다. 애가 천방지축이라고 보지 말고 호기심과 에너지가 많은 아이로 봐라. 소심한 아이로만 보지 말고 신중하고 사려 깊은 아이로 봐라. 고지식한 사람이라고만 보지 말고 자기 원칙이 분명한 아이로 봐라. 이기적인 아이로만 보지 말고 자신이 원하는 것을 분명히 아는 아이로 봐라.

좋은 부모는 공부만 시키는 부모가 아니라 아이에게 좋은 생각을 심어주고, 건강한 마음을 심어주고, 공감해주는 부모다. 어떤 부모는 애가 왜 그러는지 모르겠다고 하는 부모가 있다. 자기가 키웠고 자기 때문에 아이가 그렇게 되었는지도 모르면서 말이다.

아이가 하고 있는 것은 부모가 하고 있는 행동이나 습관을 무심코 하고 있는 것일지 모른다. 부모와의 관계에서 자신도 모르게 배운 것일 수 있다. 결국 알게 모르게 부모가 가르쳐 준 것일 수 있다. 어떤 것은 가르쳐주고 싶지 않았지만 부모가 무심코 하는 행동을 보며 배운 것일 수 있다. 자녀는 부모가 원하든 원하지 않든 부모가 하는 모든 행동을 지켜보고 있다. 부모가 하는 행동을 자신도 모르게 따라 할 수 있다.

명랑한 자녀는 화목한 부부의 모습에서 만들어지고, 싸움질 잘하는 자녀는 부모의 꾸지람에 의해 만들어진다. 주눅 든 자녀는 부모의 핀잔에 의해서 만들어지고, 반항하는 자녀는 부모의 매에 의해서 만들어진다. 짜증 부리는 자녀는 부모의 간섭에서 만들어지고, 마음이 따뜻한 자녀는 부모의 자상함에 의해 만들어진다. 입이 거친 자녀는 부모의 욕설에 의해 만들어지고, 폭력적인 자녀는 부모의 폭행에 의해 만들어진다.

부모가 어떤 아이가 되어주기를 바란다고 해서 아이가 그렇게 자라주는 것이 아니다. 부모가 어떤 모습으로 살아가느냐에 따라 아이가 만들어지는 것이다. 자녀가 잘 자라주기를 원한다면 부모가 잘 살고 있는 모습을 보여줘야 한다. 아이는 부모가 살아가는 모습을 보면서 살아가기 때문이다.

학교 선생님의 자녀는 학교 선생님이 될 확률이 높고, 공무원의 자녀는 공무원이 될 확률이 높다. 운동선수의 자녀는 운동선수가 될 확률이 높고, 연예인의 자녀는 연예인이 될 확률이 높다. 목사의 자녀는 목사가 될 확률이 높고, 법조인의 자녀는 법조인이 될 확률이 높다. 부모가 자녀에게 요구하는 경우도 있지만 부모가 살아가는 모습을 보면서 자신도 모르게 부모를 닮아가기 때문이다.

자녀는 부모의 거울이다. 부모가 살아가는 모습을 보고 그대로 따라 하기 때문이다. 다 그런 것은 아니지만 대부분이 부모의 직업을 따라가는 것을 볼 수 있다. 부모가 하는 행동을 그대로 따라 하는 것을 볼 수 있다. 부모의 삶은 자녀에게 거울이고, 자녀가 사는 모습은 그 부모를 보여주는 것이다.

07

왜 나는 사소한 일에 분노하는가?

부모가 자주 싸우거나 혹독한 벌을 주거나 불안정한 가정에서 자란 아이들이나 사사건건 개입하는 부모 밑에서 자란 아이들은 지나치게 경계하는 태도로 일생을 살아가는 경우가 많다. 성장배경이 다른 탓에 어떤 문제가 발생했을 때 빠르고 격렬하게 반응하게 될 때가 있다. 무의식적으로 나도 모르게 하는 행동이나 습관이 있다.

직장이나 다른 사람에게는 화를 내지 못하고 삭히고 있다가 집에 와서 아내나 아이들에게 화를 퍼붓는다. 함께 사는 아내와 아이들은 그 이면에 숨은 분노의 피해자다. 화를 내는 사람은 직장이나 누군가로부터 상처를 받고 있는 사람이다. 분노는 자신에게 신경을 써 달라는 신호이다.

화를 잘 내는 사람은 쉽게 상처를 받는 사람이다. 쉽게 상처를 받는 사람의 마음속에는 상처를 준 사람, 더 나아가 세상에 대한 보복 심리가 존재할 가능성이 크다. 자아가 고갈된 상태에서는 사소한 자극에도 화를 내게 된다. 직장에서는 표현을 하지 못하고 쌓아두었다가 집에 와서 아내나 아이에게 퍼부어 댄다.

무의식에서는 그 사람이 싫다고 외치고 있으면서도 의식에서는 그를 좋아하는 것처럼 표현하는 경우가 있다. 그렇게 하지 않으면 외롭기 때문이지만 사실은 그렇게 하는 것이 더 가슴이 아프고 힘든 일이다. 부모에게 화가 났을 때도 싫은 것을 좋다고 말하면서 살아가는 아이의 마음속에는 공허함이 자란다. 자존감이 살아 있지 않다. 자기 자신으로 살아가지 못하기 때문이다.

아내가 청소기를 밀어달라고 하거나 걸레질을 해달라고 하면 "그까짓 거 뭐가 힘드냐."고 말할 때가 있다. 남편의 입장에서는 직장에 나가다 모처럼 휴일 집에서 쉬고 싶다. 아내의 입장에서는 집안일을 모두 아내에게 맡기고 나 몰라라 하는 남편이 미웠을 것이다. 이때 아내가 던지는 한마디가 갈등의 시작이 될 때가 있다. 결혼생활을 하면서 갈등이 없을 수는 없다. 갈등은 큰 것이 아니라 아주 작고 사소한 것에서 시작된다.

나와 상관없는 사람이 고함을 지르거나 무시할 때는 나도 무시해 버리면 된다. 하지만 그 대상이 부모나 배우자나 자식일 경우는 다르다. 애착대상으로부터 거부를 당하거나 무시를 당할 때 가장 먼저 보이는 반응이 분노다. 갑자기 상대를 향해 고함을 치거나 공격적인 태도를 취한다. 고통의 강도가 더 강하다.

아주 작고 사소한 것이기는 하지만 싸움이 시작되면 누군가가 상대방의 자존심을 건드리면서 분노하게 된다. 목소리가 커지고 서로 상처를 주고 상처를 받게 된다. 남편은 집안의 사소한 일이라도 직접 해보기 전에는 힘들다는 것을 절대로 알 수가 없다. 한 번 역할을 바꿔 아내가 하는 일을 남편이 해보면 아내가 하는 일이 결코 작은 일이 아니라는 것을 금방 알 수 있다. 매일은 아니더라도 도와줘야겠다는 것을 느끼게 될 것이다.

출근할 때 아내가 쓰레기봉투를 버려달라고 하면 바쁘다며 그냥 내려갈 때가 있다. 아내는 내려가면서 쓰레기봉투를 놔두는 곳에 갖다놓기만 하면 되는데 그것도 도와주지 않는다고 한다. 이때 던지는 한 마디의 말이 기분 나쁘게 들리면 화가 날 때가 있다. 부부싸움의 시작은 대부분 사소한 것에서 시작한다. 남편이 아내가 말하는 것을 잔소리로 치부해 버리면서 아내의 말을 무시하게 된다.

아내가 며칠 집에 없으면 모든 것이 엉망이 된다. 양말이 어디 있는지 속옷이 어디에 있는지 찾아야 한다. 평소 아내를 도와주지 않았던 결과다. 자녀가 아프거나 아내가 힘들어할 때는 다른 일을 후순위로 미루고 자녀나 아내에게 집중해야 한다. 직장에 있는 동료들은 직장을 그만두는 순간 멀어지게 되어 있다. 직장을 떠나면 경조사에 참여하는 사람이 크게 줄어든다.

사람들은 착각하며 살아간다. 흔한 것이나 매일 보는 것은 하찮은 것으로 생각한다. 사람들은 산소가 얼마나 소중한지 모른다. 태어날 때부터 값을 지불하지 않고 자유롭게 마실 수 있으니까 귀한 것임에도 귀한 줄을 모른다. 가족도 매일 만나는 사이이니까 언제든 만날 수 있는 사이라고 무시해도 된다고 생각할 수 있다.

하지만 매일 보는 가족도 아침에 봤다고 저녁에 반드시 볼 수 있는 것은 아니다. 교통사고가 나서 사망할 수도 있고 갑자기 무슨 일이 생겨 다시 보지 못할 수 있는 경우가 생기기도 한다. 직장동료는 직장을 떠나면 멀어질 수 있지만 가족은 미워도 만나야 되고, 싸워도 만나야 된다. 죽기 전까지는 만날 수밖에 없다.

살아있는 동안 계속 만나야 하는 사람을 만나며 왜 배우자와 사소한 일로 갈등을 빚고, 화를 내고, 분노하며 살아가야 하나. 배우자에게 화를 낼 때는 시간과 장소를 가려서 해야 하는 것을 몰랐다.

애들이 있는 장소에서 아내의 흉을 보거나 처가 식구들이나 다른 가족들이 보는 앞에서 아내에 대한 얘기를 할 때가 있다. 물론 미워서 그러는 것은 아니다. 때로는 웃자고 하는 얘기인데도 아내는 기분이 나빴던 모양이다. 집에만 오면 "나는 당신을 올려주고 칭찬하는데 왜 당신은 나를 칭찬은 못해줄 망정 깎아내리느냐고 한다. 기분이 나쁘다."고 했다.

아내의 말이 맞다. 아내는 처가 식구들이 보는 앞에서 나를 배려해주고 칭찬해준다. 아내의 입장에서는 처가 식구들 앞에서 결혼하여 행복하게 잘 사는 모습을 보여주고 싶었을 것이다. 내가 말한 것이 큰 흉은 아니지만 아름다운 모습, 행복한 모습만 보여주기를 원했다. 가족들이 보는 앞에서 기를 살려 주기를 원했다.

아내는 가족을 위해서 정말 열심히 살고 있는데 칭찬 한마디 없고 알아주지도 않으니까 서운할 수밖에 없다. 남자들이 간과하는 것은 아내가 원하는 것이 큰 것이 아니라는 사실이다. 아주 작고 사소한 것이라고 하더라도 진심이 들어간 것을 원한다. 자기가 한 것만이라도 알아달라는 것이다.

아내가 다른 사람과 대화를 나눌 때 내가 '옳으냐, 옳지 않느냐.'로 판단하는 경우가 많은데 그런 모습을 보면서 딸이 '우리 집은 감정보다는 이성을 강조하는 집'이라고 했는지 모르겠다. 어떤 부부들은 가정에서는 원수처럼 살면서도 다른 사람들이 보는 앞에서는 아주 행복하게 사는 것처럼 행동한다. 어차피 인생은 한 번뿐이다. 연습을 할 시간도 없다.

서로 상처를 주고 상처를 받으며 살 필요가 없다. 부부가 상처를 받게 되는 것이나 바라는 것이 무엇인지를 알아보면 결코 큰 것이 아니다. 아주 작고 사소한 것이다. 상대방을 배려해주고 마음을 읽어주면 그것으로 만족해한다. 사소한 일로 갈등을 겪을 필요가 없다. 매일 만나는 가까운 부부 사이라고 무시하지 말고 서로가 배려해야 한다. 배려를 받으면 고맙다고 표현해야 한다. 상대방이 알아주면 서운했던 감정도 사라진다.

아주 작고 사소한 것에서 행복이 시작되고, 아주 작고 사소한 것에서 불행이 시작된다. 아주 작고 사소한 것을 무시했을 때는 불행이 시작되고, 아주 작고 사소한 것이라고 하더라도 서로를 배려하고 인정해줄 때는 행복이 시작된다. 행복을 선택하느냐 불행을 선택하느냐는 전적으로 본인의 의지에 달려 있다.

결혼생활 27년을 되돌아보면 조금만 배려하면 서로 행복하고, 서로 편안한 것을 왜 작고 사소한 것을 무시해왔는지 모르겠다. 한때는 아내가 대화를 하자고 하면 겁부터 냈었는데 이제는 아내와 대화하는 시간이 즐겁다. 했던 말을 반복하는 아내를 피해 도망을 다녔는데 이제는 함께 여행하면서 얘기하는 것이 즐겁다.

왜 나는 사소한 일에 분노하는가? 아주 작고 사소한 일은 일이 아니라고 무시해왔기 때문이다. 매일 만나는 아내에게는 고맙다는 표현을 하지 않아도 되는 줄 알았다. 이제 늦었지만 작고 사소한 것이 행복을 좌우한다는 것을 알게 되었다. 분노하기 전에 작고 사소한 일이 무시해야 할 것이 아니라 아주 중요한 것이라는 것을 인정해야 한다.

제 3 장

갈등의 이유는 달라도
원인은 감정에 있다

01

갈등의 이유는 달라도
원인은 감정에 있다

남편은 아내로부터 이해받고 싶고, 아내는 남편으로부터 이해받고 싶다. 두 사람의 입장을 제3자의 관점에서 보면 남편이 주장하는 얘기도 맞고 아내가 주장하는 얘기도 맞다. 상대방의 입장을 조금만 이해하고 조금만 양보하면 서로가 편하고 서로가 좋다. 자기의 입장에서만 보니까 배우자가 이해되지 않고 서운해지는 것이다.

아내와 제수씨 간에 갈등이 빚어졌을 때 나는 물론 동생도 힘들었다. 그리고 애들도 눈치를 보며 힘들었다. 잘못 개입했다가는 더 사태를 악화시킬 것이 걱정이 되어 지켜보기만 했다. 그러나 당사자들은 배우자가 자기편을 들어주지 않는다고 서운해한다. 갈등의 씨앗이 된 것은 명절에 음식을 준비하는데 조금 일찍 와서 도와줬으면 하는데 제수씨가 늦게 온다는 것이었다.

나는 아버지가 월남하시는 바람에 남한에 아버지와 관련된 친척이 아무도 없다. 명절에 큰 집을 갈 일도 없었고 우리 집에 누가 오는 일도 없었다. 다른 친구들은 명절이 좋다고 하는데 명절이 없었으면 좋겠다는 생각이 들었다. 명절이라고 해서 아무것도 준비하지 않는 것은 아니지만 음식을 많이 준비할 필요가 없었다.

우리 삼남매가 성장하여 결혼하면서 애들에게는 친척이 생긴 것이다. 아내들에게는 명절증후군이 있다고 하는 소리를 많이 들었다. 남자들은 도와주지 않고 여자들이 모든 음식을 준비해야 하니까 힘이 들 수밖에 없다. 명절이 끝나고 갈등이 생기거나 심지어 이혼을 하는 경우도 있다.

음식을 많이 만드는 것보다 가족이 자주 만나서 오순도순 지내는 것이 행복이 아닌가. 송편을 만들 때 식구들이 한 번씩 나눠 먹을 수 있는 정도만 준비하면 되는 것이 아닌가. 만두를 만들면서 한 번 떡국을 끓여 먹을 만큼만 만들면 되는 것이 아닌가. 손이 모자라면 떡집이나 만두집에서 사다 먹으면 되는데 많이 만들려고 하다보니까 서로 힘들고 짜증이 날 수밖에 없다.

과거 같으면 차도 없고 갈 길도 멀기 때문에 하루나 이틀 자고 가는 경우가 있지만 요즈음은 누구나 차를 가지고 있고 차를 타면 아무리 거리가 멀더라도 집에 갈 수 있는 시대다. 설날은 차례를 지내지만 추석 때는 해외여행을 가는 사람이 늘어나고 있다.

딸이 대학에 가지 않고 의상디자이너 공부를 하겠다고 했을 때 나도 동의되지 않았고 아내도 동의하지 못하는 상황이었다. 누구나 대학을 가는 시대고 더군다나 한국이라는 사회는 학력을 중시하는 사회인 데 대학에 진학하라고 해도 의상디자인 공부를 하겠다는데 어떻게 해야 하나 고민이 되었다. 아내는 무조건 대학에 진학하라며 의상디자이너 공부를 하겠다는 것을 반대했다. 어떤 결정인가를 내려야 했는데 나는 딸의 의견을 존중하기로 했다. 하지만 아내는 동의하지 못하겠다고 했다. 설득해서 말리라고 했다.

아내가 동의하지 못하는 것도, 하는 수 없이 동의한 나도 딸의 미래가 걱정되기 때문이다. 아내는 내가 끝까지 반대하지 않았다고 내게 뭐라고 했다. 나도 마음은 편하지 않았지만 다른 방법을 찾기가 쉽지 않았다. 가뜩이나 마음이 편하지 않은데 아내까지 자꾸 잘못했다고 하니까 화가 나기도 했다.

아내도 나도 딸이 잘되기를 바라는 마음은 같다. 아내는 내가 설득을 하지 않고 동의를 해줬다고 나를 원망한다. 나는 한국사회가 학력을 중요시하는 사회이기는 하지만 대학 졸업장 보다는 실질적으로 필요한 공부를 하는 것이 바람직하다는 생각을 하고 있었다. 다른 사람의 일이라면 주저하지 않고 지지해주라고 말했을 텐데 나와 관련된 일이다 보니 지지해주는 것이 힘들었다.

결혼생활을 하다보면 현실적인 문제로 배우자보다 부모에게 더 신경을 쓰거나 자녀에게 더 신경을 써야 하는 경우가 있다. 그러면서 배우자의 욕구가 거부되거나 무시되는 일이 발생할 수 있다. 배우자에게 신경을 덜 쓰면서 우선순위에서 밀려나게 되면 자연스럽게 갈등이 시작될 수 있다.

부부는 배우자에게 0순위로 남고 싶어한다. 그런데 세상에 흘러 다니는 얘기 중에는 남편이 집에서 키우는 애완동물보다 순위가 낮다는 얘기를 많이 듣게 된다. 인기 있는 남편 1순위가 '집에 없는 놈'이라고 한다. 집에서 식사를 한 끼도 하지 않는 남편을 영식이라 부르고, 식사를 1끼 하는 남편을 일식이, 두 끼를 하는 남편을 이식이, 세 끼를 모두 먹는 남편을 삼식이라고 한다. 가장 좋아하는 남편은 영식이이고 가장 싫어하는 남편은 삼식이라고 한다.

물론 웃자고 만들어낸 얘기이기는 하지만 배우자가 0순위가 아니라는 것이다. 이것이 웃자는 얘기가 아니라 현실이 되어 가고 있다는 것이다. 남편도 아내도 배우자에게 0순위로 남고 싶다. 우선순위에서 밀리면서 서운한 감정이 드는 것은 어쩔 수 없는 현실이 된다. 연애할 때는 상대방의 기분이나 생각에 초점을 맞추다가 결혼한 후에는 자신의 욕구가 먼저 충족되기를 바란다.

함께 생활하다 보면 배우자의 욕구에 둔해지게 된다. 배우자로부터 가정 내 우선순위가 밀리고 배우자에게 서운한 감정은 갈등이 되고 마음의 문을 닫는 원인이 된다. 배우자의 욕구가 거부되거나 무시되면서 서로 대화가 줄어들고 부부는 우울증을 앓기도 한다. 서로에게 인정받고 싶은 욕구의 좌절을 느끼며 힘들어한다.

부모는 어린 자녀에게 일방적으로 주기만 하는데도 아까워하지 않는다. 하지만 부부간에는 주면 받고 싶어진다. 부부라고 하더라도 줬는데 돌아오는 것이 없으면 주고 싶어지지 않는다. 일방적으로 희생하려고 하지 않는다. 주고 싶은 감정이 생겨야 주고 싶어진다. 자신의 감정을 알아주는 사람에게는 뭔가를 챙겨주고 싶다.

일을 할 때는 이성적인 것이 감정보다 더 필요하다. 하지만 부부가 살아가는 데는 이성보다 감정이 더 중요하다. 아내는 자기가 틀려도 자기편이 되어주기를 원한다. 자기가 해주는 것을 알아주고 받아주는 것을 원한다. 자신의 감정을 받아주기를 원한다. 아내는 자신의 감정을 받아주지 않으면 서운해한다.

나는 아내에게 무엇을 주지는 않지만 아내가 하고 싶은 것을 하게 내버려둔다. 아침 시간이 바쁘지만 아내는 드라이와 빗과 머리에 바르는 왁스를 가지고 와서 내 머리를 만져준다. 아내에게 주는 것은 없다. 아내가 내 머리를 만져주고 싶은 마음을 받아주는 것이다. 시간이 없고 조금 급하더라도 조금만 참아주면 아내는 내 머리를 만져주면서 만족해한다. 때로는 주는 것은 없더라도 상대방이 하고 싶은 것을 하도록 배려하는 것이 필요하다. 아내가 행복해야 내가 행복하기 때문이다.

갈등의 이유는 달라도 원인은 감정에 있다. 갈등이 생기더라도 감정을 알아주려고 하고, 감정을 받아주기만 하더라도 문제가 해결된다. 아내는 감정을 받아주기만 해도 만족해한다. 아내는 남편이 자신의 감정을 받아줄 때 행복을 느낀다. 아내가 행복을 느끼면 반찬이 달라진다.

말투만 바꿔도 부부관계는 좋아진다

말은 말하는 사람이 의도한 대로 상대방에게 전해지지 않는다. 말하는 사람의 의도와 상관없이 듣는 사람이 듣고 싶은 대로 듣는다. 같은 말을 하더라도 듣는 사람마다 다르게 듣는다. 같은 말을 해도 말투나 억양에 따라 다르게 듣는다. 때로는 말투나 억양이 오해를 만들고 싸움이 되기도 한다.

아내와 자원봉사활동에 참여했던 적이 있는데 어떤 사람은 열심히 일하고 있는데 어떤 사람은 일은 하지 않고 어영부영하는 사람이 있다. 아내가 저 사람은 일은 하지도 않고 어영부영하고 있다고 말했다. 그다음부터 그 사람은 물론 그 사람을 데려온 사람도 자원봉사활동에 참여하지 않는 일이 발생했다.

자원봉사현장에서는 내가 할 일만 하면 된다. 다른 사람을 절대로 평가해서는 안 되는데 아내가 다른 사람을 평가한 것이다. 그 사람은 기분 나쁘다며 다음부터 봉사활동에 참여하지 않겠단다. 이처럼 말 한 마디가 미치는 영향은 크다. 남에게서 들은 말이 다른 사람에게 전해질 때 자기의 의견을 보태서 말하게 된다. 몇 단계를 거치면 전혀 엉뚱한 얘기가 될 때가 있다.

아내에게 혼난 딸을 훈계하려고 문을 닫고 얘기를 했던 적이 있다. 소리를 내지 않고 조용하게 얘기를 하고 나왔다. 딸과 얘기하면서 왜 그랬는지를 묻고 대답하면서 엄마에 대해서 생각하는 바를 얘기할 때 조용히 듣고 아이의 감정을 받아주려고 했다. 아이의 감정을 받아 준 것을 듣고 아내는 자기편을 들어주지 않고 아이의 편을 들어줬다고 서운하다고 했다.

아이의 감정도 상하지 않게 하면서 아내의 마음도 상하게 하지 않으려고 방에서 조용하게 얘기를 했던 것인데 아이의 감정을 받아주는 소리를 듣고는 아이의 편을 들어줬다고 하는 것이다. 이야기는 함께 있는 장소에서 해야 할 얘기가 있고, 따로 해야 할 얘기가 있다. 아내가 옆에 있으면 아이가 눈치를 볼 수밖에 없다. 눈치를 보지 않고 말하게 하려고 둘이서 조용하게 얘기를 했던 것이다.

저쪽에서 내가 아는 사람이 이야기하고 있는 것을 보고는 내 흉을 보고 있다고 생각하는 사람이 있다. 아무리 부부라고 하더라도 문을 닫아 놓고 얘기를 하거나 소곤소곤하는 모습을 보면 자기 얘기를 하는 것으로 생각할 수 있다. 전혀 다른 얘기를 했는데도 자기 얘기를 했다고 생각한다. 다른 얘기를 했다고 해도 믿으려고 하지 않는다.

같은 말이라고 하더라도 기분이 좋을 때 듣는 것과 기분이 나쁠 때 듣는 것이 다르다. 기분이 좋을 때는 문제가 안 되는데 기분이 나쁠 때는 다른 얘기를 했는데도 자기를 흉을 봤다고 생각할 수 있다.

부부간에 갈등이 있을 때는 사용하는 언어를 잘 선택해야 한다. 아무것도 아닌 일이 크게 번질 수 있다. 같은 말을 하더라도 말투에 따라 기분 나쁘게 들을 수 있다. 말하는 억양에 따라 기분 나쁘게 들릴 수 있다. 말을 한 사람은 전혀 나쁜 의도로 말하지 않았지만 들은 사람이 기분 나쁘게 들으면 기분 나쁘게 말한 것이 될 때가 있다. 기분이 좋을 때는 기분 나쁜 얘기를 해도 그냥 넘어가지만 기분이 나쁠 때는 좋은 얘기를 해도 문제가 될 때가 있다.

아내와 아이들 사이에 갈등이 생길 때가 있다. 애들에게 "너희들이 참아야지 어른에게 그렇게 말하면 어떻게 해"하면 애들은 "아빠는 왜 우리에게만 참으라고 해"하고 불만을 말한다. 아내의 생각과 아이들의 생각이 다를 수 있다. 아내는 아내의 시각에서만 보고, 애들은 애들의 시각에서만 본다. 아내가 보는 시각도 맞고, 애들이 보는 시각도 맞다. 내 생각과 다르다고 해서 틀린 것이 아니다. 단지 생각하는 것이 다를 뿐이다.

다른 것과 틀린 것은 다르다. 우리나라 사람들은 다른 것을 틀린 것이라고 인식하고 말하는 경우가 있다. 어학사전을 찾아보면 '다르다'는 '비교하는 두 대상이 서로 같지 않다.'고 되어 있고 '틀리다'는 '셈이나 사실 따위가 그르게 되거나 어긋나다.'라고 되어 있다. 언젠가 딸에게 틀린다고 했더니 딸이 "아빠, 틀린 게 아니라 다른 거야."라고 하는 얘기를 들었던 적이 있다.

'네 생각과 내 생각은 다를 수 있어'하면 반발이나 갈등이 생기지 않는데 '네 생각은 틀리고 내 생각이 맞아'하면 반발한다. 왜 자기 생각이 틀리냐고 따진다. 부부가 주고받는 얘기 중에도 다른 것을 틀린 것이라고 말할 때가 있다. 당신 생각과 내 생각은 다를 수 있어 하면 되는데 당신 생각은 틀렸다고 말하면 왜 틀렸다고 하느냐며 갈등이 생기고 부부싸움이 되는 경우도 있다.

나는 아내에게 "왜 무시하느냐"는 말을 많이 들었다. 나는 아내를 무시한 적이 없다. 그렇지만 아내 입장에서는 내가 한 말에 무시를 당했다는 생각이 든 것이다. 아내가 다른 누군가와 갈등이 생긴 것을 보고 갈등을 해결하려고 아내에게 "당신은 가만히 있어"라고 말할 때가 있다. 나는 갈등이 더 확산되지 않도록 하기 위해서 한 말이지만 아내는 자기를 무시한 것이라고 느꼈다고 한다. 애들을 혼내면서 애들 편에 서고 아내에게는 얘기하지 말라고 했을 때 무시당하는 느낌을 받았다고 한다.

사람마다 다르기는 하지만 듣기 싫은 말이 있다. 남녀 공히 듣기 싫어하는 말이 "됐어, 말을 말자."라고 한다. 남자가 듣기 싫어하는 말은 "이게 다 당신 탓이야.", "갈라서.", "이혼해."라는 말이며, 여자는 "결혼, 후회한다.", "당신이 그렇지 뭐."라고 한다. 지인 중에 아내에게 "돈도 못 버는 주제에", "승진도 못하는 주제에"라는 말을 듣고 견디기 힘들어 집을 나와 한동안 친구 집에서 보내는 것을 본 적이 있다.

사람의 성격은 사람마다 다르다. 한 부모 밑에서 태어난 자녀도 성격이 서로 다르다. 첫째로 태어났느냐 둘째로 태어났느냐에 따라 다르다. 남자로 태어났느냐 여자로 태어났느냐에 따라 다르다. 부자 집에서 태어났느냐 가난한 집에서 태어났느냐에 따라 다르다. 에니어그램 성격유형이 같은 1번 유형이라고 해도 같지 않다. 정신적으로 건강한지 불건강한지에 따라 서로 다르다.

모든 싸움은 사소한 말 한 마디에서 시작되는 경우가 많다. 처음에는 별것 아니지만 서로의 자존심을 건드리고 자기주장만 하다가 고성이 오간다. 부부가 싸움을 하더라도 말투와 사용하는 언어가 중요하다. 평상시 자주 사용하는 언어는 무심코 입에서 나올 수 있다. 평상시 사용하는 언어를 순화된 언어를 사용할 필요가 있다. 남을 인정해주는 언어, 공감해주는 언어, 격려해주는 언어, 칭찬해주는 언어를 사용하면 듣는 사람이 기분이 좋다. 듣는 사람이 좋아하는 모습을 보면서 말하는 사람도 기분이 좋아진다.

말투만 바꿔도 부부관계는 좋아진다. 배우자는 세상에서 가장 가까운 사람이다. 가장 가까운 부부가 대화를 할 때 사용하는 말투와 언어가 중요하다. 특별한 일이 없어도 틈틈이 전화를 걸어 안부를 묻거나 관심을 가져야 한다.

감정을 읽으려면 연습이 필요하다

주말에 집에서 모처럼 쉬려고 누워 있으면 아내가 "청소기를 밀어 주세요.", "걸레질을 해 주세요.", "애를 봐 주세요.", "쓰레기봉투를 치워 주세요."한다. 남편은 '모처럼 집에서 쉬는데 그냥 놔두면 안 되나.' 하는 생각이 든다.

남자들이 집에 와서 쉴 때 뇌를 촬영해 보면 뇌의 모든 부분이 휴지 상태라고 한다. 남자가 쉴 때는 뇌가 총체적으로 쉰다는 뜻이다. 반면 여자들은 가장 편안한 상태에서 쉬고 있는데도 뇌를 촬영해 보면 여기 저기 전깃불이 환하게 켜져 있는 것처럼 분주하다고 한다. 남자와 여자는 쉬는 방식이 다르다.

아내가 남편의 도움을 요청할 때는 남편의 두뇌가 쉴 때는 푹 쉬도록 한 후에 도움을 요청해야 한다. 한 번에 여러 가지를 한꺼번에 요구하지 말고 한 번에 한 가지씩만 요구해야 한다. 한 가지를 해주면 작은 것이라고 하더라도 고맙다고 표현하는 것이 좋다.

남편은 아내가 집 안에서 하는 일을 사소한 일이라고 생각한다. 아내의 입장에서는 해도 해도 끝이 없다고 생각한다. 남편에게 부탁한 일이 비록 아주 작고 사소한 일이라고 하더라도 남편이 도와주면 고맙다고 하면 남편도 좋아한다. 아내가 좋아하는 모습을 보면서 남편은 도와주고 싶어진다.

아내는 '공주'라는 소리를 많이 듣고 있다. 아내는 레이스가 달린 옷을 좋아한다. 처음에는 잘 이해가 되지 않았지만 지금은 옷 가게를 지날 때 아내가 좋아하는 옷인지 아닌지를 알 수 있다. 아내는 내 옷을 살 때도 눈에 잘 띄는 색깔의 옷을 사온다. 공무원들에게 지금은 편한 옷을 입으라고 하며 옷의 색깔도 크게 제한하지 않는다.

전에는 눈에 쉽게 띄는 옷보다는 흰 와이셔츠에 넥타이를 차고 양복은 어두운 계통을 주로 입었다. 그런데 아내가 내 옷을 사오면서 남의 눈에 잘 띄는 빨간색, 노란색, 파란색 등의 옷을 사온다. 아내는 입으라고 하고 나는 입지 않겠다고 하며 실랑이를 벌일 때가 많았다.

공주와 사는 것이 피곤할 때도 있다. 공주를 공주 대접해주지 않는다고 투덜거리기도 한다. 나는 새 옷을 입고 가면 꼭 옷에 뭔가를 묻혀온다. 새 옷을 사주면 예쁘게 입지 않는다고 잔소리를 한다. 아내가 공주의 남편답게 행동하라고 하면 나는 머슴이라고 한다.

나는 산에 가서 산나물을 채취하는 것을 좋아한다. 봄에는 매주 산나물을 채취하러 갈 때도 있었다. 산나물을 채취하러 가는 날은 아내에게 일감만 잔뜩 만들어 주는 것이다. 입고 간 옷이 땀에 범벅이 되어 빨아야 하고 나물을 채취해 오면 다듬어야 하고, 삶아야 하고, 때로는 말려야 한다. 메고 갔던 배낭도 내팽개치고는 나 몰라라 하니까 내가 산에 간다고 하면 싫어한다.

언젠가는 강원도에 더덕을 채취하러 갔다 왔더니 딸이 놀이터에서 놀이기구를 타다가 놀이기구에 부딪혀 이가 빠져나갔다. 아내는 모래에 파묻혀 있는 이를 찾기 위해서 얼개미로 모래를 쳐내서 이를 찾아냈다. 치과에 가서 이를 심기는 했지만 이를 지탱하는 뼈가 떨어져나가 힘을 받지 못할 것이라고 했다.

아내는 화가 나서 "애는 다쳐서 난리가 났는데 애비라는 사람은 놀러나 다닌다."며 눈물을 글썽였다. 아내에게 미안한 생각이 들었다. 아내를 어떻게 위로해야 할지 모르겠다. 아내 혼자서 이를 찾느라고 얼개미로 모래를 치고 이리저리 뛰어다녔을 것을 생각하니까 할 말도 없었다.

언젠가 강원도 평화의 댐 있는 곳에 곰취를 채취하러 갔다가 곰취는 채취하지 못하고 박쥐취를 배낭으로 하나 가득 채취해왔다. 아내는 투덜거리며 "해먹든지 버리든지 마음대로 해"하고는 방으로 들어가 버렸다. 휴일 날 함께 있어주지도 못한지라 미안한 생각이 들어 내가 삶아서 물에 담가 놓았다.

아내는 미안했던지 이튿날 아침식사 때 박쥐취를 나물로 무쳐서 먹으라고 했다. 한 접시를 다 먹고 출근했다. 사무실에 출근해서는 구역질이 나서 하루 종일 화장실에 가서 오바이트를 해야 했다. 인터넷 검색을 해보니 박쥐취는 먹기는 하는데 독이 있어서 구역질이 나고 오바이트를 할 수도 있다고 되어 있었다.

전에는 아내에게서 "김운영 씨가 저렇게 지저분한 사람인 줄 알았다면 결혼하지 않았을 거야."라는 말을 많이 들었다. 지금도 봄에는 두릅이나 취나물 등을 채취해 온다. 하지만 지금은 나물을 채취해 오면 나물을 깨끗하게 다듬어 데치기만 하도록 한다. 가지고 갔던 배낭이나 장비도 제자리에 정리한다.

아내와 해외여행을 여러 번 다녀왔다. 아내는 가는 나라마다 조그마한 소품을 사는 것을 좋아한다. 접시에 그림이 그려져 있거나 아기자기하게 생긴 소품들을 사려고 했다. 소품을 사려고 할 때 그런 것을 왜 그렇게 사려고 하느냐고 했더니 아내는 마음이 상했는지 삐쳤다. 삐친 아내의 모습을 보면서 비싼 것도 아닌데 그냥 놔둘 걸 그랬나 하는 생각이 들었다. 미안한 생각이 들었다.

내가 우표 수집을 하는 모습을 보면서 아내가 그까짓 우표는 모아서 뭐하느냐며 다 갔다 팔라고 했을 때 서운했다. 내가 서운했던 것처럼 아내도 서운했을 것이다. 사람마다 좋아하는 것이 다르고 느끼는 감정이 다르다는 것을 알아야 하는데 아내의 감정을 몰랐다.

지금은 여행을 하면서 아내에게 아내가 좋아하는 소품을 사라고 권하고 있다. 집에는 그동안 아내가 모은 소품을 진열하는 진열장에 소품이 가득하다. 아내는 소품들을 배치하며 좋아한다. 소품마다 아내의 추억이 담겨 있는 것이다. 아내가 좋아하는 모습을 보니 나도 좋았다.

배우자의 감정을 읽으려면 대화가 필요하다. 내가 아내와 대화를 기피했던 것은 했던 얘기를 자꾸 반복하거나 한 번 얘기하면 끝이 없으니까 대화하자면 피하고 싶어서이다. 대화를 하려면 상대방이 대화를 하는데 부담이 없어야 한다. 내가 대화를 피하니까 아내는 밥 먹는 시간을 이용해서 이야기를 하려고 했다. 밥을 먹는 시간에 얘기를 하니까 밥맛이 없어졌다. 부정적인 감정이 있는 상대방과는 바람직한 대화가 되지 않는다.

배우자에게 다가갈 때 상대방이 피하고 싶지 않아야 한다. 배우자가 대화를 피하지 않게 하기 위해서는 긍정적인 느낌을 갖게 해야 한다. 상대방을 지지하는 표현을 늘려야 한다. 부정적인 대화가 오랫동안 지속되어 왔었다면 회복되는 데도 시간이 필요하다. 긍정적인 언어를 사용하면 하루아침에 바뀌지지는 않지만 점차 바뀌기 시작하고 자신의 감정을 솔직하게 이야기할 수 있게 된다.

배우자의 감정을 읽으려면 연습이 필요하다. 상대방의 단점을 찾기보다 장점을 찾으려고 노력해야 한다. 장점을 찾았으면 지지해줘야 한다. 지지를 받으면서 감정이 풀어지고 관계가 좋아진다. 상대방의 마음을 배려해주면 상대방도 나의 마음을 배려해준다. 서로 배려할 때 부부는 서로 자신의 감정을 솔직하게 말할 수 있게 된다. 상대방의 감정을 읽으면 편안해지고, 즐겁고, 행복해진다.

04
상대에게 공감할 수 있는 말을 하라

외출할 때 아내는 거울을 보고 화장을 한다. 거울에 비친 자신의 모습을 보며 스스로 부족하다고 생각하는 부분을 고친다. 사람에게 자신의 모습을 그대로 볼 수 있게만 하면 스스로 부족한 부분을 찾아서 고친다. 만일 거울이 자신의 얼굴을 다르게 보여주거나 단점을 지적한다면 거울을 보고 싶지 않을 것이다. 거울을 깨버리고 싶을 것이다.

상대방이 말을 할 때 아무 말도 하지 않고 단지 고개만 끄덕여줘도 상대방은 만족해한다. 속이 후련하다고 한다. 하는 말을 비난하지 않고 그대로 들어주기만 해도 좋아한다. 돈독한 인간관계를 형성하려면 자신과 타인에게 진실해야 하고, 상대방을 있는 그대로 수용하고 존중해야 하고, 공감적 이해를 할 수 있어야 한다.

누구에게나 '무의식적인 나'가 있다. 자신도 모르게 무의식적으로 하는 말과 행동 때문에 힘들어하고 후회할 때가 있다. 무의식적인 나는 부모와의 관계에서 생긴 것일 수도 있고, 형제자매와의 관계에서 생긴 것일 수도 있다. 다른 사람들과 관계를 맺으며 생긴 것일 수도 있고, 부부관계를 맺으며 생긴 것일 수도 있다.

공감적인 이해는 자신이 마치 그 사람이 된 것처럼 그 사람의 입장에서 보고, 생각하고, 느끼고 이해해주는 것이다. 자신이 부족하고 못나고 존재가치가 없다고 여기는 사람이라고 하더라도 진실로 조건 없이 공감해주면 나는 이대로 괜찮은 사람이라고 생각한다.

사람들은 저마다 살아온 환경이 다르고, 경험해온 것이 다르다. 사람들은 자신의 경험이나 생각을 기준으로 상대방을 평가하고 판단하려고 한다. 자신의 생각이 옳다고 생각하고, 상대방의 의견을 존중해주지 않기 때문에 갈등이 생기고 불화가 생긴다.

결혼하기 전에는 상대방의 의견을 들어주고, 상대방에게 맞춰주려고 한다. 그러다가 결혼한 후에는 상대방에게 나의 의견을 들어주고 나에게 맞춰달라고 한다. 초점을 상대방에서 나에게로 옮기면서 갈등은 시작된다. 갈등은 아주 작고 사소한 것에서 시작된다. 이때까지 무의식적인 나는 결혼을 했다고 해서 사라지는 것이 아니다.

'무의식적인 나'는 나도 모르게 튀어 나온다. 알면서 하는 말이나 행동이 아니다. 나도 모르게 무의식적으로 하는 행동이다. 그러나 상대방은 의식적으로 하는 말이라고 생각하고, 의식적인 행동이라고 생각하면서 오해하고 갈등을 유발하게 되는 것이다.

나는 잠을 잘 때 이불의 모서리를 턱에 갖다 대고 자는 버릇이 있다.

아내는 이불의 모서리를 턱에 대고 자니까 기름때가 묻어 누렇게 변한다며 갖다 대지 말라고 한다. 턱에 대지 않으려고 노력을 해도 잘되지 않는다. 턱에 대지 않으면 잠이 들지 않는다. 잠을 자기 위해서는 이불의 모서리를 턱에 갖다 대게 된다.

언제부터 그랬는지 모른다. 왜 그랬는지도 모른다. 나도 모르게 잠을 자려면 이불의 모서리를 턱에 갖다 대야 한다. 이처럼 무의식적으로 생긴 행동은 나도 모르게 하게 된다. 아내가 말하기 전까지는 내가 이불의 모서리를 턱에 대고 자는지도 몰랐다.

딸이 발표 자료를 연습하는 것을 지켜보다가 "아빠, 연습할 때 녹음하면서 해봐. 아빠도 모르게 사용하는 어투가 나오고, 말의 끝이 소리가 작아."했다. 휴대폰으로 녹음하면서 연습했다. 한 번 연습하고 한 번 들어 보니까 딸의 얘기가 맞다. 동영상으로 촬영하면서 연습을 하면 무의식적으로 하는 행동도 볼 수 있다.

우리가 사용하는 말에도 무심코 사용하는 말들이 있다. 자기가 말하면서도 자기도 모르고 하는 말이 있다. 거울이 자신의 모습을 보여주듯이 녹음은 자신의 말하는 것을 그대로 들을 수 있게 들려준다. 자신이 말하는 것을 다시 들어보고, 다시 연습하고, 다시 들어보는 것을 반복하여 연습을 하다보면 자기가 무의식적으로 말하는 것이 무엇인지 알 수 있고 고칠 수 있다.

본인도 모르게 하는 말은 본인은 모르지만 상대방은 듣는다. 상대방이 듣고 지적을 해줘도 잘 고치려고 하지 않는 것이 문제다. 특히 배우자가 말하면 듣지 않으려고 하는 것이 문제다. 요즈음은 다양한 장비들이 많이 나와 있다. 부부가 하루 동안 집에서 어떤 대화를 어떻게 말하는지를 녹화하여 부부가 같이 본다면 어떤 언어를 많이 사용하고 있으며, 주로 무슨 대화를 하고 있는지 알 수 있다. 이렇게 하면 부모가 아이들에게 어떤 언어를 사용하고 있는지도 알 수 있다. 마찬가지로 애들이 부모에게 어떤 언어를 사용하고 있는지도 알 수 있다.

부부싸움의 시작은 사소한 말 한 마디에서 시작된다. 부부가 사용하는 말이 배우자나 자녀나 부모에게 상처를 줄 수 있다. 자신도 모르게 사용하는 말로 누군가에게 상처를 주지 않기 위해서는 자신이 어떤 언어를 사용하고 있는지 알아야 한다.

내가 존경하는 상담교수님의 장모님이 "자네, 왜 애들을 차별하나." 하셨다고 했다. 자신은 상담전문가이기도 하고 애들을 차별을 두지 않고 공평하게 대한다고 생각해 왔는데 장모님이 그런 말씀을 하시니까 당황스러웠다고 했다.

우리는 무심코 하는 말로 인해 가장 가까이에 있는 사람들에게 상처를 주기도 하고 비수를 꽂기도 한다. 가족에게 행복을 주기도 하고 불행을 안겨주기도 한다. 가장 바보 같은 사람이 가장 가까운 사람은 함부로 대하고 낯선 사람에게 친절한 사람이다. 가장 가까이에 있는 배우자나 자녀에게 친절해야 한다.

상대방과 바람직한 대화를 할 때는 You-Message보다는 I-Message를 사용해야 한다. You-Message는 상대방의 생각이나 감정을 고려하지 않고 말하는 사람의 생각이나 감정을 상대방이 해주기를 요구하는 것이다. 예로 "아빠가 공부하고 계시니까 조용히 해라"같은 것이다. I-Message는 상대방을 통제하려고 하기보다는 말하는 사람이 처해 있는 상황과 자신의 감정을 알려주는 데 초점을 둔 대화다. 예를 들면 "너희들이 아빠 옆에서 장난치고 노니까 아빠가 공부를 할 수 없구나."와 같이 말하는 것이다.

바람직한 대화는 상대방에게 일방적으로 요구하거나 무엇을 하라는 명령식 대화보다는 상황을 설명하고 자신의 입장을 알려줌으로써 상대방의 이해와 협조를 구해야 한다. 상대방의 말을 비판하지 말고 경청하는 대화를 연습하는 것이 중요하다.

사람은 저마다 다를 수 있다는 것을 인정하고 그것을 수용하고 존중하고 공감하는 대화를 해야 한다. 때로는 서로 다른 것이 불편할 수도 있지만 서로 존중하면 그 어떤 문제도 극복할 수 있다. 서로 다른 것이 잘만 활용하면 더 좋을 수도 있는 것이다.

2015년 '인구보건복지협회'의 설문조사 결과 부부간 대화시간이 30분 미만인 부부가 42%를 차지하고 있다. 부부간에 대화가 없으면 단절을 가져오기 쉽다. 대화는 부부관계를 강하게 이끌어 준다. 상대방이 먼저 다가오기를 기다리지 말고 두 사람이 서로 결합하기 위해서는 먼저 다가가는 것이 필요하다. 부부관계에서는 이성적인 대화보다 정서적인 대화가 더 중요하다.

부부는 서로 상대에게 공감할 수 있는 말을 해야 한다. 말로 가장 가까이에 있는 배우자나 가족에게 상처를 주지 않기 위해서 무의식적으로 하는 말이 무엇인지 알아야 한다. 바람직한 부부간의 대화는 부부애를 키워준다.

05

화가 난다면 제대로 화를 내고 표현하라

부부싸움이 시작되면 어느 한쪽이 피하는 경우가 많다. 대부분 피하는 쪽이 남편인데 피하는 진짜 이유는 더 악화되는 것을 막기 위해서다. 아내가 잔소리하고 싸움을 걸어오는 이유도 알고 보면 가족을 위한 것이고 남편과 잘 지내고 싶은 것이다.

아파트에서 부부싸움을 하는 소리를 들을 때가 있었다. 부부싸움을 하면서 듣기 민망한 소리를 소리소리 지르니까 아파트에 사는 사람은 다 들을 수 있다. 다음 날 창피해서 어떻게 동네를 돌아다닐 수 있을까 하는 생각이 들었다. 왜 싸우면서 그렇게 크게 소리를 지르고 듣기 민망한 소리까지 해야 하는지 모르겠다.

부부싸움을 할 때도 규칙이 있어야 한다. 부부싸움을 하면서 하는 얘기라고 할지라도 아무 말이나 막 해서는 안 된다. 기왕 싸우려면 제대로 싸워야 한다. 싸우려면 실력을 갖춰야 한다. 아무런 훈련을 받지 않고 무기도 없이 전장에 나가면 총알받이만 될 뿐이다. 대화하는 기술을 배우고 익혀야 한다.

지인 중에 다른 사람과 이야기를 할 때 다른 사람에게는 말할 기회를 주지 않고 자신의 주장만을 일방적으로 이야기하는 사람이 있었다. 그러다 보니 그 사람과 이야기하기를 기피하는 경우가 많았다. 그래서 나는 그 사람과 이야기를 하면서 한 사람이 5분 이야기하고 5분은 상대방의 이야기를 듣기만 하고 상대방이 이야기하는 것이 자신의 생각과 다르다고 하더라도 다른 사람의 말을 끊지 않기로 하고 이야기를 한 적이 있다.

상대방이 이야기하는 것이 자신의 생각과 다른 경우에는 메모를 했다가 자신이 말하는 시간에 자신의 생각을 이야기하기로 했다. 그러다 보니 나도 내가 하고 싶은 이야기를 자유롭게 할 수 있었다. 서로가 상대방의 의견을 들어주고 자신의 의견을 말할 수 있으니까 대화를 기피할 이유가 없다.

대화의 규칙을 정하고 이야기를 하니까 서로가 상대방의 이야기를 들을 수 있게 되었다. 내가 하고 싶은 이야기도 자유롭게 할 수 있었다. 처음에는 5분 동안 이야기하기로 규칙을 정하여 이야기를 했지만 나중에는 상대방을 배려하면서 이야기하다보니 이제는 5분만을 고집하지 않는다. 어떤 때는 더 짧고 어떤 때는 더 길다.

부부의 불화는 잘 해결하면 행복한 결혼생활이 되지만 잘못하면 서로 힘들어지고 갈등이 깊어진다. 부부싸움을 할 때 세 가지의 유형이 있다. 양쪽 다 화를 내는 경우, 한쪽은 화를 내고 한쪽은 침묵을 지키는 경우, 양쪽 다 침묵을 지키는 경우이다.

이때 남편이 침묵을 지키면 아내의 감정은 부정적으로 변한다. 반대로 아내가 침묵을 지키면 남편이 부정적으로 변한다. 상대방의 의견을 그냥 들어주는 것이 쉽지가 않다. 상대방의 의견을 반박하고 나의 의견이 옳다고 주장하고 싶다. 얘기를 하고 싶어도 상대방이 얘기할 수 있는 기회를 주지 않을 때도 있다. 싸움이 더 확대되는 것을 막기 위해서 침묵을 지키는 경우가 있다.

서로 상대방의 의견을 잘 듣고 상대방에게도 의견을 말할 수 있는 기회가 주어져야 대화가 된다. 어느 한쪽이 일방적으로 화를 내고, 어느 한쪽이 자신의 의견만 주장한다면 대화가 이루어지지 않는다. 그래서 평상시 대화의 규칙이 필요하다. 싸울 때도 싸움의 규칙이 필요하다. 어느 한쪽이 얘기했으면 상대방에게 얘기할 기회를 줘야 한다.

화가 나는데 규칙이 지켜지겠느냐고 할지 모른다. 화가 날 때 감정을 억제하고 상대방의 주장을 잘 들어주는 것이 쉽지 않다. 우리 속담에 '법보다 주먹이 먼저다.'라는 이야기가 있다. 그만큼 감정을 억제하기 어렵다는 얘기다. 하지만 부부가 평소에 대화하면서 훈련하고 연습하면 가능하다.

싸우면서 큰소리를 지른다고 해서 이기는 것이 아니다. 부부싸움은 싸움에서 이긴다고 해서 이기는 것이 아니다. 남편이 이기면 아내가 지는 것이고, 반대로 아내가 이기면 남편이 지는 것이다. 지는 쪽은 물론 이기는 쪽도 상처만 남는다. 이겼다고 마음이 후련하다기보다는 마음이 불편하다. 서로 상처를 주지 않고 상처를 받지 않는 것이 진정으로 이기는 것이다.

군대생활을 할 때 군대 내에는 사병식당, 부사관 식당, 위관식당, 영관식당, 참모식당이 있었다. 나는 이 모든 식당에서 식사를 해봤는데 참모식당에는 사랑의 종이 있었다. 사랑의 종은 좋은 일이 있거나 덕담을 할 사람이 있으면 누구나 종을 칠 수 있다. 사랑의 종이 울리면 계급에 상관없이 식사나 대화를 중지하고 사랑의 종을 울린 사람의 말을 들어줘야 한다.

가정에서도 사랑의 종을 달아 놓고 울리게 해보자. 누구나 좋은 일이 있거나 힘들고 어려운 일이 있거나 하고 싶은 얘기가 있으면 사랑의 종을 울리게 해보자. 아빠가 되었든 어린아이가 되었든 종을 울리고 하고 싶은 이야기를 할 수 있도록 해보자. 설사 말도 안 되는 이야기라도 들어줘라. 모두가 들어준다면 가정이 아름다운 가정이 되고 평화스런 가정이 될 것이다.

종을 울리는 사람도 무한정 이야기를 하는 것이 아니라 가능하면 요점을 정리하여 듣는 사람들의 입장을 배려하는 것이 좋다. 그리고 말하고 싶은 사람이 자신의 의견을 자유롭게 말할 수 있게 해야 한다. 자신이 하고 싶은 이야기를 자유롭게 할 수 있게 하고, 잘 들어주면 싸우더라도 최악으로 가지는 않는다.

학교에서 공부가 끝나고 쉬는 시간을 알려주는 것처럼 가정에서 휴식을 알리는 종을 울려보자. 종이 울리면 싸우던 싸움을 멈추어야 하고, 아무리 바쁘더라도 하던 일도 멈춰야 한다. 부모가 싸우고 있을 때 자녀가 휴식을 알리는 종을 울리면 부모는 즉시 싸움을 그쳐야 한다. 형제자매가 싸울 때도 누군가가 휴식을 알리는 종을 울리면 즉시 그쳐야 한다.

화가 났을 때 잠시 멈추는 것이 말처럼 쉽지 않다. 평소에 훈련이 되어 있지 않으면 멈추기 쉽지 않다. 싸우지 말라는 것은 아니다. 부부로 살다 보면 갈등도 생길 수 있고 싸울 때도 있다. 하지만 싸우다 보면 격해지고 서로 감정을 억제하지 못하고 서로에게 상처를 주고 상처를 받을 수 있다. 잠시 휴식을 가지며 서로 자신을 되돌아볼 수 있는 시간을 가져보자는 것이다.

싸우더라도 상대방에게 하고 싶은 얘기를 다 할 수 있는 기회를 줘야 한다. 상대방의 주장도 들어보고 옳은 주장은 수용해야 한다. 싸우더라도 소리를 지르지 말고 자신의 주장을 하면서 상대방에게도 말할 수 있는 기회를 주자는 것이다.

싸움은 이기자고 하는 것이다. 전장에 나가서는 이겨야 이기는 것이다. 하지만 부부싸움에서는 이기는 것이 지는 것이고, 지는 것이 이기는 것이다. 서로가 이기려고 하다보면 서로가 상처를 입고 서로가 지는 것이다. 이기려고 상대방의 약점을 들추기 시작하면 상대방은 더 강도를 높이고 인신공격까지 한다. 결국 둘 다 패잔병이 되어야 싸움이 끝난다.

결혼하기 전에는 상대방의 욕구에 맞추려고 하다가 결혼생활을 하면서 상대방을 자신의 요구에 맞추게 하려고 한다. 결혼할 때는 배우자가 1순위였으나 결혼 후 부모나 애들에 밀리면서 갈등을 겪게 된다. 화를 내는 속마음은 인정받고 싶고, 위로받고 싶고, 관계를 회복하고 싶은 것이다. 상대방의 속마음을 알고 위로해주면 부부간의 문제는 생각보다 쉽게 풀릴 수 있다.

화가 날 때는 제대로 화를 내봐라. 화가 났음을 배우자에게 제대로 표현해 봐라. 화를 내고 표현하되 아무리 화가 나더라도 상대방에게 변명의 기회는 반드시 줘라. 상대방에게도 어쩔 수 없는 사정이 있을 수 있다. 부부싸움은 이기기 위해서 하는 것이 아니라 행복하기 위해서 하는 것이다.

06

진짜 문제는 따로 있다

부부가 결혼생활을 시작할 때는 좋은 플러스 감정에서 시작한다. 두 사람의 관계는 절대 악화되지 않을 것처럼 보인다. 하지만 살면서 단점이 보이기 시작하면서 마이너스 감정들이 생겨나기 시작한다. 단점이 늘어나기 시작하면서 부부는 상대방을 공격하고 자기를 방어하기에 바빠진다.

부부싸움을 할 때 남편은 아내에 대한 마이너스 사고를 많이 하고 아내는 어떻게든 타협점을 찾으려고 한다. 미국 버클리 대학교 레빈슨 교수가 남녀가 갑작스러운 스트레스에 어떻게 대처하고 이것이 결혼생활에 어떻게 작용하는지를 실험했다. 남자들은 충격흡수가 약해서 한 번 흥분이 되면 다시 정상으로 회복되는 데 평균 20분이 걸렸다.

반면 여자들은 남자들에 비해 다툼을 처리하는 방식에서 쉽게 혈압이 오르지 않고 흥분을 가라앉히는 데에 걸리는 시간도 비교적 짧아서

5분이면 가능했다. 결론적으로 부부싸움에서 아내가 먼저 목소리를 낮추고 부드럽게 이야기하는 것이 효과적이라는 것이다.

남녀 뇌의 차이는 심리적 관계에도 영양을 준다. 남자와 여자의 뇌는 쉬는 방식도 다르다. 남자가 쉴 때는 뇌가 총체적으로 쉰다. 그러나 여자는 편히 푹 쉴 때의 뇌 활동량은 남자가 정신 차리고 바쁘게 일할 때의 뇌 활동량과 맞먹는다.

배우자에게 마음의 상처를 줬을 때 "그래, 내가 잘못했어."라고 상대방의 말을 듣기도 전에 말해버리면 상대방이 마음의 상처나 불만을 충분히 표현할 수 없다. 상처를 받은 배우자는 아직 감정이 정리되지 않은 상태이기 때문에 상대방의 사과를 받아들이기가 쉽지 않다. 배우자의 마음속에 가지고 있었던 말을 잘 들어주고 나서 "내가 당신에게 그렇게 말한 것에 대해서 정말 미안하게 생각해."라고 구체적으로 사과해야 한다.

배우자에게 문제 제기를 할 때는 가능하면 부드럽게 해야 한다. 불만과 분노 이면에 숨어 있는 당신의 감정을 솔직하게 표현해야 한다. 불만과 분노는 대개 당신이 힘들다는 이차적인 감정인 경우가 많다. 상대방에게 진짜 전하고 싶은 1차적인 욕구를 도움을 요청하는 말로 부드럽게 해야 한다.

대부분의 부부는 오랫동안 부부로 살면서도 배우자가 진정으로 원하는 것이 무엇인지 모르고 있다. 부부가 서로에게 원하는 것, 서운해하는 것을 살펴보면 부부가 원하는 것은 결코 큰 것이 아니다. 오랫동안 서로의 행동에 초점을 두고 잘잘못만 기리면서 나의 생각과 같지 않다는 것에 서운해한다. 그것이 더 큰 시너지를 낼 수 있다는 사실을 알지 못하고 힘들다고만 생각한다.

남편이 아내에게 미안하다고 할 때 얼었던 서리가 녹아내리는데 남자들은 미안하다는 말을 잘 표현하지 못한다. 표현하는 방법을 몰라서이기도 하고, 배우자의 감정보다는 자신의 감정을 먼저 살피기 때문이기도 하다. 아내는 직접 미안하다는 말을 듣고 싶어한다. 그런데 왜 그런지 남자들은 미안하다는 말을 잘 못한다. 직접 할 수 없으면 손 편지나 문자 메시지, 카톡으로라도 미안하다는 말을 표현하는 것이 필요하다.

부부간이라고 하더라도 잘못한 것이 있을 때는 용서를 구해야 하고 용서를 해줘야 한다. 용서를 구할 때는 진심이어야 한다. 상황을 모면하려고 하거나 분위기를 바꾸려고 대충 얼버무리려고 하지 마라. 여자는 남자가 아무리 속이려고 해도 속일 수가 없다. 남편이 실수를 솔직하게 인정하면 대부분의 아내들은 용서해준다.

남자들은 그렇게 용서를 빌었으면 용서해 줘야 하는 거 아니냐고 주장할지 모르지만 용서를 구하는 사람이 용서의 방법을 정하면 그 마음이 아내에게 전달되지 않는다. 용서를 구하는 사람은 용서의 방법을 정할 수 없다. 아내의 마음이 풀리도록 하기 위해서는 어떤 대가를 지불해야 한다.

어머니와 아는 아주머니가 초등학교 교사로 근무하는 자기 딸과 결혼하라며 선을 보자고 할 때가 있었다. 당시 나는 결혼의 의사가 없어서 선을 보지 않겠다고 했는데도 자꾸 선을 보자고 하여 한 번은 만나야 할 것 같아서 나가기로 했다. 집에서 누워 있다가 평소 입던 옷을 입고 나섰다. 그 아주머니는 뒤에서 "머리를 빗고 가면 안 되나. 양복은 없나."하면서 쫓아왔다.

막상 한 번 만나보니 다시 한 번 더 만나보고 싶은 생각이 들었다. 그렇지만 그 여성은 선을 보러 나오는 기본자세가 틀렸다며 만나지 않겠다고 했단다. 결혼생활을 위한 만남에서는 결혼하기 전이나 결혼한 후에도 사랑보다 예의가 중요할 때가 있다. 예의를 갖추는 것은 서로의 영역을 존중한다는 것을 의미한다.

그 후 나는 원하든 원하지 않는 사람을 만날 때는 예의를 갖추기로 했다. 첫 인상도 중요하지만 늘 가까이에 있는 사람이라고 소홀하게 대해서는 안 된다. 우리가 착각하는 것이 있다. 사람들은 가까이 있는 사람은 아무렇게나 대해도 된다는 잘못된 생각을 가지고 있다. 가장 가까이에 있는 사람이 가장 소중한 사람이다. 가장 소중한 사람은 가장 예의를 갖춰야 할 사람이다.

호주나 뉴질랜드를 여행할 때 현지 가이드에게 들은 말이다. 집안일을 남녀가 균등하게 나눠서 한다고 한다. 요즈음은 많이 달라지기는 했지만 아직도 우리나라 남자들 중에는 집안일은 여성이 해야 하는 것으로 생각하는 사람이 있다.

아내가 집에서 하는 일을 한 번 해봐라. 아내가 집에서 하는 일이 사소한 일이라고 생각했는데 그 일을 직접 해보면 그 일이 사소한 일이 아니라는 것을 알 수 있다. 제대로 하려면 잠시도 쉴 틈이 없다. 특히 맞벌이 부부인 경우는 남편이 집안일을 도와줘야 한다. 집안일은 아내만의 일이 아니고 가족 모두의 일이다.

부부란 힘든 일이 있을 때나 배우자가 아플 때 가장 가까이에서 배우자를 위로해줄 수 있는 사람이다. 부부는 평소에는 아옹다옹 싸우더라도 힘든 일이 생기거나 배우자가 아플 때는 서로 챙겨주고 위로해주는 관계다. 힘들 때 배우자가 위로해주는 한 마디는 큰 힘이 된다. 아플 때 가까이서 돌봐줄 때 감동이 된다.

결혼생활하면서 배우자를 내 마음대로 생각하고 판단할 때가 있다. 배우자가 진정으로 원하는 것이 무엇인지 모른다. 배우자가 큰일을 해달라는 것이 아니라 아주 작고 사소한 것을 원했는데 그것을 알아차리지 못하고, 그것을 무시하는 경우가 있다. 상대방이 알아주지 않는다고 서운해하고 무시당했다고 서운해한다.

배우자가 진짜 원하는 것이 무엇인지 몰라서 그럴 수도 있다. 도와주고 싶어도 배우자가 진짜 원하는 것이 무엇인지 알아야 도와줄 수 있고, 문제가 무엇인지 알아야 도와줄 수 있다. 배우자가 진짜 원하는 것을 눈치 보지 않고 말할 수 있도록 마음을 열고 들어줘야 진짜 원하는 것을 알 수 있다.

07

부부의 감정에 집중하면
다른 문제도 해결된다

가장 가까운 사람이면서도 가장 멀게 느껴지는 대상이 부부다. 너무 가까워서 촌수를 따질 수 없는 무촌 관계가 부부 사이지만 갈등을 일으키고 서로 상처를 주고 힘들어할 때는 남보다 못한 사이가 부부다. 남은 보지 않으면 그만인데 부부는 미워도 매일 만날 수밖에 없다. 그러다 보니 서로 힘들어진다.

부부는 성별, 유전, 환경, 습관, 가치관이 다른 사람이 만나서 함께 사는 것이다. 결혼하기 전에 각자 독립적인 인격체로 살아오다가 결혼하여 가정을 이룬 사이다. 결혼을 했다고 하더라도 독립적인 인격체로서의 삶을 모두 포기할 수는 없는 것이다. 서로가 서로를 독립적인 인격체로 존중하면 부부의 삶이 더 풍성해진다.

나는 아내와 갈등이 생길 때 아내가 억지를 부린다고 생각되어 그만두라고 하는데도 끝까지 고집을 부려 아내의 자존심을 건드린 적이 있다. 그 사건으로 우리 부부는 한동안 냉각기상태가 지속되었던 적이 있다. 아내는 아침에 식사는 차려주지만 말 한마디 없었고, 저녁에 퇴근을 해도 식사는 차려주지만 말 한마디 없었다. 가족끼리 말을 하지 않고 지내니까 답답하고 미칠 것 같았다. 말은 하지 않았지만 애들도 눈치를 보며 힘들었을 것이다.

내가 아내의 자존심에 상처를 주니까 아내로서는 참기가 힘들었던 모양이다. 자존심을 건드린 나도 마음이 편하지는 않았다. 누구나 자존심을 건드리면 화가 나게 마련이다. 자존심에 상처를 입으면 견디기가 어렵다. 서로 자신의 자존심을 세우려고 하다보면 상대방의 자존심은 무시하기 쉽다. 자존심에 상처를 입으면 화를 부르게 된다.

우리나라 부부 중 하루 10분에서 30분 미만 대화하는 부부가 29.8% 이고, 10분 미만 대화하는 부부도 8.6%나 된다고 한다. 그나마 그것도 58.8%가 식사하는 시간에 대화를 한다고 한다. 대화 내용도 자녀의 교육이나 건강 관련 대화가 40%를 차지하고 있다고 한다. 부부간의 대화가 거의 없다는 얘기다. 의사소통의 기회가 거의 없다는 얘기다.

가장 좋은 의사소통의 수단이 대화다. 대화가 부족하면 부부간의 의사소통이 원만하게 이루어질 수 없다. 나의 느낌이나 불편함에 대한 감정은 '나'를 주제로 나 메시지로 얘기하는 것이 좋다. '너'의 탓을 하는 너 메시지로 말하는 것은 좋은 것이 아니다. 너의 탓이라고 하면 그것을 받아들일 사람이 마음의 문을 닫아버리기 때문에 되도록 나의 감정을 표현하고 알리는 것이 좋다.

부부간의 약속도 한두 번은 어길 수는 있다. 매번 약속을 지키지 않으면 앞으로도 지켜지지 않을 것이라는 생각이 들게 되어 부부관계가 크게 악화될 수 있다. 애정관계도 신뢰를 바탕으로 형성된다. 부부간에도 거짓말을 해야 하고 해야 할 일을 하지 않는다면 부부관계가 좋아질 수 없다.

남자들이 군에 입대하여 훈련소에서 힘들게 훈련을 받을 때 세워 놓고 '어머니 은혜', '고향의 봄'등의 노래를 부르게 한다. 노래를 부를 때 나도 모르게 눈물이 쏟아진다. 어머니에게 효도를 했든 안 했든 모두가 눈물범벅이 된다. 어머니는 마음의 고향이기 때문이다. 아내는 친정이 마음의 고향이다. 아내는 마음이 아프고 힘들 때 더 그리운 곳이 친정이다.

비록 아내가 친정에서 내놓은 사람이라고 하더라도 나와 결혼한 후에는 집안에서 가장 사랑받는 사람이 되게 하는 것이 남편이 해야 할 일이다. 아내는 친정에 남편에게 인정받고 있는 모습을 보여주고 싶어한다. 친정을 방문할 때 남편이 자신을 칭찬해 주기를 바라고 행복하게 살고 있다는 것을 보여주고 싶어한다.

언젠가 처가에 다녀왔는데 아내가 말했다. "다른 사람은 모두 자기 마누라를 올려주고 칭찬해 주는데 당신은 칭찬은 해주지는 못할 망정 왜 나를 깎아내려."했다. 내가 아내의 감정을 읽지 못했던 것이다. 내가 아내의 흉을 보려고 한 것이 아니고 단지 웃자고 한 얘기였지만 아내는 서운했던 모양이다. 앞으로는 그러지 말고 칭찬을 해달라고 했다.

사람들에게 원하는 것이 무엇이냐고 하면 진짜 원하는 것을 말하지 못하고 당황하는 사람이 있다. 신규 공직자에게 하고 싶은 말을 자유롭게 말하라고 했다. 신규 공직자는 정말 자유롭게 말할 기회를 주는 것이라고 믿고 자신이 생각하는 바를 사실대로 말했다. 그런데 정 반대의 결과가 돌아왔다. 불이익만 돌아온 것이다. 그러다 보니 경험이 있는 직원에게 하고 싶은 말을 자유롭게 하라고 해도, 할 말이 있어도 절대 말하지 않는다. 말했다가 어떤 불이익이 돌아올지 모르기 때문이다.

진짜 원하는 것을 말하지 않으면 진짜 원하는 것을 알 수 없다. 진짜 원하는 것을 듣고 싶으면 진짜 원하는 것을 말해도 되는 분위기를 만들어야 한다. 진짜 원하는 것을 말해도 불이익이 돌아오지 않고 반영되는 신뢰를 쌓아야 한다. 신뢰가 형성되지 않으면 눈치를 보게 되고 말하지 않게 된다. 부부간에도 서로 하고 싶은 말을 자유롭게 해야 원활한 의사소통이 이루어진다. 자유롭게 이야기하기 위해서는 서로 신뢰가 형성되어야 한다.

내가 결혼하기 전에는 생일날 어머니가 끓여주시는 미역국은 먹었지만 생일선물은 받아본 적이 없다. 결혼하고 처음으로 생일선물을 받아봤다. 처음으로 선물을 받으면서 기분이 좋았다. 결혼한 후에는 결혼기념일이나 아내의 생일이 다가오면 신용카드 회사에서 전화가 왔다. "며칠 있으면 결혼기념일인데 꽃바구니 하나 집으로 보내드릴까요.", "예, 보내주세요"했더니 "조그마한 선물로 목걸이를 하나 보내드릴까요."했다. "그러세요."했더니 집으로 꽃바구니와 선물이 배달되어 왔다.

아내는 왜 쓸데없이 꽃을 사왔느니, 왜 이렇게 비싼 것을 사왔느니 하더니 나중에 보면 목걸이를 걸고 다닌다. 그러다 언젠가 한 번 선물을 챙겨주지 않았더니 아내가 삐쳐있었다. 결혼기념일도 기억하지 못하느냐는 것이다. 아내가 투덜대는 것은 싫어서 그러는 것이 아니다. 아내는 결혼기념일을 챙겨주기를 바라고, 생일에 이벤트를 챙겨주기를 바란다.

아내는 보잘것없는 작은 이벤트라도 남편의 진심이 담긴 이벤트를 원한다. 어느 축제장에서 엽서쓰기 프로그램이 있어서 아내에게 엽서를 보낸 적이 있다. 아주 작고 사소한 것이지만 아내는 그 엽서를 소중하게 간직하고 있다. 아내는 남편이 마음을 담아서 준 것은 사소한 것도 목숨보다 귀하게 여긴다.

남자들이 하는 말 중에 '아내에게 칭찬을 해주면 바로 반찬이 달라진다.'는 말이 있다. 부부가 서로의 감정에 집중하고, 서로의 감정을 읽어주기만 해도 부부 사이에 있었던 다른 문제들은 해결된다. 부부는 서로 대화하면서 진짜로 원하는 것이 무엇인지를 말할 수 있어야 한다. 진심이 담긴 것은 비록 작더라도 소중하게 생각하는 것이 부부다.

성격차이를 극복하려면
배우자의 감정을 미리 이해하라

우리나라 부부들이 이혼 사유에서 가장 많은 비중을 차지하는 것이 '성격차이'이다. 에니어그램 성격검사 유형에는 9가지 유형이 있다. 사람은 누구나 9가지 성격유형을 다 가지고 있다. 다만 어느 유형이 높은지 낮은지, 어느 날개를 쓰고 있는지, 통합인지 분열인지에 따라 드러나는 성격이 다르다.

서로가 자신의 성격유형을 알고, 상대방의 성격유형을 알면 자기가 어떻게 해야 상대방과 잘 지낼 수 있는지를 알 수 있다. 상대방에게 어떻게 해야 하는지를 알 수 있다. 어느 성격유형이 좋고 어느 성격유형이 나쁘다고 할 수 없다. 어느 성격유형도 장점만 있는 것도 아니고, 단점만 있는 것도 아니다. 어느 성격유형이나 장점이 있고 단점이 있다. 서로가 장점은 살리고 단점은 보완해준다면 더 큰 시너지를 낼 수 있다.

부부에게 왜 싸우느냐고 물으면 성격차이 때문에 싸운다고 말한다.

그러나 그 내면을 자세히 살펴보면 성격차이라기보다는 진짜 쟁점은 다른 곳에 있을 수 있다. 성격차이 때문에 다퉈왔던 것이 아니라 라이프 통장에 잔고 부족과 불균형 때문에 다퉈왔던 것일 수 있다. 건강한 라이프를 가능하게 해주는 라이프 통장에 재정, 건강, 정서, 도우미의 잔고는 부부가 살아가다 보면 사랑보다 중요할 때가 있다.

내 방식이 옳다고 배우자에게 강요하지 말아야 한다. 배우자가 내게 먼저 말하지 않는 일이 있다면 그래야 하는 이유가 있을지 모른다. 어쩌면 적당한 시기를 기다리고 있는지 모른다. 성격차이로 싸우는 부부가 좀처럼 관계가 회복되지 않는 것은 그동안 싸우면서 서로 내뱉었던 말과 행동이 상처로 남아있고, 응어리로 남아있어서다. 작은 일에도 화가 치밀어 오르기 때문일 수 있다.

부부 갈등이 생기고 힘들 때 예전에 사귀었던 애인을 생각하면서 그때 그 사람은 그래도 나한테 참 잘했는데 하는 생각을 하게 된다. 그때는 연애기간 중이라 상대방에게 맞춰주려고 했기 때문에 좋았을지 모르지만 그 사람도 싫다며 헤어진 사람이다. 어떤 면은 좋았는지 모르지만 어떤 면은 싫었기 때문에 헤어진 것이다.

자신만 생각하고 상대방의 감정을 알지 못하니까 상대방의 감정을 이해해주고 싶어도 이해해 줄 수가 없다. 상대방을 이해해주지 못하면서 자신만 이해받고 싶은 것이 부부다. 내가 이해받고 싶은 것처럼 배우자도 이해받고 싶은 것이다. 상대방으로부터 이해받지 못하는 것을 성격차이라고 생각할 때가 있다.

내가 상대방에게 맞춰주지 못하는 것은 생각하지도 못하면서 상대방이 나에게 맞춰주지 않은 것만 서운해하며 왜 이런 것을 이해해주지 못할까? 성격이 이상하다고 생각할지 모른다. 내가 배우자를 이해하지 못하는 것처럼 배우자도 나를 이해하기 어렵다고 한다. 어떤 때는 내가 한 일도 내가 왜 그 일을 했는지 모르는 일이 있다. 나도 내가 한 일을 왜 했는지 모르는데 어떻게 남을 다 이해할 수 있을까?

외출할 때 남편은 서둘러 준비를 하는데 아내는 천천히 느긋하게 준비하는 것이나, 집이 어수선해지면 바로바로 치우는 사람이 있는 반면 모았다가 한꺼번에 치우는 사람이 있다. 이런 자잘한 일들을 처리하는 방식이 다른 것을 성격차이라고 생각한다. 누가 크게 잘못한 것이 아니다. 이런 것들은 자잘한 일이지만 갈등이 되고, 갈등이 모이면 골이 깊어지고 큰소리가 나면서 점점 더 상처만 깊어진다.

내가 수원에서 다닐 때 지인의 차를 타고 다닌 적이 있었다. 수원역 삼거리에서 다른 직원의 차를 카풀로 타고 출근했는데 어느 날 내가 조금 늦게 나왔는데 차가 가버렸다. 차도 공짜로 타고 다니는 것이었고, 늦은 것도 나였지만 잠깐도 기다려주지 않은 것이 서운하다는 생각만 들었다. 그러다 상황이 바뀌어 내가 승용차를 구입하면서 동료직원을 그 자리에서 태우고 가야 하는 상황이 되었다.

어느 날 시간에 맞춰 그 장소에 갔더니 그 직원이 나와 있지 않았다. 전에 내가 차를 얻어 타고 다닐 때 나를 태우지 않고 간 직원을 원망했던 생각이 나서 기다렸다. 그랬더니 뒤에서 빵빵대고 난리가 났다. 그 장소는 카풀 하는 사람들이 많이 이용하는 장소로 사람들이 많다보니 기다릴 수 없는 상태가 되었다. '차를 얻어 타는 사람이 일찍 나와야지, 왜 이렇게 늦게 나와.'하는 생각만 들었다.

'내가 화서동에 살고 있었고 화서역 방향으로 가면 교통체증도 없어 20분 이상 절감되는데 자기를 태워가느라고 돌아서 가는 것도 모르고 이렇게 늦게 나오는 거야.'라는 부정적인 생각만 들었다. 내가 차를 얻어 탈 때는 나도 상대방의 입장을 전혀 생각해보지 못했던 것처럼 그 직원은 그런 사실을 알 수가 없었을 것이다.

사람은 자신의 입장에서만 생각하는 경우가 많다. 입장이 바뀌어 봐야 비로소 상대방의 입장을 알 수 있다. 갈등이 생기는 것들도 가만히 살펴보면 누구 한 사람의 일방적인 잘못이 아니라 서로 조금 다른 것뿐일 수 있다. 자신의 감정과 입장만 말하다 보니까 상대방의 감정은 읽을 수 없는 것이다.

나는 카풀을 하면서 차를 얻어 타보기도 했고, 차를 태워주기도 해봤으니까 두 사람의 입장을 알다보니 그 직원에게 내가 경험했던 것을 사실대로 얘기할 수 있었고 서로 어려움 없이 다닐 수 있었다.

외출할 때 늦장을 부리는 아내를 남편이 기다려주면 갈등이 생기지 않는다. 아내는 조금 서두르면서 미안하다고 하면 갈등이 생기지 않는다. 집이 어수선해서 정리하고 가겠다는 아내를 기다려주거나 참지 못하겠다면 본인이 직접 치워주면 갈등이 생기지 않는다.

성격을 탓하며 상대방을 원망하기보다 상대방에게 어떤 사정이 있는지를 읽어주려는 노력이 필요하다. 직접 경험하기 전에는 알 수 없는 경우가 너무나 많다. 때로는 역할을 바꿔보는 것이 상대방을 알 수 있는 좋은 방법이다. 내 마음이 불편하면 아내의 마음이 불편해지고, 아내의 마음이 불편해지면 내 마음이 불편해진다.

배우자의 감정을 읽고 이해하면 성격차이는 얼마든지 극복할 수 있다. 조금 다른 것을 성격차이로 힘들다며 서로가 갈등의 골을 깊이 파지 말자. 배우자의 감정을 이해해주면 배우자는 그동안 받았던 상처가 아물고, 가슴에 담아두었던 응어리를 모두 풀어낼 수 있다. 때로는 기다려주고, 때로는 상대방에게 맞춰주고, 때로는 원하는 바를 겸손하게 요구해 보자. 분명 성격차이라며 이해하지 못했던 것들이 이해하게 될 것이다.

09

사랑받고 싶다면 사랑하라

아버지가 나를 비난하지 않는다는 확신이 들어야 아버지에게 무슨 말이든 마음껏 할 수 있다. 아버지에게 어려움을 털어놔도 비난을 하지 않아야 아버지를 신뢰할 수 있게 된다. 아버지를 신뢰할 때 어떤 문제라도 아버지에게 얘기할 수 있게 된다. 신뢰가 형성되면 실수한 얘기나 잘못한 얘기도 사실대로 얘기할 수 있다.

내가 잘못을 해도 아버지가 나를 사랑해 주고, 인정해 주고, 이해해 주면 안도감을 갖게 된다. 부모님이 항상 나를 믿고 지속적인 사랑과 격려를 해주면 내 문제를 털어놓을 수 있다. 이러한 경험을 하다보면 감정은행 계좌에 잔고가 쌓이고, 풍족하게 저축하게 되어 있으면 갑자기 많이 인출해야 하는 일이 생기더라도 파산하지 않는다.

많은 부모가 자녀가 잘못한 것을 사실대로 말하면 자녀의 이야기를 끝까지 듣기도 전에 자녀를 나무라며 혼내려고 한다. 사실대로 말했다가 혼이 난 경험이 있는 자녀들은 사실대로 말하면 또 혼이 날 것이 분명하기 때문에 잘못을 이야기하지 않고 숨기려고 한다. 자녀들이 부모에게 어떤 이야기를 해도 끝까지 들어주고 공감하면서 지속적인 사랑을 줘야만 부모님이 어떤 이야기를 해도 들어주고, 공감해주고, 사랑해준다는 것을 신뢰할 수 있다.

내가 어릴 때 우리 집은 너무 가난한 상태였고 고구마나 감자로 식사를 대신하는 경우가 많았다. 그때 질려서 지금도 고구마를 먹지 않는다. 단돈 1원도 아쉬운 형편이었다. 어머니가 주신 돈이 남아 팽이를 샀던 적이 있다. 집으로 들어오는 입구에 조그마한 개울이 있었고, 다리가 놓여 있었다. 다리를 통해야 집으로 들어갈 수 있었다. 어머니에게 혼이 날까봐 저녁에 다리 밑에 숨어있었던 적이 있었다.

가족은 물론 동네 사람들까지 동원돼서 나를 찾으러 나섰다. 나는 다리 밑에 숨어 있으면서 어머니에게 혼날까봐 모르는 체하고 숨어 있었다. 그러다 누군가의 신발이 다리 밑으로 떨어지면서 다리 밑으로 내려오는 바람에 내가 발견되었다. 어머니에게 혼날까봐 걱정을 했는데 어머니도 아버지도 나무라지 않으셨다.

그날은 혼나지 않았지만 다리 밑에 숨어 있었던 것은 그동안은 그런 일이 있으면 혼났던 적이 있었기 때문에 그날도 혼날까봐 숨었던 것이다. 가장 가까운 사람이라고 하더라도 있는 그대로를 받아주지 않거나 사랑받지 못하고 있다는 느낌이 들 때는 터놓고 이야기할 수 없게 된다.

내가 출근할 때는 자유롭게 주민자치프로그램에 참여하던 아내가 남편이 퇴직하면서 나의 눈치를 보는 것 같다. 주민자치프로그램에 참여하고 싶은데 내 식사를 챙겨주는 것이 걸리는 모양이다. 아내가 나가지 않으니까 친구들이 전화를 해서 왜 안 나오느냐며 나오라고 하는데 아내는 나를 흘끔흘끔 쳐다보며 통화를 한다. "아니에요. 신랑은 나가라고 해요."라고 하는 것을 보면 남편이 못 나가게 하느냐고 묻는 모양이다.

아내에게 주민자치프로그램에 참여하라고 해도 아내는 나가면서 나의 눈치를 본다. 이래서 퇴직을 하면 하다못해 봉사활동을 하더라도 집에서 나가라고 하는 모양이다. 아내가 내 눈치를 보니까 아내를 편하게 해주기 위해서 내가 집에 있는 것이 눈치 보인다. 서로 눈치를 보며 자기가 하고 싶은 것을 하지 못하는 것은 바람직하지 않다. 서로가 하고 싶은 일을 하며 행복하게 살기 위해서는 서로가 서로의 눈치를 볼 것이 아니라 서로의 삶을 인정하고 존중하는 것이 필요하다.

아이들에게는 자기들 때문에 엄마, 아빠가 갈등을 겪는 것을 보면서 혼란을 가질 수 있다. 아마 이것이 아이들이 부모의 눈치를 보게 하는 원인이 될 수 있다. 부부가 서로 의견이 다를 수 있다. 하지만 아이들 앞에서 아이들 문제로 갈등을 겪을 때는 조심해야 한다. 아빠의 생각과 엄마의 생각이 다르면 아이들은 누구의 생각에 따라야 할지 고민해야 한다. 그러면서 눈치 보는 생활을 하게 된다.

부모 앞에서만 눈치를 보는 것이 아니라 친구들과도 눈치를 보게 되고, 사회생활을 하면서 무의식적으로 눈치 보는 것이 일상화되어 버릴 수 있다. 너무 눈치를 보면 자신감이 없어질 수도 있고, 의사결정을 하는 데도 문제가 생길 수 있다.

한 번 불신이 생기면 다시 신뢰관계를 회복하기 어렵다. 신뢰는 깨지기는 쉽지만 다시 회복하기는 쉽지 않다. 말로 믿으라고 한다고 해서 믿어지는 것이 아니다. 자신의 의식 속에 믿을 수 있다는 확신이 들어야 비로소 신뢰가 형성된다. 의식 속에 믿을 수 있다는 확신을 갖게 하려면 신뢰를 쌓는 데 걸린 노력의 몇 배의 노력이 필요하다. 다시 신뢰를 회복하더라도 예전과 같은 신뢰를 확보하기는 어렵다.

부부간에 신뢰는 매우 중요하다. 말 한 마디가 신뢰를 깰 수도 있고, 행동 하나가 신뢰를 깰 수도 있다. 사랑한다면 잘못을 해도, 사고를 쳐도 믿고, 인정해 주어야 한다. 좋을 때는 아무 문제가 없지만 갈등을 겪고 있거나 어려울 때는 무심코 던지는 말 한 마디, 행동 하나가 그동안 쌓아왔던 신뢰를 무너뜨리기 쉽다.

누구나 사랑받고 싶어한다. 사랑을 받지 못하면 외로워지고 힘들어진다. 아무에게서도 사랑받지 못하는 사람은 삶의 의미를 찾지 못한다. 사람들은 다른 사람에게 사랑을 주면 본인이 행복해진다는 사실을 모른다. 사랑을 주면 사랑을 받는 사람도 행복해지지만 사랑을 주는 사람도 행복해진다. 누군가에게 사랑을 주면 사랑을 받는 사람이 행복해진다. 사랑하는 사람이 행복해하는 모습을 보면서 내가 행복해진다. 사랑은 받아야만 행복해지는 것이 아니라 줄 때도 행복을 느끼게 된다.

많은 부부가 성격차이로 힘들어한다. 성격차이가 난다는 것은 성격이 서로 다르다는 것이다. 서로 다른 것이 반드시 나쁜 것은 아니다. 서로 다른 것이 나쁜 것이라고 생각하면 불편하고 힘들지만 서로 차이를 인정하고 이해하면 서로가 편해질 수 있고, 차이를 잘 활용하면 시너지적인 해결책을 만들어낼 수 있다.

부부가 서로 어떤 말을 해도 비난하지 않고 들어주고, 이해해주고, 사랑해주는 신뢰가 쌓이면 거짓말을 할 필요가 없다. 선의의 거짓말이라고 해도 할 필요가 없다. 서로가 대화를 나누면서 더 좋은 결과물을 만들어낼 수 있다. 힘들어하는 일이 발생하더라도 서로 의논하고 나눈다면 훨씬 가벼워질 것이다.

배우자를 사랑해보라고 하면 '성격차이가 나서 안 된다. 혹은 이미 사랑의 감정이 없다'고 할지 모른다. 하지만 나는 배우자를 사랑하라고 권유하고 싶다. 배우자를 위해서 희생하라고 권유하고 싶다. 배우자의 말에 귀를 기울여 보라고 권유하고 싶다. 배우자에게 공감해 보라고 하고 싶다.

사랑을 주면서 어떤 기대도 하지 말자. 금방 결과가 나오기를 기대했는데 금방 결과가 나오지 않으면 실망할지 모른다. 받은 상처가 깊어 상처가 아무는 데 시간이 걸리는지 모른다. 가슴에 맺힌 응어리가 커서 응어리를 풀어내는 데 시간이 걸리는지 모른다. 조금 늦을지 모르지만 지속적으로 진실한 사랑을 주면 반드시 아름다운 결과가 온다.

내가 외로우면 분명 배우자도 외롭다. 외로운 사람은 사랑이 간절히 그립다. 외로워하는 배우자를 사랑해 보라. 사랑을 주는 사람은 주면서 행복하고, 사랑을 받는 사람은 받으면서 행복하다. 내가 사랑받지 못하고 있다는 생각이 들면 먼저 사랑을 줘봐라. 사랑을 받은 사람이 행복해지고 더 큰 사랑으로 되돌려준다. 사랑받고 싶다면 사랑하라.

10

아내의 속마음을 들여다보자

열길 물속은 알아도 한 길 사람 속은 모른다는 말이 있다. 그만큼 사람의 마음은 알기 어렵다는 얘기다. 부모도 자신이 키운 자식을 모르겠다고 한다. 오랫동안 함께 살아온 부부도 서로를 몰라 갈등을 겪고 마음 아파한다.

아내가 내 옷을 사올 때는 멀리서 봐도 금방 눈에 띄는 색깔의 옷을 사오는 경우가 많다. 나는 누구 눈에 잘 띄는 색의 옷보다 평범한 옷을 좋아한다. 그러다 보니 아내와 실랑이를 벌일 수밖에 없다. 나는 "안 입는다." 아내는 "입어라." 서로 실랑이를 벌이다 어떤 옷은 몇 개월 동안 입지 않는 경우가 있다.

아내가 내게 이런 옷을 사주는 것은 남편이 눈에 띄게 하고 싶은 마음도 있지만 내면에는 또 다른 마음이 있다. 나는 남편에게 예쁜 옷을 사주는 좋은 아내라는 생각을 간직하고 싶은 마음이 있는 것이다. 아내가 눈에 띄는 옷을 사올 때 처음에는 실랑이를 벌였지만 지금은 그 옷을 아무 말도 하지 않고 입는다. 아내가 좋아하는 모습을 보니까 아내를 좋아하게 하는 것도 내가 할 일 중에 하나라는 생각이 들었기 때문이다.

아내는 어디를 가나 '공주'라는 말을 듣는다. 아내는 옷을 살 때 레이스가 달린 옷을 좋아한다. 비싼 옷은 아니라고 하더라도 레이스가 달린 공주풍의 옷을 좋아한다. 어디에 다녀오면 "너무 예쁘다. 그 옷을 어디에서 구입했느냐?"는 이야기를 많이 들었다며 자랑한다. 그래서 "신랑이 사줬다."고 했다고 했단다.

아내는 자신은 돈도 많이 들이지 않으면서도 예쁜 옷만 산다는 얘기를 많이 한다. 이제 옷 가게를 지나며 저 옷은 아내가 좋아하는 옷인지 아닌지를 금방 알 수 있다. 아내가 본인이 옷을 사고도 남편이 사줬다고 하는 것은 어떻게 보면 나는 행복한 사람이라는 것을 보여주고 싶은 마음이 있는 것이다.

아내의 속마음은 다른 사람들로부터도 '예쁘다'는 말을 듣고 싶지만 사랑하는 남편으로부터 예쁘다는 칭찬을 받고 싶은 것이다. 아내가 본인이 옷을 사고도 다른 사람들에게 남편이 사줬다고 했다는 것은 '나는 남편으로부터 공주대접을 받고 있다.'는 것을 보여주고 싶은 것이다.

아내는 처녀 때 입었던 옷 중에 27년이 지났는데도 아직까지도 입는 옷이 있다. 그처럼 자기가 산 옷을 소중하게 생각하고 있다. 나는 그 옷을 입지 않았으면 좋겠다는 생각이 들어 입지 말라고 해도 그 옷을 입는다. 내가 좋아하는 것도 중요하지만 아내가 좋아하는 것을 놔두고 봐주는 것도 필요하다.

여자들이 남편에게 화사한 옷을 입히는 이유는 화사한 옷처럼 남편의 마음이 화사했으면 하는 마음이 있기 때문이다. 또 자신이 얼마나 특별한 사람인가를 깨달아 어깨를 쫙 펴고 살기를 바라는 마음이다.

여자는 다른 여자보다 더 예뻐 보이기 위해서 화장도 하고, 옷차림에도 신경을 쓴다. 어느 지인에게 들은 얘기다. "저는 화장을 하기 전에는 절대로 밖에 나가지 않아요. 쓰레기를 버리러 잠깐 나갈 때도 화장을 하지 않으면 절대로 밖에 나가지 않아요." 여자들이 남편에게 쓰레기를 버려 달라고 하는 이유가 여기에 있는지도 모른다.

우리는 고등학교 앨범을 만들지 않았다. 나중에 사진을 모아 추억의 앨범을 만들기 위해서 사진을 모으려고 했더니 주로 여자들이 사진을 주지 않으려고 했다. 주름살이 있는 얼굴, 늙은 모습을 담지 않고 싶다는 것이다. 남자와 여자가 다른 것 중에 하나가 여자는 자신의 예쁜 모습만 보여주고 싶다는 것이다.

아내의 생일에 예쁜 꽃다발과 예쁜 케이크를 사가겠다고 했더니 쓸데없이 돈을 낭비하지 말고 빨리 들어오란다. 아내의 그 말은 진심이 아니었다. 남편이 얼마나 예쁜 꽃다발을 사오는지 얼마나 예쁜 케이크를 사오는지 지켜보고 있다. 사가지고 들어오면 왜 사왔느냐고 한다. 하지만 그 말은 진심이 아니다. 만일 아내의 말을 진심으로 알고 사가지 않으면 아내는 실망한다.

157

여자는 한 번에 승낙하는 것보다 서너 번 끈질긴 요청을 해야 못 이기는 척 승낙한다. 한두 번 거절했다고 거절하는 것으로 알았다가 낭패를 보는 경우가 있다. 그러다 보니 남자들은 정말로 거절하는 것인지, 한두 번 더 강하게 요청하기를 원하는 것인지 알기가 어렵다.

남자의 눈길을 피하지 않고 거절하는 것은 진짜 거절로 봐야하고, 눈길을 피하거나 감정이 실려 있으면 한 번 더 강한 메시지로 요청해 주기를 바라는 것이다.

아내에게 결혼기념일이나 생일에 선물을 사주다가 한 번 지나쳤던 적이 있다. 아내는 이번에는 무엇을 해줄 것인지 기대를 하고 있었던 모양이다. 그냥 지나고 아무 말도 없으니까 본심을 드러내기 시작했다. 남편이 아내의 생일도 잃어버리고 관심도 없다며 서운해했다.

그다음 생일에는 어떤 선물을 받고 싶으냐고 물었더니 아내는 자기가 사고 싶은 것을 사게 선물을 사지 말고 돈으로 달라고 했다. 그래서 돈으로 줬던 적이 있다. 아내는 자기의 선물을 구입하지 않고 집에 필요한 물건을 사거나 필요한 데 썼다.

아내는 남편이 멋진 선물을 사주는 것도 좋지만 남편이 아내의 생일이나 결혼기념일을 잃어버리지 않고 따뜻한 말 한마디라도 해주기를 원하는 것이다. 큰 것은 아니더라도 작은 선물이라도 챙겨주면서 자신을 인정해주기를 바란다.

살아가면서 좋은 일도 있고, 힘든 일도 있다. 직장생활을 하면서도 사무실 분위기를 띄워주는 사람이 있다. 명랑한 어투로 "안녕하셨습니까?", "수고하셨습니다.", "잘 부탁드립니다.", "감사합니다."라고 말하면 듣는 사람도 기분이 좋다. 가정에서도 마찬가지다. 아내에게 "고마워", "미안해", "사랑해"라는 말을 자주 사용하면 화가 났던 아내의 마음이 풀린다. 가정이 화목해진다.

고등학교 다닐 때 미국에 사는 여학생과 해외펜팔을 했던 적이 있다. 자기 생일 때가 가까워 오면 생일이 언제인데 생일선물로 무엇을 받고 싶다고 요청한다. 학생시절이라 돈도 없었지만 생일선물을 사서 보냈던 적이 있다. 우리나라도 생일선물로 받고 싶거나 생일이 아니더라도 원하는 것이 있으면 솔직하게 말하면 좋겠다. 자신이 원하는 것을 솔직하게 말하면 선물을 사는 사람이 고민을 하지 않아도 되고, 선물을 받는 사람도 자신이 원하는 것을 얻을 수 있어서 좋다.

어떤 때는 자신의 마음도 알지 못하는 경우가 있는데 남의 마음을 아는 것은 쉽지 않다. 함께 살면서 매일 만나는 부부라고 하더라도 상대방을 다 알 수는 없다. 말을 해야만 알 수 있다. 가장 좋은 방법이 대화다. 대화를 통해서 자신이 원하는 것이 무엇인지를 사실대로 말할 수 있고, 상대방이 원하는 것이 무엇인지를 들으면 서로가 좋다.

아내의 속마음을 들여다보기 위해서는 아내와 많은 대화를 나누어야 한다. 속마음을 보여주는 대화를 나누어야 한다. 진심을 얘기해야 한다. "고마워", "미안해", "사랑해"라는 말을 자주 사용해야 한다. 가까이에 있다고 하더라도 말을 해야 서로를 알 수 있다. 서로를 알아야 서로가 편하고, 서로가 행복하다.

11
성격차이는 감정차이다

사람들은 사랑한다며 결혼한다. 그런데 사랑한다며 결혼한 부부가 성격차이 때문에 이혼한다. 사람들은 처음 알게 되는 단계에서는 서로의 차이점 때문에 이끌리기도 하고 차이점을 재미있게 생각하고 매력으로 받아들인다. 그렇지만 부부로 살아가며 존경은 분노로 바뀌고, 차이점은 힘들게 하는 원인이 되기도 한다.

성격차이로 헤어졌다는 사람들도 연애할 때는 사랑하면 모든 것이 해결될 것이라고 생각했다. 결혼하여 살면서 겉으로 드러나지 않았던 작은 성격차이를 이해하지 못하고 염증을 느끼면서 성격차이 때문에 못 살겠다며 이혼한다. 어찌 보면 성격차이란 이혼하기 위한 이유를 찾지 못하는 사람들의 변명이다. 성격차이가 아니라 부부간의 간격을 적당히 유지하지 못하거나 경계선을 지키지 않기 때문이다.

아무리 가까운 부부 사이라고 하더라도 경계선이 분명해야 건강한

관계를 유지할 수 있다. 개인의 개별성과 독립성이 인정되면서 배려할 줄 알게 된다. 상호간에 의사소통이 원활하게 이루어진다. 누가 누구를 위해 희생하지 않아도 되고, 서로의 역할에 융통성이 생긴다. 부부간에 분명한 관계를 유지하면 서로 지지와 지원, 협력이 이루어진다.

가장 가까운 부부라도 서로 적당한 거리를 유지하고, 분명한 경계를 지키며 살아간다면 서로 상처를 주지도 않고 상처를 받지도 않게 된다. 서로 적당한 거리를 유지하고 서로 상처를 주지 않으면 서로에게 더 배려받고 있다고 느끼게 되고 신뢰를 느끼게 될 것이다.

어떻게 보면 성격차이는 가장 중요한 부분에서 서로에 대한 이해와 존중이 부족한 것이다. 부부가 함께 심리검사나 성격검사를 받아보는 것도 좋다. 성격검사나 심리검사를 통해서 자신도 모르게 했던 행동들이 왜 그랬는지를 알 수 있다. 상대방이 하는 행동이나 습관이 왜 그런지를 알 수 있다. 서로가 상대방을 보다 정확하게 알 수 있다. 이해가 되지 않았던 상대방의 행동들이 왜 그러는지를 이해할 수 있다.

물론 남을 인정하고, 이해하고, 존중하는 것이 생각처럼 쉽지는 않다. 그렇지만 내가 배우자를 이해해야 배우자로부터 이해를 받을 수 있다. 배우자를 존중하고 인정해야 배우자로부터 존중받고 인정받을 수 있다.

사람들은 자기와 비슷한 성격을 좋아하는 사람도 있고, 자기와 다른 성격의 사람을 좋아하는 사람들이 있다. 부부가 다 게으르고 의사결정을 잘 못하는 사람이 만나면 서로 답답해한다. 성격이 같아도 문제 되는 것이 있다. 자기와 다른 사람을 좋아하는 사람은 자신의 단점을 상대방이 보완해줄 수 있어 인생을 살아가는 데 도움이 될 것이라고 믿는다.

일본의 미즈이라는 사회심리학자가 가장 매력을 느끼는 이성 타입에 대해 조사한 결과를 보면 여성들은 상냥하고 부드러우면서 배려할 줄 아는 남성을 좋아하고, 남성들은 명랑하고 솔직한 여성을 좋아한다고 한다. 아무리 이상형의 사람을 만난다고 하더라도 살다보면 장점도 보이고 단점도 보인다. 한쪽에서 장점을 찾으려고 노력하고 장점을 칭찬해주면 상대방도 장점을 찾아서 칭찬해준다. 하지만 단점을 찾아서 지적하니까 상대방도 단점을 찾아 지적하고 마음의 상처를 준다.

지인에게 이혼하는 사람들이 성격차이 때문에 이혼한다고 하는데 어떻게 생각하느냐고 물었다. 세상에 성격차이가 없는 부부가 어디 있느냐고 했다. 맞는 말이다. 세상에 사는 사람 중에 성격차이가 없는 사람은 아무도 없다. 부모와 자식 간에도 성격차이가 있고, 형제자매 간에도 성격차이가 있다. 아무리 친한 친구라고 하더라도 성격차이가 있다.

성격차이가 있다고 헤어져야 한다면 세상의 모든 부부가 헤어져야 할지 모른다. 세상에 성격차이가 없는 부부는 단 한 사람도 없다. 성격차이가 있다는 것은 헤어져야 하는 이유가 아니라 극복해야 하는 것에 불과하다. 오히려 성격이 다른 것이 두 사람의 삶을 더 풍요로워지게 할 수 있다.

아내는 너무 깔끔하다. 집안은 항상 정리정돈되어 있어야 한다고 생각하고 있다. 조금도 지저분한 것을 참지 못한다. 내가 과자를 먹을 때는 밑에 부스러기가 떨어진다며 쟁반을 대고 먹으라고 한다. 식당에 가서 밥을 먹을 때는 앞치마를 입고 식사를 하라고 했다. 손을 씻을 때는 소매를 올리고 씻으라고 한다. 아내가 깔끔한 것이 내게는 힘들 때도 있었고, 갈등의 원인이 되기도 했다.

휴일에 집에서 쉴 때는 아내가 그냥 편하게 쉴 수 있도록 내버려뒀으면 좋겠는데 아내는 청소기를 밀어달라고 한다. 아내가 요구하는 것이 틀린 것은 아니다. 깨끗하고 정리정돈되어 있는 것이 좋지만 항상 깨끗해야 하는 것은 사람을 피곤하게 하기도 하고 힘들게 할 때도 있다. 아내가 사소한 것까지 요구하니까 어떨 때는 짜증이 나고 오히려 반발하게 된다. 아내가 요구하면 무조건 따라줘야 한다는 아내의 감정은 옳은 것이 아니다.

에니어그램에서 2번 유형의 성격은 남을 도와주는 것을 좋아한다. 지인 중에 봉사활동 현장에서 봉사활동에 참여하는 모습이 좋아 보여 만나 결혼한 부부가 있다. 결혼을 해서도 남편은 가정 일보다는 봉사활동에 관심이 많다. 주말에도 다른 힘든 사람을 도와줘야 한다며 봉사활동을 하러 나간다.

두 부부가 봉사활동을 할 때는 목표가 같았지만 결혼한 후 남편의 무책임한 모습에 아내는 화가 날 수밖에 없다. 집에 있는 사람도 힘들어 죽을 지경인데 가정일은 나 몰라라 하며 나가는 남편을 보는 아내는 힘들다. 처음에는 봉사활동 하는 모습이 좋아 보였지만 이제는 남편을 비난하며 성격차이가 나서 힘들다고 한다.

부부관계가 좋을 때는 성격차이가 난다는 이야기를 하지 않는다. 부부가 갈등을 겪고 힘들어할 때 성격차이가 나서 힘들다고 한다. 성격차이가 부부를 힘들게 할 수도 있지만 배우자가 감정을 알아주지 못할 때 서운하고 힘들어한다. 부부가 감정을 알아주고 관계가 좋을 때는 성격차이가 오히려 시너지를 만들어내고 더 풍요로운 가정이 된다.

성격차이는 감정과 밀접한 연관이 있다. 부부는 서로 배우자의 감정을 읽어주고 상대방의 개별성과 독립성을 인정해주고 배려해주면 성격차이는 극복된다. 결국 성격차이는 감정차이다.

제 4 장

행복한 결혼생활을 하는
8가지 방법

01
자녀 앞에서 배우자를 존중하라

아이들은 부모를 보면서 처음으로 세상을 본다. 가정이라는 울타리는 아이들이 사회성을 경험하고 사람에 대한 기본적인 인식을 갖게 하는 시작이다. 행복한 삶을 사는 것을 보며 자란 아이는 세상 전체가 편안하고 안전하다.

태어나서 5세까지의 삶이 향후 사회적 인간관계에 크게 영향을 끼친다. 따라서 이 시기는 아주 중요한 시기이다. 아이에게 가장 많은 영향을 끼치는 것이 부모다. 5세까지 아이가 형성하는 인간관계는 단순하게 사람과 친밀한 관계를 유지하는 것을 넘어선다. 아이는 이 시기에 경험한 경험으로 세상을 보게 된다.

부모가 자녀 앞에서 언성을 높여 싸우거나 불행한 모습을 보여준다면 아이는 자신이 가진 세계가 무너져 내리는 두려움을 느끼게 된다. 가정이 안정되지 못하면 아이들은 여러 가지 호기심으로 세상을 알아가야 할 나이에 가정에 지나치게 집착하게 되고, 자신의 내면으로 파고 드는 경향이 생긴다.

행복한 부모의 모습을 보고 자란 아이들은 밝고 긍정적인 생각을 하며 타인에게도 긍정적인 생각을 심어준다. 가정이 화목하고 부부가 행복한 모습을 보여준 가정의 아이들은 학업성취 면에서도 우수하고, 자신의 목표가 뚜렷하고 보다 독립적이며 진취적이다. 반면 행복하지 않은 부모가 보여주는 모습은 자신이 속한 세계와 사회에 행복이 있을 수 없다는 비관적이고 부정적인 사고를 가진 아이로 만들 수 있다.

아내나 남편이나 아이들 앞에서 서로 존중해야 한다. 그래야 엄마로서, 아빠로서의 역할을 더 잘할 수 있다. 아내가 없을 때 자녀에게 아내의 칭찬을 해주고, 남편이 없을 때 자녀에게 남편의 칭찬을 해주면 자녀들과 엄마나 아빠와의 관계가 더 좋아진다.

가정에 없는 사람의 험담을 절대로 해서는 안 된다. 대화에 참여한 가족은 당장은 자신에 대해 비판을 하지 않지만 자신이 없는 데서는 자신도 비판을 받을 것이라는 생각을 하게 된다. 자리에 없는 사람을 칭찬해주면 자녀들은 자기가 없어도 가족들이 자기편이 되어줄 것이라는 믿음을 갖게 된다.

부모와 자녀 간에도 갈등을 겪게 된다. 아내와 사춘기 아이들과 갈등이 일어났을 때가 있다. 아내와 아이들 사이에 갈등이 생기면 아이들과 방에서 아이들의 의견을 들어준다. 엄마에 대해서 느끼는 감정이나 자신들이 느끼는 것을 그대로 들어주는 시간을 가졌다. 내가 주도적으로 말하기보다는 주로 아이들이 얘기하는 것을 들어줬다.

전에는 아내와 아이들이 있는 앞에서 아내를 질책하기도 하고 아이들을 혼내기도 했다. 어른한테 말버릇이 그게 뭐냐고 야단만 치고 혼내주기만 했다. 엄마한테 말버릇이 그게 뭐냐고 야단치기만 했다. 그랬더니 아이들은 왜 자기의 감정은 이해해주지 않느냐고 했다. 부모가 아이들의 속마음을 읽지 못하고 겉모습만을 볼 때가 있다. 그러면서 아이들에게 상처를 줄 수 있다.

일방적으로 아내를 질책하고 아이들을 혼낼 때는 아내의 마음이나 아이들의 마음을 읽을 수가 없었다. 상담공부를 하면서 아내나 아이들의 마음을 읽기 시작하면서 아내나 아이들에게 상처 주는 말을 자제할 수 있게 되었다. 겉에 보이는 모습만 가지고 아이들을 일방적으로 야단치면 아내나 아이의 마음에 상처를 줄 수 있다.

어느 유명 연예인은 남편과 이혼소송을 진행하면서도 자녀들 앞에서는 아빠에 대해 험담을 한 마디도 하지 않았다고 한다. 오히려 "너희 아빠는 참 좋은 사람이다."고 가르쳤다고 한다.

자녀들은 부모에 대한 충성심을 갖고 있다. 그러기 때문에 어린 자녀 앞에서 부모가 갈등을 일으키고 싸우고, 한 배우자가 다른 배우자를 비난하면 안 된다. 그러면 자녀들은 그 부모에 대한 애정과 그리움을 어떻게 처리해야 할지 몰라 당황하게 된다.

자녀 앞에서 배우자에게 욕설을 하거나 배우자의 가족을 비난하는 것은 가정폭력이다. 자녀 앞에서의 가정 폭력은 학교폭력으로 연결되는 원인이 된다. 늘 무뚝뚝하게 대답하는 아빠와 따지듯이 말하는 엄마를 보면서 자녀들은 사랑해서 결혼한 것이 맞는지 의문을 갖게 된다.

자녀 앞에서 부부가 갈등을 일으키고 싸웠다면 자녀 앞에서 반드시 화해하는 모습도 보여줘야 한다. 자녀 앞에서 뽀뽀를 하거나 서로 안아주면서 아빠, 엄마가 화해했다는 모습을 보여줘야 한다. 그렇게 해야만 자녀들이 자책감에서 벗어날 수 있다. 자녀 때문에 싸운 것이 아니라는 것을 보여줘야 한다.

자녀 앞에서 부부가 싸우면 엄마나 아빠를 이상한 사람으로 보는 경향이 있다. 그렇지만 아빠는 엄마를 칭찬해 주고, 엄마는 아빠를 칭찬해 주는 모습을 보면서 자녀들은 편안한 마음을 갖게 된다.

부부는 자녀 앞에서는 물론 자녀가 없는 곳에서도 항상 갈등하는 모습을 보여줘서는 안 된다. 행복한 모습을 보여줘야 자녀가 행복한 자녀로 성장하게 된다. 자녀 앞에서 남편이 아내에게 존경을 받지 못하면 아버지는 자식에게 멸시의 대상이 된다. 자녀 앞에서 아내가 남편의 사랑을 받지 못하면 아내는 자식에게 버림을 받는다.

자녀들 앞에서 배우자를 최우선으로 대하라. 자녀, 부모형제, 친구, 직장동료 등 그 어떤 사람보다 배우자를 가장 우선적으로 생각해야 한다. 자녀들에게 부부가 서로를 가장 중요하게 생각하는 모습을 보여줘라. 부모가 행복하게 사는 모습을 보는 것은 자녀의 삶에 아주 중요한 영향을 미친다.

부모가 서로에게 변함없는 애정을 나누는 모습을 볼 때마다 서로 사랑하는 사람들 사이에서 그 사랑의 결과로 태어난 자신이 얼마나 소중하고 아름다운지를 느끼게 된다. 자신이 소중한 존재라는 것을 느끼게 되면 어떤 행동도 함부로 하지 않는다.

할아버지, 할머니가 선생님인 가정에 부모가 선생님이 되는 경우가 많고, 부모가 선생님인 가정의 자녀 중에 선생님 자녀가 많다. 부모가 법조인 가정의 자녀가 법조인인 경우가 많다. 부모가 농부인 자녀가 농부가 많다. 부모가 장사를 하는 가정의 자녀가 장사하는 자녀가 많다. 자녀는 부모가 하는 것을 보고 배우게 되어 있다.

아버지가 어머니를 사랑하고 배려해주는 모습을 보고 자란 아들은 아내를 사랑하고 존중한다. 어머니가 아버지를 존중해주고, 칭찬해주고, 격려해주는 모습을 보고 자란 딸은 남편을 존중하고 칭찬하고 격려해준다. 부모가 행복하면 자녀가 행복해진다. 자녀가 행복하게 사는 모습을 보는 부모는 행복하다.

자녀 앞에서 배우자를 존중하라. 그래야 자녀들이 행복하게 살아가는 모습을 볼 수 있다. 자녀가 보는 앞에서는 물론 자녀가 보이지 않는 곳에서 행복한 모습으로 살아가야 진정으로 행복한 가정이 될 수 있다. 행복한 부부가 될 수 있다.

자존심은 절대로 건드리지 마라

부부가 갈등을 겪고 힘들어할 때는 배우자가 죽이고 싶도록 밉고, 당장 이혼이라도 하고 싶다. 그것이 최선이고 지금보다 나을 것이라는 확신이 든다. 하지만 아무리 힘들더라도, 상대방이 무엇 때문에 화를 내든, 어떤 성격 유형이든 그 어떤 경우에도 자존심만은 절대로 건드려서는 안 된다.

부부싸움을 통해 배우자의 속마음을 알게 되면 부부관계가 더 가까워지는 경우도 있다. 이혼의 위기까지 갔던 부부도 오히려 전환점을 맞게 되는 경우가 있다. 그러나 자존심을 건드리면 그런 기회마저 사라진다. 설사 그런 기회가 오지 않더라도 그것은 인간으로서의 도리다. 자존심에 상처를 받으면 상대방의 자존심을 건드리게 되어 있다.

잘 참다가도 자존심의 상처를 받으면 참지 못하고 상대방의 자존심을 건드리게 되어 있다. 설사 이혼을 하는 상황이 오더라도 자존심은 건드리지 말자. 자존심을 건드리지 않는 것이 자존심에 상처를 받지 않는 방법이다.

자존심에 상처를 받는 것은 사람에 따라 다르겠지만 아내들이 받는 자존심은 무시하기, 저학력, 인물평가, 친정식구 험담 등이 있다. 남자들이 받는 자존심은 무시하기, 비교당하기, 능력 없는 남자라는 소리를 들을 때다.

아내가 내게 하는 말 중에 "왜 나를 무시하느냐?"는 말이 있다. 내가 의도적으로 아내를 무시하지 않았다. "언제 무시했느냐?"고 했더니 "친정에 가서도 다른 형제들은 남편이 다 칭찬을 해주는데 당신만 나를 무시한다."고 했다.

나는 처가에서 만나거나 친구들과 만날 때 웃자고 하는 얘기들을 아내는 자기를 깎아내리는 것이라고 생각했고, 자존심을 건드리는 것이라고 생각했다. 나는 웃자고 한 얘기를 아내는 다르게 받아들인 것이다. 말은 하는 사람의 의도대로 전달되는 것이 아니라 듣는 사람의 의도대로 듣는 것이다.

곰곰이 생각해 보니 내가 아내를 무시하거나 상처를 주기 위해서 한 얘기는 아니더라도 아내의 입장에서는 상처가 되고, 자존심이 상할 수도 있다는 생각이 들었다. 그래서 그런 말을 하지 않으려고 우리 집 가훈을 "아무리 힘들고 어려워도 해서는 안 될 말은 하지 말자."로 정했다. 아무리 화가 나더라도 해서는 할 말은 절대로 하지 말자고 했다.

가훈으로 정해놨다고 해서 지켜지는 것은 아니다. 가장 먼저 내가 지켜야 한다고 생각하고 있다. 나도 모르게 입에서 하는 말이 나도 모르게 아내에게, 두 딸에게 상처가 되는지 생각하며 말을 한다. 가족들에게 아무리 화가 나더라도 넘어서는 안 될 선은 넘어가지 말자고 했다.

아무리 화가 나더라도 부부가 절대로 해서는 안 될 말이 '우리 이혼하자.', '능력 없는 남자', '집에서 놀면서 그것도 못해', '아무래도 우린 결혼 잘못한 것 같다.'이다. 농담으로라도 해서는 안 되는 말이다. 농담이 진담이 되어 정말로 이혼하는 부부도 있다.

홧김에 한쪽이 "우리 이혼하자"고 한 마디 했는데 그 말을 들은 상대방이 "그래, 우리 이혼하자"고 한 것이 정말 이혼으로 연결되는 경우가 있다. 이혼하고 싶어서 한 얘기가 아니라 무심코 내뱉은 말 한마디가 씨가 되어 이혼하고 말았다. 부부싸움을 하면서도 이혼하자는 말은 절대로 해서는 안 된다.

승진을 하지 못해서 마음 아파하는 남편은 아내를 보기도 미안하고 자식을 보기도 미안하다. 그런데 아내로부터 능력 없는 남자라는 소리는 들을 때는 아내가 미워진다. 지인 중에 아내로부터 승진도 못하는 무능력한 남자 취급을 받으니까 집에 들어가기 싫다며 한동안 친구 집이나 밖에서 방황하는 모습을 본 적이 있다.

집에서 해도 해도 끝이 없고, 표도 나지 않는 집안일과 말 안 듣는 애들과 하루 종일 씨름해서 지칠 대로 지친 아내에게 남편이 "집에서 놀면서 그것도 못해."라는 소리를 들으면 뚜껑이 열린다. 미치고 환장하는 것이다. 아내가 이 말을 들으면 어떨지 곰곰이 생각해 봐야 한다.

자존심이라고 생각하는 것이 사람마다 다를 수 있다. 어떤 사람에게는 어릴 때 있었던 사건이 숨기고 싶었던 비밀일 수 있고, 어떤 사람은 숨기고 싶은 것이 신체의 비밀일 수 있다. 어떤 사람은 숨기고 싶은 것이 가정의 비밀일 수도 있고 어떤 사람은 숨기고 싶은 것이 재능과 관련된 것일 수 있다.

물에 절대로 들어가지 않으려고 하는 사람이 있었다. 그 사람은 수영을 못해서 물에 들어가지 않으려고 한 것이 아니라 자신이 대머리라는 것이 탄로날까봐 물에 들어가려고 하지 않는 것이다. 부모님의 과거 이력을 숨기고 싶은 사람도 있다. 부모님의 과거 이력을 다른 사람에게 모르게 하고 싶은 것이 있다. 배우자에게도 알려주고 싶지 않은 것이 있다. 자녀에게도 알려주고 싶지 않은 것이 있다.

남에게 숨기고 싶은 것이 드러나는 것을 자존심을 건드렸다고 생각할 수도 있다. 그것은 부부라고 하더라도 마찬가지다. 배우자가 자존심이라고 여기는 것을 알았을 때에는 보호해주는 것이 필요하다. 그것이 드러나는 것을 수치심이라고 생각하고 자존심에 상처를 받았다고 생각할 수 있다.

나는 숨기고 싶은 것이 사람들 앞에서 노래하기다. 고등학교 때 일이다. 남녀 합반일 때 음악시험을 노래를 부르는 시험으로 치를 때였다. 음악 선생님이 내가 "먼 산에 진달래"하니까 네 실력을 알았다며 앉으라고 했다. 나는 국어책 읽듯이 끝까지 읽었다. 그랬더니 우리 반 친구들이 웃고 난리가 났던 적이 있다. 성적표를 받아보니까 내 성적을 아주 높게 췄다.

그 이후로 사람들이 있는 곳에서는 노래를 부른 적이 없다. 군에서 자대에 배치받았을 때 교회에 가겠다고 했더니 선임병이 찬송가를 불러보라고 해서 불렀던 적이 있을 뿐 다른 사람들이 모여 있는 곳에서 노래를 불러야 하는 상황이 되면 무슨 수를 써서라도 그 자리를 피했다.

내가 하고 싶지 않은 것은 많은 사람들 앞에서 노래를 부르는 것이었다. 노래를 부르라고 하면 고등학교 때 음악시험 때 망신당한 일이 생각났다. 그런 일이 다시 반복되는 경험을 하고 싶지 않았다. 그러면서 그런 장소를 피하게 된다.

그렇다고 사람들 앞에서 노래하는 것이 싫은 것이지 노래를 듣는 것을 싫어하는 것은 아니다. 마음이 울적하거나 마음이 산만할 때 잘 불지는 못해도 색소폰을 불면 마음이 편해진다. 이제는 내가 노래를 잘 못 부른다는 것을 드러내 놓고 말하지만 얼마 전까지만 해도 숨기고 싶었던 것이다.

갈등이 생겨 화가 나서 부부싸움을 하고 설사 이혼을 하는 상황이 오더라도 상대방의 자존심은 절대로 건드리지 마라. 말없이 참아왔던 사람도 자존심을 건드리면 꿈틀하게 되어 있다. 상대방의 의견을 있는 그대로 인정하고 상대방의 요구와 소망을 존중하라.

03

구체적으로 칭찬하라

똑같은 칭찬을 하더라도 언제, 어떻게 하느냐에 따라 그 효과는 크게 다르다. 부모의 감정에 따라 행해지는 칭찬과 꾸중은 자칫 잘못하면 아이 인생에 오히려 해가 될 수 있다. 가장 좋은 칭찬은 구체적으로 칭찬하는 것이다. 살다 보면 칭찬할 때만 있는 것이 아니라 꾸중해야 할 때가 있다. 꾸중할 때 잘못된 실수를 지적하는 것으로 끝나는 것이 아니라 더 나아가 올바른 행동까지 제안하는 것이 필요하다.

어느 퇴직하는 선배의 송별식에 참석했을 때 선배가 내 귀에 대고 "김운영, 네가 있어서 마음 놓고 나간다." 했다. 내가 그 선배를 모르면 그 소리가 고마웠을 것이다. 하지만 그 선배는 내가 있는 데서는 나를 칭찬하는데 내가 없는 데서는 나를 비난한다는 소리를 들었다. 그러다 보니 그 선배가 내 귀에 대고 한 말은 칭찬으로 들리지 않았다. 오히려 기분이 나빴다. 그래서 조금 있다가 그 자리를 빠져나왔던 적이 있다.

진정성이 있는 칭찬을 들으면 기분이 좋다. 하지만 진정성이 없는 칭찬을 들으면 오히려 기분이 나쁘다. 칭찬은 본인이 있을 때나 본인이 없을 때나 동일해야 한다. 본인이 없을 때 비난했던 것을 나중에 본인이 들으면 배신감이 느껴질 뿐이다. 그럴 바에는 아예 칭찬을 하지 않는 것이 오히려 좋다.

부부는 서로 칭찬을 하면 할수록 좋다. 칭찬하는 데는 돈이 들지 않는다. 아내나 자녀들을 기분 좋게 하고, 밝은 마음을 갖게 한다. 사랑이 담긴 칭찬은 아내의 마음을 쉽게 녹여준다. 칭찬은 아내에게 용기를 주고, 사랑을 주고, 기쁨을 주고, 신뢰를 심어준다.

인사권자인 시장이 시키는 일이 정당한 일이 아니라며 거부할 때가 있었다. 거부하면서 많이 힘들었다. 사무실에 출근하기가 싫었다. 거부하면서도 그냥 할 걸 그랬나 하는 생각이 들 때도 있었다. 당시 부시장이 나를 부르더니 "요즘 많이 힘들죠. 잘하고 있습니다. 찍혀봐야 하수종말처리장으로 갑니다. 불명예 퇴직하는 것보다 나은 거 아닌가요. 힘내세요."했다.

많이 힘들 때 부시장의 격려는 내가 하고 있는 것이 잘하는 것이라는 자부심을 갖게 했다. 아내가 남편이 힘들어하는 모습을 보고 격려해주고 칭찬해주면 남편은 힘이 생기고 용기가 생긴다. 아내가 힘들 때 남편의 칭찬은 아내에게 용기를 주고, 사랑을 주고, 기쁨을 준다. 그리고 배우자를 신뢰하게 된다.

친척들이 모인 장소에서 배우자를 칭찬하면 배우자는 좋아한다. 사람들이 모여 있을 때 칭찬해주는 것을 배우자는 좋아한다. 칭찬을 하면서 구체적으로 칭찬하면 더 좋다. 다른 사람이 없더라도 일상생활에서 부부가 서로 칭찬하면 부부관계가 더 좋아진다.

지인이 무릎이나 발목이 아플 때 티베트 버섯을 먹으면 좋다고 해서 가져온 적이 있다. 티베트 버섯을 먹으니까 무릎 통증이 많이 줄어들었다. "당신이 정성 들여 만들어 주니까 무릎이 많이 좋아졌어."했더니 벌써 몇 년이 되었는데도 한 번도 빠지지 않고 챙겨준다.

어린아이를 둔 주부들에게 집에서 할 수 있는 부업을 알선해 주려고 계획서를 결재받을 때 차희주 부시장님이 "부업감 중에는 죽어라 일을 해도 돈이 안 되는 일이 있으니까 김 계장이 직접 해보고 고생만 하고 돈이 되지 않는 일은 소개해주지 말고 용돈이라도 되는 일감을 소개해 줬으면 좋겠다."하셨다.

부업감이 생기면 집으로 가져왔고 연습 삼아 하루는 아내에게 일을 해보게 하고 이튿날은 나와 함께 시간을 재가며 한 달에 얼마나 벌 수 있을까 계산해 보았다. 돈이 되는 부업감은 주부들에게 연결해 주었고, 돈이 안 되고 고생만 하는 부업감은 주부들에게 연결시켜 주지 않았다.

아내는 집안이 지저분해지는 것을 싫어한다. 하지만 아내에게 도와줄 것을 부탁했고 "다른 주부들이 부업으로 일할 수 있도록 도와줘서 고맙다. 당신 때문에 회사에서 인정받고 있다."고 했더니 아내는 열심히 도와줬다. 돈도 받지 못하면서 매일 나 때문에 고생만 했다. 아내에게 미안했지만 아내가 고마웠다.

그 후에도 아내는 회사 일 때문에 도와달라고 하면 열심히 도와줬다. 사무실에서 폐건전지를 수집할 때는 아파트에서 발생하는 폐건전지를 모아서 챙겨주기도 했고, 내가 도와달라고 하는 일은 무엇이든 도와주려고 했다.

아내는 집에 있으면서 종이로 뜨거운 그릇 받침대를 만든다. 하나를 만드는 데 시간도 많이 걸리고 힘이 들지만 아내에게 예쁘다고 칭찬해 줬더니 시간이 날 때마다 만들어 지인들에게 나눠주며 좋아한다. 아내에게 칭찬해주고 고맙다고 하고 하니까 아내는 힘들어도 불평하지 않고 나의 일을 도와줬다.

칭찬을 받으면 칭찬하는 사람에게 호감을 갖게 된다. 칭찬을 받으면 기분이 좋고 힘이 생기고 살맛이 난다. 상대방을 칭찬하면 칭찬해준 사람에게 충성하려고 하고 도와주고 싶어하기 때문에 협조를 얻기 쉽다. 상대방을 칭찬하면 그 상대방은 칭찬한 사람에게 호감을 갖게 되기 때문에 동의를 얻어내기도 쉽다.

아내와 해외여행을 다녀오는 경우가 있다. 아내는 짐을 챙기면서 당신은 손 하나 까딱하지 않고 다 내가 싼다고 투덜거린다. 그러면 "당신이 꼼꼼하게 잘 챙기니까 그렇지."한다. 아내는 자기가 짐을 잘 싼다는 것을 남편이 알아주기를 바라는 마음을 가지고 있는 것이다. 도와주는 사람의 마음만 알아줘도 일하는 것이 힘들지 않다.

아내는 아이들에게 조그마한 것까지 이렇게 해라, 저렇게 해라 잔소리를 한다. 그러다보면 아이들과 갈등을 겪게 된다. 계집애들이 잘 가

르쳐주려고 하면 시키는 대로 하지 시키는 대로 하지 않는다고 짜증을
부린다. 어느 날 아내가 아이들이 하는 것을 지켜보면서 잔소리를 하지
않고 있었다. "어쩐 일이야, 애들이 하는 것을 보고 잔소리를 하지 않고
그냥 놔두니까 애들이 잘하네"했더니 아내는 좀 못마땅한 표정을 지으
면서도 참았다.

누군가의 협조를 얻고 싶을 때는 하는 것이 조금 서투르다고 하더라
도 도와줘서 고맙다고 칭찬을 해야 한다. 칭찬을 받으면 다음에는 더
잘하고 싶고, 더 열심히 도와주고 싶어진다. 당장은 못마땅할지 모르지
만 먼 미래를 위해서는 지금은 잘 못하지만 도와준 것에 고맙다는 표현
을 하는 것이 더 중요하다.

지금 당장 마음에 안 든다고 잔소리를 하면 다음에는 하지 않으려
고 한다. 내가 설거지를 도와주면서 아내에게 몇 번 퇴짜를 맞고부터는
설거지를 하지 않으려고 한다. 아내의 마음에는 들지 않더라도 아내가
"도와줘서 고맙다"고 했다면 집에서도 설거지가 내 담당이 되었을지
모른다. 봉사현장에서는 잘못했다고 지적하지 않는다. 설거지가 힘들기
는 해도 봉사활동 현장에서는 설거지가 내 담당이다.

우리나라 부부들은 배우자를 칭찬하는 것에 아주 인색하다. 꼭 말
하지 않아도 알 것이라고 생각하기 때문인 경우가 많다. 하지만 사실
표현하지 않으면 느껴지지도 않고 알 수도 없다. 표현해야만 느낄 수
있고, 표현해야만 알 수 있다. 말로 표현하거나 행동으로 표현하는 것
이 필요하다. 본인이 고마워한다는 것을 상대방이 느끼도록 해주어야

한다.

　칭찬을 할 때는 구체적으로 칭찬하라. 칭찬을 구체적으로 하면 본인에게 관심을 가져주는 것으로 알지만 구체적으로 하지 않으면 의례적인 칭찬이라고 생각할 수 있다. 사람들은 진심으로 칭찬하는 것을 좋아한다. 진심으로 칭찬을 받으면 힘이 생기고, 용기가 생기고, 칭찬해주는 사람을 좋아하게 만든다. 부부가 서로 칭찬하면 부부관계가 좋아진다.

04

잔소리는 하되 선은 넘어가지 마라

세상에 잔소리를 좋아하는 사람은 없을 것이다. 아내들이 가장 힘겨워하는 것이 남편의 잔소리다. 남편들이 가장 힘겨워하는 것은 아내의 잔소리다. 아무리 좋은 이야기라고 하더라도 자꾸 반복적으로 들으면 듣기 싫다. 아무리 좋은 이야기라도 자꾸 반복해서 들으면 잔소리로 들린다.

잔소리는 부모가 하는 것도 듣기 싫다. 부모님이 하는 잔소리는 자녀가 잘되라고 하는 얘기이지만 자꾸 반복되다 보면 부모와 얘기하는 시간이 줄어든다. 배우자가 하는 잔소리는 갈등을 만들기도 하고 부부관계를 멀어지게 한다. 직장 상사가 하는 소리는 어쩔 수 없이 듣지만 스트레스를 받는다.

딸과 마트에서 시장을 보고 있는데 딸이 "이것을 살까?" 하다가 이거 사면 "엄마한테 한 소리 듣게 될 거 같아. 그냥 사지 말자." 했다. 아빠가 사라고 해서 샀다고 하면 되니까 그냥 사라고 해도 싫단다. 내가 사가지고 왔지만 아내는 아무 소리를 하지 않았다. 딸이 무엇을 샀을 때 아내에게 혼난 적이 있었는지 사고 싶은 것을 고를 때도 엄마한테 잔소리를 듣는 것을 먼저 생각한다. 잔소리는 사람들의 의욕을 꺾어 놓기도 하고 눈치를 보게 하기도 한다.

퇴근하며 마트에서 소고기를 사왔더니 아내가 "사오지 말라고 했는데 왜 자꾸 사와. 당신이 먹고 싶으면 당신이 요리해서 먹어."했다. 아내가 무슨 일로 저기압이 되었는지 모르지만 기분이 좋지 않았다. 소고기를 냉장고에 집어넣고는 컴퓨터 앞에 앉았다. 그 후로는 퇴근하며 시장을 봐오지 않는다. 전에는 내가 먹고 싶은 것을 사오기도 했고, 가족이 같이 먹으려고 시장을 봐왔지만 그 후로는 시장 보기가 싫어졌다.

딸이 화장실에 들어갈 때 꼭 문을 잠근다. 문을 닫기만 해도 되는데 잠근다. 문을 열어 놓고 세수를 하면 엄마가 비누는 어떻게 사용해라, 세면대에서 세수하지 말고 세숫대야에 물을 받아 욕조 안에 놓고 세수해라. 화장실 청소를 했으니까 물이 튀지 않게 깨끗하게 사용해라며 계속 잔소리를 해대니까 잔소리를 듣지 않으려고 딸은 화장실에 들어가기만 하면 문을 잠그는 것이다. 누구나 잔소리는 피하고 싶은 것이다.

아내가 "다른 사람은 잘하는데 왜 당신은 못하느냐."다른 사람과 비교당하면서 좋은 사람은 없다. 당신은 무능력하다는 얘기다. 남편을 무시하는 것이다. 언젠가 비교를 당할 때가 있었는데 짜증이 나고 화가 났다. "그 사람이 그렇게 좋으면 그 사람하고 살아."했던 적이 있다.

전에 고치라고 했는데 왜 고치지 않고 자꾸 어기장을 부리느냐며 계속 반복하여 잔소리를 한다. 했던 말을 반복하기도 하고, 비아냥대거나 무시하거나 비난을 한다. 잔소리를 듣고 있으면 짜증이 나고, 화가 난다. 잔소리를 하다 보면 상대방의 자존심을 건드리게 되어 있다. 넘지 말아야 할 선을 넘게 되어 있다.

자존심에 상처를 받으면 참아왔던 사람도 더 이상 참지 않는다. 상대방의 자존심을 건드리게 되고 상대방에게 상처를 입힌다. 잔소리하면서 얻으려고 했던 것은 얻지 못하고 둘 다 힘들어진다. 아무리 가까운 사이라고 하더라도 지켜야할 선이 있다. 잔소리할 때 지켜야 할 선을 살펴보자.

첫째, 잔소리는 짧아야 한다. 잔소리하는 사람은 충고라고 생각하고 할지 모르지만 길어지면 잔소리가 되고 무의식을 건드리게 되고 역효과가 난다. 말하는 사람과 듣는 사람의 무의식이 서로 충돌하게 된다. 듣는 사람은 무의식에 상처를 받아 보호본능이 발동한다. 잔소리로 들리면 좋은 얘기라고 하더라도 귀를 닫아버리기 때문에 아무리 이야기를 해도 소용이 없다.

둘째, 잔소리는 반복되지 않아야 한다. 좋은 말도 자주 반복하면 잔소리로 들린다. 좋은 말도 반복해서 들으면 싫다. 수십 번이나 수백 번 반복하여 들으면 미쳐버릴 지경이다. 잔소리로 들리면 한 귀로 듣고 한 귀로 흘려버린다. 잔소리가 아니더라도 잔소리를 할까봐 피하고 싶어진다. 잔소리가 심하면 상대방을 죽이고 싶도록 미워질 때도 있다. 순간을 참지 못하고 배우자를 살해하는 경우도 있다.

셋째, 남들 앞에서 해서는 안 된다. 아내가 남들 앞에서 무시하는 발언을 하게 되면 자기가 인정받지 못하고 있다는 생각이 들고 화가 난다. 부부관계가 서먹해지고 더 멀어질 수 있다. 아무리 가까운 부부 사이라고 해도 때와 장소를 가려서 해야 한다. 명절에 가족들이 모였을 때 무심코 한 말이 갈등이 되고 싸움이 되는 경우가 있다. 배우자가 알지 못하는 자존심을 건드릴 수 있다.

넷째, 배우자를 나무라듯이 잔소리를 해서는 안 된다. 잔소리는 모르는 사람에게서 듣는 것보다 배우자나 부모, 친척에게 들을 때 더 상처를 받게 된다. 가족이니까 괜찮겠지 하지 말고 눈치를 살펴 조심스럽게 해야 한다.

아내가 잔소리를 하면 아내가 원하는 대로 남편이 움직일 것이라고 생각할지 모르지만 잔소리는 전혀 효과가 없다. 나는 새 옷만 입고 나가면 뭔가를 묻혀오는 습관이 있다. 그러다보니 새 옷을 입으라고 하면 입지 않으려고 한다. 뭐가 묻으면 아내의 잔소리가 시작될 것이 분명하기 때문이다. 아무리 조심을 해도 저녁에 집에 와서 보면 뭔가가 묻어 있다. 아내가 잔소리를 하니까 묻는 것 같다. 아내가 아무 소리를 하지 않으면 괜찮을지 모른다.

잔소리하는 사람의 의식 속에는 '내가 너보다 낫기 때문에', '내가 너의 아버지니까', '내가 형이니까', '내가 선배이니까'라는 의식이 깔려 있다 보니 갈등을 갖게 된다. 듣는 사람은 거짓말로 속이거나 무시하고 회피하면서 갈등을 피하려고 한다.

적당한 잔소리는 괜찮다. 잔소리는 하되 선을 넘어가는 잔소리는 하지 마라. 잔소리는 반복하지 말고 짧게 하라. 잔소리할 때는 시간과 장소를 가려서 해라. 가능하면 잔소리보다는 칭찬을 많이 하라. 배우자를 움직이게 하는 것은 칭찬만큼 좋은 것은 없다.

아내도 자기만의 시간이 필요하다

아내도 어릴 때는 꿈이 있었다. 하고 싶은 것도 많았다. 결혼하고 아이를 갖게 되면서 하고 싶었던 것을 모두 내려놔야 했다. 나와 막 결혼할 당시에는 아내가 서울시립대학교 교직원으로 근무하고 있었다. 그런데 어느 날 어머니가 하반신이 마비되어 움직이지 못하셨다. 갑자기 어머니가 병원에 입원하시면서 병간호를 해줄 사람이 없었다.

어머니 병간호를 하는 사람이 필요해서 아내에게 사직서를 내고 병간호를 해달라고 부탁했다. 아내는 미련 없이 사직서를 내고 어머니 병간호를 도와줬다. 결혼한 지 1년도 되지 않은 상태였지만 흔쾌히 동의해주셔서 고마웠다.

아이 둘을 놓고 다른 집 아이들을 10여 년 이상 돌봐주면서 아내는 취미생활도 못하고 친구들도 마음대로 만나지 못했다. 남의 아이를 돌보다가 정작 내 시간을 가질 수가 없었다. 맞벌이 부부의 아이를 돌보다 보니까 하루 쉬고 싶어도 쉴 수가 없는 상태다. 가족이 해외여행을 하고 싶었지만 아내는 아이 때문에 가지 못하고 두 딸만 데리고 갔던 적이 있다.

아내가 내게 하는 말이 있다. "당신은 하고 싶은 거 다 해봤지. 난 아무것도 못해봤어. 김운영 씨와 결혼하면서 내가 하고 싶은 거 모두 포기했어." 그 말을 들을 때 정말 미안했다. 나는 테니스, 탁구, 배드민턴, 마라톤, 등산, 그림그리기. 색소폰, 에니어그램, 심리상담 대학원과정, 자원봉사 등 하고 싶은 것은 다 해봤다. 어떤 직원이 도대체 안 해본 것이 무엇이냐고 물을 정도로 다양한 활동을 했다.

아내는 남편인 내가 하고 싶은 것을 다 하는 모습을 보면서도 불평하지 않고 내가 새벽에 출근해도 식사를 챙겨줬다. 설사 우리 부부가 갈등을 가지고 있을 때도 아침식사는 꼭 챙겨줬다. 아내는 몸이 아프더라도 남편인 나의 식사를 챙겨줬다.

이제 아내가 아이를 보지 않으면서 주민자치프로그램에 참여하기 시작했다. 처음에는 봉사활동을 하다가 지금은 난타, 장구, 100세 체조, 스포츠 댄스 등 프로그램에 참여한다. 처음에는 1주일에 한 번 참여하더니 이제는 매일 나간다. 갔다 와서는 무엇을 배웠다고 자랑하고 집에 와서 연습도 하고 즐거워한다.

언젠가 공연이 있다고 하여 보러 갔더니 아직 시작한 지 얼마 되지 않아서인지 맨 뒤에서 다른 사람들이 하면 따라 했다.

"틀리지 않았어."

"틀리면 어때, 즐거우면 되는 거야."

"창피하지 않아."

"창피하긴 틀리니까 더 좋던데."

나는 색소폰을 잘 불지 못하지만 색소폰을 불면 마음이 편하다. 꼭 잘 불어야만 하는 것은 아니다. 내가 좋으면 되는 것이다. 아내가 주민자치프로그램에 참여하며 즐거워하고, 누구와 만나서 얘기하고, 집에 와서 자랑하고, 연습하는 모습을 보니까 보기 좋다.

아내가 나와 결혼하며 포기해야만 했던 것을 지금 다시 시작하기는 어려운 것도 있지만 자기만의 시간을 갖고 활동하도록 하는 것은 필요하다. 자기가 하고 싶은 것을 하면서 살아가는 것이 필요하다. 좀 늦기는 했지만 좋아하는 아내의 모습을 보는 나도 좋다.

아내는 여행을 하고 싶다고 한다. 아내와 1년에 한 번씩은 국외여행을 다녀올 생각이다. 아내는 국외여행을 하면서 방문하는 나라마다 조그마한 소품을 구입하는 것을 좋아한다. 어떻게 보면 소녀 같기도 하고 어떻게 보면 애기 같다. 집에 있는 장식장에 소품이 가득한데도 스페인을 다시 가보고 싶다고 한다.

조만간 스페인을 다녀오는 계획을 세워야겠다. 여행을 하면서 백발이 된 노인들이 손을 잡으며 여행하는 모습을 보니까 정말 보기 좋았다. 너무 시간에 쫓기지 않으면서 여유를 갖고 즐기고 싶다. 아내가 나와 결혼하면서 많은 것을 포기했지만 남은 시간 동안에는 하고 싶은 것을 하면서 살도록 도와주고 싶다.

작은 딸에게는 바이올린을 사주고 학원에 보내줘서 악보를 보면 연주할 수는 있는데 큰 딸이 플루트를 사달라고 했을 때 가격이 비싸다며 사주지 않았던 적이 있다. 지금 와서 보면 그때 사줄 것을 잘못했다는 생각이 든다. 물론 성인이 된 후에도 취미로 악기를 배울 수도 있지만 악기를 배우는 것도 때가 있다. 어렸을 때 가지고 다닐 수 있는 악기 하나 정도는 연주할 수 있도록 배우는 것이 좋다.

아내에게도 젊었을 때 하고 싶었던 일이 있었을 것이다. 하지만 아이를 놓고 키우면서 자신이 하고 싶은 것을 하겠다고 하기가 힘들었을 것이다. 아이 키우기에 몰두하고 남편 뒷바라지를 하면서 정작 본인이 하고 싶었던 것을 모두 접었다. 이제는 과거와는 여건이 많이 달라졌다. 결혼을 하더라도 할 수 있는 것은 할 수 있다. 전념은 하지 못하더라도 시간을 만들어 활동하는 것이 필요하다.

취미생활도 하고, 여행도 하고, 하고 싶은 것이 무엇이든 도전해봐라. 부부가 서로 도와주면서 아내도 자기만의 시간을 갖도록 도와줘야 한다. 아내가 모든 것을 포기하게 하지 말자. 이제 인생 100세 시대다. 잘하지는 못해도 즐거우면 되는 것이다. 하다가 틀려도 본인이 즐거우면 되는 것이다.

인터넷에 떠도는 어느 90세 노인의 수기에서처럼 직장에서 퇴직했다고, 늙었다고 아무것도 하지 않으면 후회를 하게 되어 있다. 어느 강의에 참석했는데 "60세까지 열심히 일했으면 70세까지는 인생에서 할 수 있는 일을 할 수 있는 황금기다. 더 늙으면 몸이 따라주지 않아 뭘

하고 싶어도 할 수 없다."고 했다. 맞는 말이다. 직장에 다니기 때문에 하지 못했던 것을 해봐라.

누구 한 명만 편하고, 누구 한 명만 행복하다고 해서 가족이 행복한 것은 아니다. 가족 모두가 행복해야 진정으로 행복한 것이다. 행복한 가족은 서로 배려하면서 즐겁고 긍정적인 자세로 살아간다. 서로 지지해 주고 사랑하며 서로 대화를 나누며 즐긴다.

아내도 자기만의 시간이 필요하다. 아내는 집에서 청소하고, 빨래하고, 밥만 해야 하는 것이 아니다. 아내도 하고 싶은 것이 있고, 아내도 자기만의 시간이 필요한 것이다. 서로 하고 싶은 것을 하도록 도와줘야 한다. 잘하지는 못하더라도 즐거우면 되는 것이다. 돈이 되지 않아도 하고 싶은 것을 하면서 살면 되는 것이다.

06

부부문제를 가장 우선순위에 두라

우리가 살아가면서 때로는 돈이 우선이 될 때가 있고, 때로는 승진이 우선이 될 때가 있다. 세상에 웃자고 하는 소리 중에 배우자가 3순위, 4순위로 밀려나고 집에 키우는 애완견보다도 못하다는 얘기가 있다. 사람들은 자기를 알아주고 인정해줄 때 만족을 느낀다. 배우자가 애완견보다 못한 대접을 받는다는 것은 애완견은 집에 들어가면 반갑다며 꼬리를 치고 맞아주는데 배우자는 그러지 못하기 때문이다.

결혼하기 전에는 나를 가장 우선순위에 두며 내가 하고 싶은 것을 마음대로 했다. 부모님보다 나를 우선순위에 두었다. 하지만 결혼하여 아이가 태어나기 전에는 여러 가지 현상이 나온다. 1순위를 부부에게 두는 사람이 있고, 부모에게 두는 사람이 있고, 결혼 전과 같이 자기에게 우선순위를 두는 사람이 있다.

나는 결혼 초기에 결혼할 때 내가 사준 옷을 드라이클리닝 하지 않고 물빨래를 했다고 아내가 어머니에게 큰소리를 지르는 것을 보고 화를 냈던 적이 있다. 나의 입장에서는 어려운 여건에서도 잘 키워주신 어머니에게 소리 지르는 것만 생각하고 아내에게 상처를 준 것이다.

아내의 입장에서는 황당할 수밖에 없었을 것이다. 남편 하나 의지하고 시집 왔는데 남편이라는 사람이 한다는 소리가 기가 막혔을 것이다. 하지만 나는 옷은 새로 사면 되는 것이라고 생각했다. 나는 어머니에게 소리를 지를 수 있지만 아내는 어머니에게 소리를 지르면 안 되는 것으로 생각했다. 부부 사이는 이성적인 것보다 감정적인 것이 더 중요한데 나는 감정을 무시했던 것이다. 감정을 무시하면서 결혼의 위기가 온 것이다.

'결혼할 때 사준 새 옷이 망가져서 마음이 상했겠다. 어머니는 시골에 살다보니까 드라이 클리닝을 해야 하는 것을 알지 못해서 그랬나 봐. 내가 알려드렸어야 했는데 미안하다.'고 아내의 감정을 읽어줬어야 했는데 아내만 나무랐던 것이다.

결혼은 부모에게서 배우자에게로 우선순위를 옮기는 것이다. 결혼하기 전에는 우선순위가 부모나 친구였다면 결혼한 후에는 배우자를 가장 우선순위로 두어야 한다. 부부관계가 좋아야 부모와의 관계가 좋아진다. 부부관계가 좋아야 자녀도 안정되고 건강해질 수 있다. 부부관계가 나빠지면 부모와의 관계도 멀어질 수밖에 없다.

아내는 아이가 생기면 우선순위가 남편에서 아이에게로 이동한다. 아이가 요구하는 것에 최우선을 둔다. 남편의 요구보다는 아이의 요구에 민감해진다. 남편은 스스로 할 수 있는 능력이 있지만 아이는 아무 것도 모르고 할 수도 없다 보니 우선순위를 아이에게 둘 수밖에 없다. 아내에게는 아이가 자라서 클 때까지 우선순위가 남편보다는 아이에게 고정된다.

아이가 다 커서 손이 가지 않게 되면 아내가 아이에게 쏟던 마음을 어디론가 돌려야 하는데 남편과 살아가면서 갈등도 겪고 싸우기도 하면서 부부관계가 멀어진 사람도 있다. 심지어 갈라서는 사람도 있다. 함께 사는 부부라도 남편보다는 늘 자기 옆에서 자기와 놀아주고 반겨주는 애완동물에게 우선순위를 두는 경우가 있다.

가장 가까이에 있는 부부가 다른 관계보다 후순위로 밀려나게 되면 부부관계는 더 멀어진다. 더 서운함을 느끼게 된다. 가장 가까이에 있는 사람이라고 해서 아무렇게나 대해서는 안 된다. 부부가 행복하고 가정이 행복하려면 부모나 자녀, 친구의 관계보다 부부관계를 가장 우선순위에 두어야 한다. 건강한 가정이 되고 행복한 가정이 되게 하려면 경계선이 분명하게 지켜져야 한다.

아무리 가까운 사이라고 하더라도 경계선은 지켜져야 한다. 부모라고 하더라도 결혼해서 따로 살고 있는 자녀의 집을 내 집 드나들듯이 드나드는 것은 아니다. 결혼을 했는데도 부모가 끊임없이 간섭하고, 개입한다면 부부생활에 부담이 될 수 있다. 사랑하는 아들을 다른 여자인 며느리에게 빼앗겼다고 며느리를 힘들게 하거나 남편과 시어머니의 사이에 경계가 없다면 아내는 힘들어진다.

자녀가 결혼했으면 자녀부부가 행복하게 살아가게 하기 위해서는 경계선을 침범하는 일이 없어야 한다. 시도 때도 없이 시어머니가 집에 와서 청소를 했느니 안 했느니 하고, 냉장고를 열어보고 잔소리하고 일일이 개입하면 오지 말라고 할 수도 없고 힘들어진다. 아내가 힘들어지면 부부관계도 힘들어지는 것이다.

　경계선은 가까운 부부 사이에서도 지키려고 노력해야 한다. 지인 중에 시골에 자신들이 거주하는 집에서 200미터 정도 떨어진 곳에 황토방 집을 지어놓고 손님이 오면 집으로 맞아들이는 것이 아니고 황토방에서 맞아들인다. 가족의 공간에는 가족 외에 그 누구도 들이지 않는다. 가족의 공간은 그 누구에게도 침범당하고 싶지 않은 것이다.

　또 다른 지인은 밭 600평 정도에 주말농장을 만들어 놓고 각종 과실나무를 심어 놓기도 하고 채소를 심어 놓기도 하면서 컨테이너 하나를 갖다 놓고 쉼터로 활용하고 있는데 누구도 그 쉼터로 초대하지 않는다고 한다. 평상시에는 의상이나 머리 등을 정리한 상태로 지내지만 주말농장에서는 부부가 입기 편한 옷을 입고 있는데 그런 모습을 보여주고 싶지도 않고 자신들만의 쉼터에 시도 때도 없이 누가 찾아와 방해를 받고 싶지 않다고 했다.

　이들 지인이 살아가는 모습이 어찌 보면 이기적이라고 생각할지 모르지만 부부에게는 그 누구에게도 침범당하지 않는 부부만의 공간을 갖는 것이 필요하다. 나도 이러한 공간을 만들려고 한다. 이 공간에서 부부가 하고 싶은 일을 방해받지 않으며 생활하는 것이 필요하다. 이런 공간에 머물 때는 휴대폰도 꺼 놓고 부부만의 공간이 되고 부부만의 시간이 되게 하는 것이 필요하다.

자녀부부가 행복해야 부모가 행복해진다. 자녀부부가 불행하면 부모도 불행해진다. 자녀부부가 불행하면 손자손녀도 마음고생을 해야 한다. 결혼한 자녀가 내 딸이고 내 아들이라고 하더라도 그들만의 공간이 필요하다. 그들만의 공간이 지켜져야 행복해질 수 있다.

어떤 사람은 집보다 직장에서 더 많은 시간을 보낸다며 직장 동료와 잘 지내야 한다고 주장하는 사람이 있다. 아침에 일찍 나가고 저녁에 늦게 들어오는 경우 집에서는 잠만 자고 나가는 경우가 많다. 그러나 부부관계는 평생을 가지만 직장은 부서만 옮겨도 멀어지고, 직장을 그만두면 관계가 끊어지는 경우가 많다. 인간관계는 단순히 만나는 시간의 양만 가지고 결정되는 것이 아니다.

부부문제를 가장 우선순위에 둬라. 부부관계도 때로는 갈등을 겪고, 때로는 싸우기도 하지만 다른 어떤 관계보다 가까운 사이다. 가장 가까운 사이다 보니 무촌 관계라고 한다. 무촌관계는 좋을 때는 가장 가까운 사이이지만 멀어지면 남만도 못한 사이가 된다. 부부가 행복해야 부모도 행복하고, 자녀도 행복해진다. 부부문제를 가장 우선순위에 둘 때 어떤 문제도 해결된다.

07

같이 산다고 모든 것을
다 안다는 착각은 버려라

열 길 물속은 알아도 한 길 사람의 마음은 모른다는 속담이 있다. 아무리 가까운 사이라고 하더라도 사람을 다 알 수는 없다는 것이다. 상대방이 알아주기를 원하는 것이 있으면 상대방에게 이야기를 해야 한다. 내가 원하는 것이 무엇인지 얘기해야지 상대방이 내가 무엇을 원하는지 알 수 있다.

도보여행 중에 어떤 사람이 왜 혼자서 여행을 하느냐고 했다. "사모님한테 쫓겨났습니까?" 부부로 살면서 아내는 불만이나 힘든 일이 있어도 내색을 하지 않을 때가 많은 것 같다. 아내는 그것이 최선이라고 생각하는 모양이다. 하지만 그것이 최선은 아니다. 얘기를 하면 자신이 원하는 것을 남편인 내가 도와줄 수도 있고, 때로는 같이 하면 좋은 것이 있을 수 있다.

아내가 내게 가끔 하는 말이 있다. "자기는 하고 싶은 것 다 하고 살지. 나는 이때까지 우리 애들 키우고 남의 아이 키우다보니 인생이 다 갔다."그 말을 듣고 나는 "하고 싶은 것이 있으면 하고 살아."한다. 요즈음 아내가 장구도 배우고, 건강댄스도 배우면서 즐거워하는 모습을 보면서 내가 아내의 마음을 읽지 못했다는 생각이 들었다.

아내가 솔직하게 얘기했더라면 좀 더 일찍 하고 싶은 일을 하면서 즐겁게 세상을 살 수 있었을 텐데 하는 생각이 들었다. 가장 가까이에 있는 사람에게도 눈치를 보면서 하고 싶은 얘기를 하지 못하고 참는 것은 본인을 위해서도 배우자를 위해서도 바람직하지 않다. 설사 배우자가 당장은 들어주지 못할지 모르지만 언젠가는 도와줄지 모른다.

아내가 하고 싶은 것을 내게 얘기하지 못한 것은 내가 그런 환경을 조성해주지 않았기 때문일 수도 있다. 아내가 얘기하면 끝까지 들어주지 않았거나 공감해주지 못했기 때문일 수 있다. 얘기할 때 경청하지 않으면 얘기하고 싶지 않아진다. 상대방이 얘기를 들어주고 공감해줄 때 하고 싶은 얘기를 사실대로 얘기할 수 있게 된다.

같이 사는 가족 중에 애들을 두고 "쟤는 내가 낳았으면서도 도통 속을 모르겠다."는 얘기를 많이 한다. 내가 낳은 자식이라도 남자와 여자가 다르고, 큰애와 작은애가 다르고, 쌍둥이라고 해도 서로 다르다. 남자로 자라면서 느끼는 것이 다르고, 여자로 자라면서 느끼는 것이 다르다. 부모는 똑같이 대한다고 하지만 자녀의 입장에서는 부모가 대하는 것도 다르다고 느낀다. 서로 만나는 사람이 다르다 보니 생각하고 느끼는 것이 다를 수밖에 없다. 같은 집에서 사니까 같은 조건이라고 생각할지 모르지만 같은 집에 살고 있어도 결코 같을 수가 없다.

부부가 같이 살고 있다고 해서 같은 조건이라고 생각할지 모르지만 다르다. 배우자가 잘 들어주고 공감해주는 사람이 있고, 한 귀로 듣고 한 귀로 흘려버리는 사람이 있다. 때로는 잔소리라며 듣기 싫다고 소리치는 사람도 있다. 잘 들어주면 눈치 보지 않고 편하게 얘기할 수 있어 의사소통이 원활하지만 눈치를 봐야하는 상황이면 할 말을 하지 못하고, 들어야 할 말을 듣지 못하니 의사소통이 될 리가 없다.

할 말을 하지 못하면 배우자가 나를 알 수 없게 된다. 들을 말을 듣지 못하면 배우자를 알 수 없게 된다. 배우자가 하는 말을 있는 그대로 들어주고 공감해주면 하고 싶은 말을 눈치 보지 않고 하게 된다. 그러면 나의 생각, 나의 뜻을 상대방에게 전달할 수 있다. 상대방의 말은 듣지 않고 내가 하고 싶은 얘기만 하면 상대방이 말하고 싶지 않게 된다. 결국 나의 말은 잔소리가 되어 상대방이 흘려버리게 되고 상대방의 말은 들을 수 없게 된다.

말이 의사소통에 가장 좋은 수단이지만 말하는 사람의 의도대로 전달되는 것이 아니라 듣는 사람이 듣고 싶은 대로 듣기 때문에 쌍방향이 되어야 한다. 내가 잘못 들으면 상대방을 이해할 수 없게 된다. 들었어도 잘못 알게 되는 것이다. 궁금한 것이 있으면 서로 물어보고 사실대로 대답해 줘야 서로의 의견이 상대방에게 전달된다. 상대방을 올바르게 알 수 있게 된다.

어떤 때는 배우자에게 얘기를 했는데 전혀 다른 결과를 가져오는 경우가 있다. 한쪽은 내가 이렇게 하라고 했는데 왜 저렇게 했냐고 하고, 한쪽은 저렇게 하라고 하고서는 딴소리를 한다고 하며 언성을 높이는 경우가 있다. 들은 사람이 잘못 들었을 수도 있고, 말한 사람이 다르게 얘기할 수도 있다. 분명한 것은 들은 사람은 자기가 듣고 싶은 대로 들었고, 들은 대로 한 것일 수 있다.

내가 얘기를 했다고 해서, 상대방과 약속을 했다고 해서 반드시 내 의도대로 되지 않을 수도 있다. 상대방이 어떻게 들었는지, 어떤 뜻으로 받아들였는지 모르기 때문이다. 어떤 사람은 다른 사람과 갈등을 일으키지 않기 위해서 동의하지 않으면서 거절하지 못하고 고개를 끄덕였을 수도 있다. 어떤 사람은 결정을 쉽게 내리지만 어떤 사람은 결정을 쉽게 내리지 못한다. 어떤 사람은 거절 의사를 분명하게 밝히지만 어떤 사람은 거절 의사를 잘 밝히지 못한다.

부부라고 하더라도 마찬가지다. 이럴 때는 한쪽에서 선택의 범위를 좁혀주면 상대방이 편하게 선택할 수 있다. 답답하다고 불평하기보다는 내가 조금 도와줘야겠다는 생각을 하는 것이 좋다. 때로는 그냥 들어주기만 해도 말을 하고 싶은 것이다. 어떤 때는 말만 들어줘도 자신을 알아주는 것으로 생각한다. 대화를 할 때는 진실로 공감하며 들어주어야 한다.

배우자를 알려면 배우자가 눈치를 보지 않고 자유롭게 이야기할 수 있도록 해야 한다. 때로는 마음에 들지 않는 얘기나 비판이라고 하더라도 그냥 들어줘야 아무 말이나 해도 된다는 믿음이 생기고, 믿음이 생겨야 어떤 이야기도 할 수 있다. 어떤 이야기라도 할 수 있는 부부가 서로를 알 수 있고, 설사 잘못 알았더라도 문제가 생기지 않는다.

도보여행 중에 한 여자동창에게서 들은 얘기다. 남편이 정년퇴직을 하고 집에 있으니까 얼마간은 정말 힘들었다고 했다. 남편이 대학에 강의를 나가는 월요일, 화요일, 금요일이 제일 좋다고 했다. 남편이 집에 없으니까 그렇게 편하다는 것이다. 같이 있는 것이 무조건 좋은 것은 아니다. 오랫동안 유지되어 왔던 환경이 갑자기 바뀌면 적응하는 시간이 필요하다. 적응이 되기 전까지는 힘들 수 있다.

남편이 집에 없을 때는 시시때때로 밥을 챙겨주지 않아도 된다. 친구들과 놀러 나가도 남편의 눈치를 보지 않아도 된다. 남편이 집에 없을 때는 자유로운데 남편이 집에 있으니까 자유롭지 않다는 것이다. 수십 년 동안 같이 살아왔으니까 서로를 잘 알고 있다고 생각했는데 사실은 모르는 것이 너무 많았던 것이다.

서로가 힘들다 보니 서로가 생각하는 것을 솔직하게 이야기하는 시간을 가졌다고 한다. 서로 상대방이 하는 일에 일일이 간섭하지 않고 서로의 영역을 지켜주는 것이 필요하다는 것을 인정하자고 했단다. 서로의 영역을 지켜주기로 했지만 두 사람이 집에 같이 있다 보면 그것이 잘 지켜지지 않을 때가 있다고 한다.

부부라도 각자의 영역에서 간섭을 받고 싶지 않은 것이 있다. 그것이 무엇인지 아는 것이 중요하다. 그것이 무엇인지 알아야 간섭하지 않고 서로의 영역을 지켜줄 수 있다. 때로는 이야기를 해서 이해를 구할 수도 있고, 때로는 모르고 넘어가는 것이 좋을 때도 있다. 모든 것을 알아야 한다는 생각은 버려야 한다.

같이 산다고 모든 것을 다 안다는 착각은 버려라. 같이 살아도 말을 해야 알 수 있고, 표현해야 알 수 있다. 오랫동안 함께 살아왔으니까 다 알 것이라는 착각 때문에 서운해하는 일이 생길 수도 있다. 모르면 물어보고 사실대로 얘기해줄 때 비로소 서로를 알 수 있다. 가족 모두가 상대방이 말하는 것을 그대로 들어주는 자세가 필요하다.

08

완벽한 배우자가 되지 못하면서
완벽한 배우자를 바라지 마라

세상에 완벽한 사람이 있을까? 완벽한 사람은 없다. 자녀가 아버지나 어머니가 사는 것을 보면서 나는 아버지나 어머니와 같은 삶을 살지 않겠다고 하는 소리를 하는 경우가 있다. 아버지나 어머니는 자신이 자녀보다 낫다고 생각하고 훈계도 하고 잔소리를 한다. 하지만 자녀의 입장에서는 자신의 부모를 남의 집 부모와 비교하면서 누구의 집 아버지는 잘해주는데 우리 아버지는 왜 저럴까 하는 생각을 가질 수 있다.

시절이 변하여 요즈음에는 결혼식에 주례가 없는 경우가 있지만 옛날에는 결혼할 때 주례가 남녀가 서로가 완벽하지 않기 때문에 결혼생활을 하면서 서로 부족한 부분을 채워가며 살아야 한다는 이야기를 하는 것을 많이 들었다. 자신이 완벽하다고 생각하는 사람도 가만히 들여다보면 부족한 부분이 있다. 다른 사람들이 완벽한 사람이라고 보는 사람은 자신의 부족한 점을 감추려고 한다.

선을 여러 번 보다 보면서 비교하는 버릇이 생겼다. 먼저 만난 여성은 이런 점이 좋았었는데 이 여성은 그 점이 부족하다고 생각한다. 먼저 만났던 여성들마다 나름대로 좋은 점을 가지고 있다. 새로운 여성을 만나면서 전에 만났던 여성들마다 갖고 있던 좋은 점을 다 가진 여성을 찾는다면 그런 여성을 만나기는 쉽지 않다. 아니 영원히 만나지 못할지 모른다. 완벽한 조건을 가진 사람은 없다.

사람들은 장점을 찾기보다 단점을 더 잘 찾아낸다. 어떤 부부가 상대방의 단점을 10가지씩 적어보자고 했다. 아내는 남편의 단점을 10가지가 아니라 100가지를 찾으라고 해도 찾을 수 있다고 생각하고 금방 10가지를 적었다. 그런데 남편은 상대방의 단점을 찾기 전에 자신의 단점을 먼저 생각해 보니까 너무 많아서 적지 않고 장점을 10가지 적었다고 한다.

서로 적은 것을 교환했다. 아내는 남편의 단점을 10가지 적었는데 남편은 아내인 자신의 장점을 10가지도 더 적은 것을 보고 미안해했다고 하는 이야기를 들은 적이 있다. 누구에게나 단점만 있는 사람도 없고, 장점만 있는 사람도 없다.

대부분의 사람들은 자신의 단점을 지적하는 사람을 좋아하지 않는다. 반대로 자신의 장점을 이야기해주는 사람은 좋아한다. 결혼할 때는 상대방의 장점을 보기 때문에 콩깍지가 씌면 부모나 주변 사람들이 아무리 말려도 말을 듣지 않는다. 이런 부부도 막상 같이 살면서 단점을 하나하나 보게 되고 장점보다는 단점을 집중하여 보게 된다. 단점을 지적받으며 좋아할 사람은 없다.

단점을 지적당하면 좋아할 리가 없고 상대방의 단점을 지적하기 쉽다. 단점을 지적하면서 갈등을 겪게 되고 결혼생활이 파국에 이르는 경우가 있다. 장점을 말하면 관계가 좋아지는데 사람들은 왜 단점만 찾으려고 하는지 모르겠다.

세상에 완벽한 부부는 없다. 행복하게 살아가는 부부는 상대방의 부족한 점을 채워주고, 상대방의 장점을 이야기해주고, 때로는 참아주면서 살아가는 것이다. 내가 존경하는 풀무원 원경선 선생님은 아내는 남편의 말에 순종하여야 한다는 말을 많이 하신다. 하지만 원경선 선생님은 사모님을 배려해주시는 것이 일상화된 분이다. 남편이 아내에게 아무렇게나 하라고 하는 것이 아니라 아내를 배려하며 사랑하라고 하신다.

사모님은 남편의 말에 순종하신다. 남편이라고 해서 무조건 순종하는 것이 아니라 아내를 배려하고 사랑해주는 남편에게 순종함으로써 남편의 위상도 세워주고 아내인 자신의 입장도 세우는 것이다. 서로가 서로를 배려해주고, 서로가 원하는 것을 말하면 서로가 존중해주니 화목한 가정이 될 수밖에 없다.

행복하게 살아가는 부부들도 완벽해서 행복한 것이 아니다. 상대방에게 부족한 점이 있으면 어떻게 채워줄까 고민을 해야 한다. 내가 부족한 것이 있으면 어떻게 고칠까 고민해야 한다. 완벽한 사람에게는 친구가 없다는 이야기가 있다. 조금 부족한 점이 있고, 약점이 있어야 가까워질 수 있다. 부부 사이도 마찬가지다. 어느 한쪽만 완벽하다면 상대방은 숨이 막힐지 모른다.

아내가 공연을 한다고 하여 갔더니 뒤에서 남이 하는 것을 따라 하는 것이 눈에 보였다. 내가 창피하게 왜 공연에 나갔느냐고 책망을 할수도 있지만 그러고 싶지 않았다. 때로는 아주 잘하는 공연도 좋지만 때로는 틀리기도 하고 부족한 것이 좋을 때도 있다.

어떤 것을 하는 것이 남에게 보여주기 위한 것도 있지만 내가 좋아서 하는 것도 있다. 내가 좋아서 하는 것은 남들의 시선을 너무 의식할 필요가 없다. 내가 좋으면 되는 것이다. 아내가 어떻게 봤냐고 하여 내가 좋으면 되지 다른 사람들이 어떻게 보느냐는 의식하지 말라고 했다. 그랬더니 아내가 좋아했다.

부부생활은 남에게 보여주기 위한 것이 아니다. 부부가 좋으면 되는 것이다. 조금 부족한 것이 완벽한 것보다 좋다. 완벽한 것이 좋을 것 같지만 너무 완벽하면 숨이 막힐지도 모른다. 내가 완벽하면 상대방이 숨이 막히고, 상대방이 완벽하면 내가 숨이 막힌다.

나는 완벽한 배우자가 되지 못하면서 완벽한 배우자를 바라면 안 된다. 다른 집의 배우자는 잘하는데 내 배우자는 그렇게 하지 못한다고 원망을 한다고 해서 달라지는 것은 아무것도 없다.

지인 중에 한 사람은 귀농을 준비하면서 마을사람들과 잘 지내기 위해서 이따금 내려가서 막걸리도 사가지고 가고, 마을에 행사가 있을 때 기부금도 내면서 마을 사람들과 친해지려고 노력했다. 몇 년 동안 사귀어 왔기 때문에 괜찮을 줄 알았는데 막상 퇴직을 하고 살려고 내려갔더니 과거와 대하는 것이 다르다는 것이다. 과거에는 손님이었지만 이제는 마을에 내려와서 살 사람이니까 손님이 아니라는 것이다. 손님일 때는 잘했지만 손님이 아닐 때는 텃세가 작용하는 것이다.

부부도 마찬가지다. 남의 집은 행복하게 보일지 모르지만 겉으로 보이는 것과 보이지 않는 것이 다를 수 있다. 남의 집과 우리 집은 같을 수가 없다. 같이 살아봐야만 그 속을 알 수 있는 것이다. 남의 집이 행복해 보이지만 그들과 부부로 살아볼 수는 없다. 설사 막상 살아본다 해도 지금이나 별반 다르지 않을 수 있다. 보이는 부분보다 보이지 않는 부분이 부부를 더 힘들게 할 수 있다.

완벽한 배우자를 원하기보다 어떻게 하면 배우자가 좋아하는 사람이 될 수 있을까를 고민해야 한다. 배우자가 완벽해지기를 바라면서 이것저것을 요구하기만 하면 배우자의 입장에서는 짜증이 나고 힘들어진다. 배우자가 힘들어지면 결국 내가 힘들어지는 것이다. 행복하기 위해서 완벽해지기를 원하는 것인데 완벽해지기를 바라는 것이 오히려 힘들게 하는 결과를 가져온다.

인간은 완벽해질 수 없다. 내가 완벽해질 수 없다면 배우자가 완벽한 배우자가 되기를 바라지 말라. 내가 완벽해질 수 없는 것처럼 배우자도 완벽해질 수 없다. 때로는 조금 못한 것이 더 편하고 더 행복해질 수 있다. 배우자의 부족한 부분을 채워주는 것이, 그리고 내 부족한 부분을 배우자가 채워주는 것이 행복인지 모른다.

09

서로에게 필요한 사람이 되라

언젠가 《살아있는 날의 선택》이라는 책을 읽으며 사람이 언제 어떻게 될지 모르는데 자신의 의지를 갖고 있을 때 자신의 문제를 선택해야 한다는 내용이다. 서로가 의지를 갖고 판단을 할 수 있을 때는 문제가 되지 않는다. 그러나 식물인간이 된다거나 자신이 판단하지 못하거나 움직일 수 없는 상태에 놓이게 될 때 본인의 의지와 상관없이 다른 사람들의 의지에 의하여 처리되게 되는 경우가 있다.

거북이 나눔회 후원금을 전달하기 위해 어떤 가정을 방문했을 때 경험한 일이다. 한 여성이 누워서 움직이지도 못하고 말도 못하는 남편을 곁에서 30분마다 입안에 물이 고이면 석션으로 물을 빼주고, 고무호스로 식사를 먹여주는 일을 하며 곁에서 성경을 읽고 찬송가를 부르고 있었다. 30분이 넘었는데도 물을 빼주지 않으면 숨이 막혀 목숨을 잃는다고 한다. 이 여성은 거의 1년간 이러한 생활을 해왔다는 것이다.

잠을 자다가 목에 고인 물을 빼주지 못해서 사망했다고 그 여성을 욕할 사람은 없을 것이다. 사람이 생리적으로 졸린 것인데 어쩌겠나. 옆에서 지극정성으로 돌봐주는 모습을 보면서 그 아내는 남편에게 꼭 필요한 사람이라는 생각이 들었다. 아파서 누워있기는 하지만 필요한 아내가 곁을 지켜주고 있는 것이다.

지인 중에 결혼을 하지 않고 50세가 넘은 여성이 병원에 입원했다가 나와서 한 말이 "혼자서 사니까 외로움을 느끼게 되요. 다른 환자들은 남편이나 가족들이 면회를 오고 위로를 해주는데 제게는 아무도 오지 않아 외로움을 느꼈어요."했다.

그 여성은 자신이 병원에 있는 모습을 누구에게 보여주지 않기 위해서 알리지 않았다. 사실은 가족이 아닌 사람이 찾아오는 것을 바라지 않으면서도 배우자나 가족이 찾아오는 것을 보면서 부러워했던 것이다. 그러면서 외로움을 느꼈던 것이다.

시대가 변해 결혼을 하지 않고 사는 사람들이 많은 세상이다. 건강할 때는 괜찮다. 세상을 살아가면서 돈이 많다고 해서 모든 일을 다 할 수는 없다. 돈으로 배우자를 살 수 있는 것도 아니고 돈이 외로움을 달래주는 것도 아니다. 아무리 시대가 변했다고 하더라도 사람이 직접 해줘야 되는 것이 있다. 아무 말을 하지 않아도 옆에 있으면 위로가 되고 힘이 되는 것이 사람이다.

아내가 웃자고 하는 말 중에 "김 씨는 다 똑같다."는 말을 가끔 한다. 가족 중에 성이 다른 사람이 아내다. 자기만 성씨가 다르다는 얘기다.

부자관계는 1촌이라고 부르지만 부부관계는 촌수가 없다. 가까울 때는 한없이 가까운 사이지만 갈라서면 남이 되는 사이다. 부부관계는 한없이 가까운 사이다. 서로가 서로에게 필요한 사람이어야 한다.

과거에는 아내는 집에서 밥하고 설거지하고 빨래하는 사람이었지만 지금은 여자의 일이 따로 있고, 남자의 일이 따로 있는 것이 아니다. 남자도 밥을 하고 설거지를 하고 빨래를 해야 하는 세상이다. 육아문제도 전적으로 여자의 책임이 아니라 부부가 같이 해야 하는 일이다.

내가 도보여행을 하면서 길에 버려진 동전을 많이 봤다. 500원짜리도 있고, 100원짜리도 있고, 50원짜리도 있고, 10원짜리도 있다. 사람들이 500원짜리 동전은 보면 금방 주워가서 그런지 거의 없다. 사람들은 100원짜리, 50원짜리 동전도 보면 줍는다. 하지만 10원짜리는 줍지 않는다. 10원짜리는 줍는 수고비도 나오지 않는다고 생각하는 것이다. 부부라도 서로가 필요해야 찾는다. 필요가 없다면 10원짜리 동전 취급을 받는다.

도보여행을 하면서 노인들과 이야기를 나눌 때가 있었다. 80세가 넘은 할아버지와 이야기를 할 때가 있었다. "집에 누구와 사시느냐"고 했더니 "혼자서 산다."고 했다. "할머니는 안계세요."물었더니 "자기 좋은 세상으로 가버렸다"고 했다. "그럼, 자녀들은 없으세요."했더니 "키워 놨더니 취직을 한다며 나가서 산다."고 했다. "그럼 자녀분들과 사시지 왜 혼자서 사세요."고 했더니 "왜 자식들 눈치 보며 사느냐"고 했다.

자식들을 보고 싶어도 자식들은 바쁘다며 찾아오지 않는다. 시간이 없어서 못 간다며 핑계를 대며 부모님의 병간호를 피하려고 한다. 몸이 아플 때는 말벗도 해주고, 병간호도 해주고 돌봐주는 배우자가 있어야 행복하다.

자식은 다 키워 놓으면 취직을 한다며 나가면 결혼을 해도 부모님을 모시려고 하지 않는다. 그러다보니 이제는 부모도 자식들과 함께 살려고 하지 않는다. 싫으나 좋으나 같이 사는 것은 부부다. 그래서 부부는 배우자를 나를 위해서 필요한 사람으로만 생각하지 말고, 내가 배우자를 위해서 필요한 사람이 되어야 한다.

배우자에게 필요한 사람이 되면 수명도 길어지고 더 건강해진다고 한다. 배우자를 위해서 움직이는 것도 운동이 되는 것이다. 혼자 있을 때는 식사도 귀찮으면 먹지 않지만 배우자가 있으면 식사를 제때에 챙겨 먹으니까 건강해지는 것이다. 배우자가 미워도 살아있어야 건강해지고 오래 산다는 것이다.

서로가 배우자에게 필요한 사람이 되는 것이 중요하다. 이것은 나만을 위해서 좋은 것이 아니라 배우자를 위해서도 좋은 것이다. 노년에 배우자와 손잡고 여행하는 것이 얼마나 아름다운 모습인가. 서로가 배우자를 위해서 움직이고 활동하는 것이 자기를 위해서도 좋은 것이고 배우자를 위해서도 좋은 것이다

배우자가 퇴직하고 집에서 함께 지내면서 함께 있는 것을 즐거워하는 것이 아니라 힘들어하는 부부가 있다. 그러다보니 삼식이가 되지 말고 봉사활동을 하더라도 집에는 있지 말라고 한다. 집에 있으면서 밥은

왜 안 주느냐, 왜 청소를 하지 않느냐는 등 잔소리를 하게 되면 있는 것보다 없는 것이 편할 때가 있다. 부부가 경계를 분명히 하며 경계를 유지하고 침범하지 않으면 상대방을 질식시키지 않고, 개성과 동질성 간의 균형을 유지함으로써 각자가 숨 막혀 하지 않는다.

부부나 가족이 서로의 경계를 유지하며 침범하지 않으면 함께 지내는 시간이 많아도 숨 막히지 않는다. 함께하는 사람과 즐겁게 보내기 위해 반드시 뭔가를 해야 하는 것은 아니다. 배우자나 가족이 무엇인가를 하지 않더라도 그냥 같이 있어주는 사람이 필요할 때가 있다. 그냥 누군가와 함께 있기만 해도 좋을 때가 있다.

부부라도 단점을 이야기하면 기분이 나빠진다. 단점은 묻어두고 장점을 말하고 칭찬해주면 배우자와 말하고 싶고, 배우자와 함께 있고 싶어진다. 부부가 서로 감사와 애정의 표현을 많이 사용하면 긍정적인 관계가 유지된다.

배우자가 자기가 원하는 것을 기쁜 마음으로 도와줄 때 기분이 좋다. 원하는 것보다 더 많이 줄 때 행복해한다. 배우자가 무엇을 원할 때 거절하지 않고 도와줄 때 자기를 인정해준다는 생각을 갖게 된다. 도와주는 것을 즐겨할 때 배우자가 자신을 사랑한다고 느낀다. 배우자가 장점을 말할 때 자신을 알아준다고 생각한다.

사실인지 몰라도 사람이 죽을 때 가장 늦게 죽는 것이 귀라고 한다. 사람이 사망했다고 하더라도 말을 함부로 하지 말라는 얘기다. 좋은 얘기를 들으면 누구나 좋아한다. 듣기 좋은 말을 해주는 사람과 함께 일하고 싶고, 함께 지내고 싶다.

서로에게 필요한 사람이 되라. 특히 가장 가까운 사이인 부부간에는 서로에게 필요하고 도움이 되는 사람이 되어야 한다. 죽을 때까지 도움을 줄 사람은 배우자뿐이다. 평생 나를 도와준 사람이 필요로 하는 사람이 되라.

제 5 장

상대를 바꾸려 하기보다
긍정으로 교감하라

01

부부관계도
애프터서비스가 필요하다

나는 인생을 모범적으로 살아왔다고 자부하고 있다. 직장생활을 하면서도 원칙을 지키며 옳은 길을 가려고 했다. 직장생활을 하면서 가문의 영광이라고 하는 청백봉사상을 수상하는 등 표창도 많이 받았고, 나름대로 성과도 올렸다. 그런데 가정의 문제만은 내 마음대로 되지 않았다. 고부간의 문제나 형제자매와의 관계에서는 내가 의도한 대로 되지가 않았다.

내가 의도하는 대로 따라주기만 하면 문제가 없는데 왜 나의 의견을 따라주지 않고 자기의 주장만을 내세우는지 모르겠다. 부부관계를 유지하며 갈등을 겪고 부부싸움을 하며 사는 것이 맞는 것인지 고민할 때도 있었다. 아내와 아이들이 싸우는 것을 보면서 아무것도 아닌 것을 가지고 왜 싸우는지 이해가 되지 않았다.

내가 아내의 입장에서 애들을 나무라면 애들은 아빠는 엄마 편만 들고 자기들 얘기는 무시한다고 한다. 아이들의 얘기를 들어주면 아내가 아이들을 엄하게 다스리지 못한다고 뭐라고 한다. 중립적으로 조용하게 얘기를 하고 싶어도 마음대로 되지 않는다.

가족이 서로에게 상처를 주고 상처를 받는다. 그러다가 어떤 부분은 그냥 참으며 묻어버리고, 어떤 부분은 적당히 타협한다. 서로가 마음에 들어서 타협하는 것이 아니라 어쩔 수 없이 일정한 선에서 매듭을 짓는 것이다. 어쩔 수 없어서 하는 타협이 아니라 서로가 잘되게 하기 위해 양보하고 이해하고 도와주면서 타협하면 삶이 풍요로워진다.

동료직원의 권유로 상담대학원에 진학하여 상담공부를 하면서 아내와 아이들이 왜 그러는지 조금은 이해할 수 있었다. 상담공부는 내가 상담전문가로 활동을 하지 않더라도 내가 살아가는 데 많은 도움이 되었다. 아내의 이야기를 있는 그대로 들어줄 수 있게 되고 내가 대응하는 자세가 바뀌면서 최악의 상태는 일어나지 않았다.

상담전문가가 아니라고 하더라도 상담공부를 부부가 같이 한다면 부부관계는 물론 자녀와의 관계가 많이 좋아질 것 같다. 상담가가 되기 위해서 공부를 하는 것도 좋지만 자신의 삶을 위해서 상담공부를 하면 자신이 편해지고 가족이 편해지고 주변 사람들이 편해진다.

아내가 집에서 부업으로 다른 집 아이를 돌봐주고 있을 때다. 아내는 모처럼 주말에 쉬고 싶었는데 내가 친구들을 집으로 초대하니까 아내는 쉬지 못하고 음식을 준비해야 했다. 식사를 하고 바둑을 두거나 고스톱을 치면서 밤늦게까지 놀 때도 있었고, 어떤 날은 집에서 자고 가기도 했다. 남자들은 아내의 입장은 생각하지 않고 친구들을 집으로 초대한다. 그냥 집에서 먹는 음식에 숟가락 하나 더 놓으면 된다고 쉽게 생각했는데 여성들에게는 상당히 부담스러운 모양이다. 갑자기 손님이 들이닥치면 무슨 음식을 준비해야 하나 고민이 된다고 했다.

오래전부터 만나는 모임이 있는데 돌아가며 친구네 집을 방문한다. 남자들은 가서 먹고, 고스톱을 치면서 노니까 여자들의 입장을 이해하지 못한다. 여자들은 무슨 음식을 만들어야 할지 부담스럽다고 하는데 남편은 뭐가 부담스러우냐고 한다. 전에 만났던 집에서 음식을 잘 차리면 다음에 초대할 집에서는 더 부담이 된다고 했다. 언젠가부터 여자들을 편하게 해주자며 밖에서 만나기로 했다. 그랬더니 아내뿐만 아니라 여자들이 잘했다며 좋아했다.

자기만 좋아하는 일을 하면서 배우자에게는 일거리를 만들어주면 배우자의 지지를 받기 어렵다. 부부가 각자 좋아하는 일을 하면서 배우자에게 부담을 주지 말고 자신이 정리하면 배우자가 반대할 이유가 없다. 각자가 하고 싶은 일도 하면서 배우자를 힘들게 하지 않고, 서로 지지해주고 응원해주면 갈등이 생길 이유도 없다.

부부가 상대방의 버릇을 고치겠다고 마음먹으면 싸움이 생기고 갈등이 생길 수밖에 없다. 서로 갈등을 일으키기보다 서로 다를 수 있다는 것을 인정할 필요가 있다. 부부가 서로 상대방의 버릇을 고치겠다고 고집을 부리면 갈등만 생긴다. 서로에게 상처만 깊어지고, 그렇게 상처가 쌓여가는 것이다.

내가 우리나라 해안가 도보여행을 한다고 했을 때 아내의 동의가 없었으면 실행에 옮기기 어려웠을 것이다. 매일 전화로 격려해주고 관심을 가져 주니까 가능한 일이었다. 나이 60세에 삼복더위 기간 중에 우리나라 해안가를 한 바퀴 걸어서 도는 48일간의 도보여행을 완주할 수 있었던 것은 아내의 동의와 격려 덕분이었던 것이다. 삼복더위에 도보여행을 한다는 것이 이해가 되지 않는다고 하는 사람도 있었지만 아내가 남편을 인정해줬기 때문에 가능했다.

도보여행을 하면서 페이스북에 매일 여행하며 겪었던 내용을 게시하니까 도보여행을 하고 싶은데 배우자가 동의를 하지 않아 실행하기가 어렵다는 얘기를 하는 사람들이 있다. 내가 도보여행을 떠날 때 지인이 도보여행을 하면서 반드시 주의해야 할 것이 '여자문제'라고 했다. 그것이 아무 문제가 되지 않을 수도 있지만 배우자의 입장에서는 걱정이 될 수 있다. 이런 문제를 염려하여 배우자가 동의하지 않는다면 실행하기 어렵다.

사람이 살아가면서 하고 싶은 일이 있었는데 결혼하면서 포기하고, 아이를 놓으면서 포기하는 경우가 많다. 결혼이나 아이를 놓는 것 때문에 서로가 하고 싶은 일을 포기해야 하는 것은 바람직한 일이 아니다. 서로 하고 싶은 것을 할 수 있도록 도와주고 격려해주는 것이 바람직하다. 때로는 부부가 함께 일을 나누면서 할 수도 있다.

과거에는 아내는 집안일을 책임지고 남편은 돈을 벌어 와야 했다. 하지만 이제는 혼자 벌어서는 살기가 어려워졌다. 맞벌이를 하지 않으면 살아가기 어려운 시대가 되었다. 시대가 변했는데도 가사 일을 아내 몫으로만 돌리는 것은 아내에게 너무 부담을 주는 것이다.

그렇다고 아내나 남편이 똑같이 직장생활을 하니까 가사 일을 50 대 50으로 해야 한다는 논리보다는 어떤 때는 남편이 많이 할 수도 있고, 어떤 때는 아내가 많이 할 수 있다고 생각해야 한다. 어떤 일은 남편이 하고 어떤 일은 아내가 해야 한다는 것은 바람직하지 않다. 남편이 바쁘고 일이 많을 때는 아내가 더 해주고, 아내가 바쁘거나 힘들 때는 남편이 더 하는 시스템이 좋다. 서로가 일을 적게 하려는 것이 아니라 서로가 상대방의 일을 덜어준다는 생각으로 일을 한다면 어떤 문제도 해결된다.

부부 사이에 문제가 생겼다고 가정을 깨버리는 것은 옳은 일이 아니다. 문제가 있으면 문제를 해결하면 되는 것이다. 전구가 나가면 전구를 교체하면 되고, 타이어가 펑크가 나면 자동차를 버릴 것이 아니라 펑크를 때우면 된다. 세상에 어느 부부, 어느 가족에게나 문제가 생길 수 있다. 아마 문제가 없는 부부는 없을 것이다. 다만 문제를 해결하려고 하느냐 해결하려고 하지 않느냐가 다를 뿐이다.

배우자의 단점을 찾기 시작하면 자꾸만 단점이 보이게 마련이다. 그렇지만 장점을 찾으려고 하면 장점이 많다는 것을 알게 된다. 사람이다 보니 장점도 있고 단점도 있게 마련이다. 장점을 찾으면서 살아가면 서로가 행복하게 살 수 있지만 단점을 찾으려고 하면 서로에게 불만만 쌓이게 되고 불행이 시작된다.

부부도 화가 나면 싸울 수도 있고, 욕을 할 수도 있다. 하지만 자존심을 건드리는 말이나 해서는 안 될 말은 절대로 해서는 안 된다. 부부간에는 이 선을 넘어가면서 살인사건이 우발적으로 발생하는 경우가 있다. 자존심에 상처를 입으면 무슨 일을 할지 모른다. 선을 넘어가지 않는 말은 참아 넘길 수 있지만 선을 넘어가는 말을 들으면 참지 못하는 것이 사람이다.

부부가 살아가면서 어쩔 수 없어서 적당히 타협해 버린 일들이 있다면 그냥 묻어 두지 말고 서로가 상대방이 좋은 쪽으로 이해하는 방향으로 새롭게 정립해갈 필요가 있다. 부부가 서로 행복하기 위해서는 잘못된 방향으로 굳어진 것들이 있으면 새롭게 정립할 필요가 있다. 서로 하고 싶은 것을 할 수 있도록 도와주어야 한다.

나의 기준으로만 보거나 판단하지 말고 배우자의 입장에서 보고 판단해 봐라. 이 세상에 단 하나밖에 없는 배우자를 있는 그대로 인정하고 받아들이면 그 어떤 문제도 해결할 수 있다.

상대를 바꾸려 하기보다
긍정으로 교감하라

상대방을 바꾸는 것이 생각처럼 쉽지 않다. 다른 사람이 나를 바꾸려고 하면 나를 조종하려고 하는 것 같아 싫다. 상대방을 바꾼다고 하는 것은 내가 보기에 잘못된 것을 내가 보기에 좋게 바꾸려고 하는 것이다. 상대방이 바뀌어야 되는데 상대방의 부정적인 부분을 지적하며 접근하면 부정적인 반응이 온다. 긍정적인 반응을 불러오기 위해서는 나의 마음을 전달해야 한다.

딸이 도서관에서 공부할 때 일이다. 내가 출근할 때 태워가고 퇴근하면서 태워왔다. 공부를 하다보면 어떤 날은 공부가 잘되어 늦게까지 공부하고 싶은 날이 있고, 어떤 날은 머리가 아파 공부가 안 되는 날이 있다. 그런데 딸에게 언제 집에 갈 거냐고 물으면 아빠가 가고 싶어 하는구나라고 생각하고 그냥 일어나게 된다. 그래서 5시 반에 휴대폰 문자로 오늘 일찍 갈 것인지 아닌지를 문자로 주면 거기에 맞춰 데리러 가는 방법을 쓰기로 했다.

서로가 자신의 의사를 눈치 보지 않고 표현할 수 있도록 하는 방법이 좋다. 눈치를 보고 싶지 않아도 주어진 위치나 상황에 따라 눈치를 보게 되는 경우가 있다. 눈치를 많이 보는 딸에게 눈치를 보지 말라고 말을 해도 아무 소용이 없다. 무의식적으로 그렇게 되는 것을 의식적으로 하지 말라고 한다고 해서 쉽게 바뀌는 것이 아니다.

부정적인 인식을 심어주는 데 걸리는 시간은 아주 짧다. 때에 따라서는 하나의 사건이 부정적인 인식을 갖게 할 수도 있다. 그렇지만 단 한 번 부정적으로 심어진 인식이라고 하더라도 되돌리는 것은 쉽지 않다. 아마 영원히 되돌리지 못할 수도 있다.

언제 어떤 애기를 해도 딸의 이야기에 훈계를 하거나 비판하지 않고 받아주었더라면 나에게 말할 때 눈치를 보지 않았을 텐데. 이미 딸이 나의 눈치를 본다고 하는 것은 내가 딸의 이야기에 귀 기울여 들어줄 것이라는 믿음에 신뢰를 잃은 상태다. 다시 신뢰를 회복하기 위해서는 더 많은 시간을 투자해야 할지 모른다.

아내가 집에만 있으니까 할 일이 없이 소파에서나 침대에서 뒹굴다 보면 짜증이 나는 모양이다. 말 한마디를 해도 짜증이 섞인 억양이다. 왜 짜증을 부리느냐고 해도 누가 짜증을 부리느냐며 그것이 말꼬리가 되어 말싸움으로 전개되는 경우가 있었다.

동주민센터나 복지관 같은 데서 진행하는 프로그램에 참여해 보라고 해도 잘 가지 않다가 이웃에 사는 사람과 보건진료소에서 봉사활동을 하는 프로그램에 참여하다가 이제는 건강체조, 사물놀이, 난타 등의 프로그램에 참여한다. 전에는 집에서만 뒹굴더니 이제는 월요일부터 금요일까지 매일 나간다.

프로그램에 참여하다보니 어울리는 사람이 생기고 함께 식사도 하고 이야기도 하면서 함께 어울리는 사람들의 이야기를 한다. 어울리는 사람들이 나를 보고 싶어한다고 하는데 언제 식사를 한번 해야 된다는 이야기를 한다.

진작부터 주민자치프로그램이나 복지관 프로그램에 참여하라고 할 때는 참여하지 않더니 주변에 있는 친구들이 가자고 하니까 나간다. 집에서 혼자 가만히 있는 것보다 누군가와 어울리면서 활동하는 것이 정신적으로나 육체적으로 본인에게 도움이 된다. 본인뿐만 아니라 함께 있는 가족도 마음이 편하다.

아내는 마트에서 주는 봉투를 모았다가 마트에 갖다 주고 다시 돈으로 돌려달라고 할 만큼 단돈 10원도 아껴 쓰는 사람이다. 해외여행을 가자고 해도 돈이 아까워서 가지 않으려고 했다. 그런데 표창을 받으며 우리 부부에게 해외여행의 기회가 주어졌다.

한 번 해외여행을 다녀온 후로는 시책추진 유공자에게 주어지는 해외여행에 나 혼자 가겠다고 하면 자부담을 해서라도 가겠다고 하는 사람으로 변했다. 억지로 바꾸려고 하기보다는 우연한 기회에 참여할 수 있는 기회를 만들어 보는 것이 사람을 바꾸는 데 아주 효과가 좋다.

단돈 10원도 아끼는 사람이 지금은 2개의 여행자 모임에 참여하면서 매년 해외여행을 가기 위해서 매월 일정 금액을 적립해야 하는데 전혀 아까워하지 않는다. 이처럼 생각을 바꾸는 데는 어떤 설명이나 강요보다는 한 번의 경험이 더 중요하다.

전에는 아내와 외식을 한 적이 거의 없다. 맛집에 가서 식사를 하려고 하면 아내는 "그 돈이면 고기를 사다가 식구들이 몇 끼를 먹을 수 있는데 왜 이런 데서 식사를 하려고 하느냐."며 "나는 안 먹을 테니까 먹고 싶으면 당신이나 먹어."한다. 아내가 먹지 않겠다고 하는데 혼자서 먹을 수도 없다.

아내의 말이 틀린 것은 아니다. 맛집에서 식사를 할 돈이면 고기를 사다 집에서 해 먹으면 식구들이 몇 끼를 먹을 수 있다. 하지만 세상이 모두 돈으로만 따지면서 살아갈 수 있는 것은 아니다. 때로는 근사한 장소에서 한 끼 식사를 하는 것도 필요하다.

딸은 지금 임용고시 준비를 하고 있다. 학생들이 줄어들면서 교사채용도 줄어들고 있다 보니 합격하기가 어렵다. 부모에게 용돈을 받으며 수험공부를 하는 것이 편하지는 않을 것이다. 하지만 부모 입장에서는 놀 것 다 놀고, 할 것 다하면서 언제 공부할까? 하는 생각이 든다.

딸이 친구들에게 "이기적인 생각이지만 내가 임용고시 시험에 합격할 때까지 내가 전화를 하기 전까지는 전화를 하지 말고, 내가 힘들어 전화를 해서 만나 달라고 할 때는 만나 줬으면 좋겠어."라고 했다고 한다. 친구들도 기꺼이 동의해줬다고 한다. 어떻게 보면 아주 이기적이라고 볼 수 있지만 어떻게 보면 아주 현명한 생각이다. 내가 잘되어야 친구를 만날 수 있고, 친구들도 친구가 잘되어야 부담 없이 만날 수 있기 때문이다.

부부나 가족 간에도 때로는 어떤 수험준비를 하거나 어떤 과제를 수행할 때 옆에 있는 사람들이 부담될 때가 있다. 그런데 성격상 결단력을 갖지 못하고 주변 환경에 끌려 다니면서 본인이 해야 할 것을 하지 못하여 원하는 결과를 얻지 못한다면 본인에게나 함께 사는 가족에게나 불행한 결과를 가져올 수 있다.

본인이 하지 못하는 것을 옆에서 봐주고 챙겨주고 공감해줄 필요가 있다. 때로는 주변에 있는 사람들이 더 힘들고 어려울 때도 있지만 긍정적으로 받아들이는 것이 필요하다. 바꾸려고만 하다 보면 갈등이 생기고, 욕을 하게 되고, 자존심을 건드리게 되고 결국은 가정이 파탄 나고 마는 경우가 생길 수 있다.

자기 성격을 남이 바꿀 수는 없다. 그렇다고 자기 자신이 바꾸는 것도 결코 쉽지 않다. 그래도 자신을 바꿀 수 있는 사람은 자신뿐이다. 남이 하면 부정적인 반응이 생겨 역효과가 발생한다. 자기가 의지를 갖고 고치려고 하면 힘이 들지는 몰라도 고칠 수 있다.

상대방을 고치려고 하지 말고 우연하게 그런 사례를 접하게 하는 것이 필요하다. 스스로 고치고 싶은 마음이 들도록 하는 것이 필요하다. 스스로 고치려고 하는 배우자를 공감해주는 것이 필요하다. 시간이 걸리더라도 참고 기다려주는 것이 필요하다. 상대방을 바꾸려고 하기 전에 자신을 먼저 아는 것이 중요하다.

차이를 인정해야만 서로 행복해진다

딸이 왜 아빠와 엄마는 '다른' 것을 '틀리다'라고 하느냐고 하며 가끔 논쟁 아닌 논쟁을 할 때가 있다. 딸과 말을 할 때는 다른 것과 틀린 것에 대해 신경을 쓰며 말한다. 말을 잘못했다가는 딸과 논쟁을 해야 하기 때문이다.

다른 것이 틀린 것은 아니다. 틀린 것은 잘못된 것이지만 다른 것은 잘못된 것이 아니다. 20년 이상을 다른 환경에서 살아온 남녀가 사랑한다며 결혼하여 부부가 된 것이다, 남자와 여자는 생김새도 다르듯이 사고방식도 다르다. 자라온 환경이 다르고, 생활습관도 다르다.

부부가 서로 다름을 이해하지 못하면 오해만 쌓이고 결국 불행으로 끝난다. 결혼은 아름다운 착각에서 시작하지만 비참한 이해로 끝난다. 틀린 것이 아니라 다른 것을 잘못된 것이라고 생각하면서 갈등이 생기는 것이다.

누구나 다를 수 있다는 것을 인정하고, 사실을 사실대로만 보면 문제가 생길 것이 없다. 아내는 조금도 지저분한 것을 보지 못하는 성격이다. 아이가 과자를 먹으면 가루를 흘린다며 접시를 갖다 댄다. 언제나 집에는 먼지 하나 없이 깨끗한 상태이어야 하고 정리정돈이 되어 있어야 한다. 아내는 그렇게 깔끔하지만 나는 책상 위에 너저분하게 무엇을 쌓아 놓을 수도 있고, 반드시 너무 깨끗해야 할 필요는 없다고 생각한다.

조금도 지저분한 것을 보지 못하는 아내가 잘못된 것이 아니다. 그렇다고 책상이 정리되어 있지 않다고 해서 내가 잘못된 것도 아니다. 아내는 깨끗해야 마음이 편할지 모르지만 나는 문제가 없다면 정리가 되어 있지 않아도 문제가 되지 않는다. 아내와 나는 생각하는 것이 다를 뿐이지 누구도 잘못된 것은 아니다.

아내의 입장에서는 자신과 다른 내가 잘못되었다고 생각하고, 나의 입장에서는 지나치게 깨끗한 것을 강조하는 아내가 문제가 있다고 생각할 수 있다. 아내는 제발 어지르지 말라고 잔소리를 하고, 나는 너무 정리정돈이 잘되어 있으면 오히려 부담스럽다며 잔소리를 하지 말라고 한다.

때로는 언성이 높아질 때도 있고, 서로 갈등을 겪을 때도 있다. 누구도 잘못한 것이 아님에도 서로 상대방이 잘못되었다고 생각하는 것이다. 상대방이 자신과 다르다는 것을 인정하면 자신도 편하고 상대방도 편한데 그것을 잘못된 것으로 생각하면서 서로가 불편하고 서로가 스트레스를 받는다.

산에 가서 산나물 채취하기를 좋아하는 나를 보고 아내는 "김운영 씨는 마누라보다 산을 더 좋아하는 것 같아."라고 말할 때가 있다. 어떤 사람들은 산에 가려면 기름 값 내버리고 힘든데 그 돈으로 시장에 가서 사다 먹지 왜 산에 가는지 모르겠다고 한다. 물론 차를 타고 가려면 기름 값이 들어야 하니까 그 돈이면 시장에 가서 사서 먹을 수도 있다. 하지만 그건 산에 가서 채취하는 재미를 모르는 사람들이 하는 이야기다.

내가 해안가를 따라 전국도보여행을 하니까 삼복더위에 왜 그 고생을 하는지 모르겠다고 한다. 그러면 나는 한 마디 한다. "내가 하고 싶은 일이니까 하는 것입니다."그것은 어차피 내려올 산을 왜 올라가십니까? 라는 질문과 같은 것이다. 그런 질문을 하는 사람에게 "어차피 죽을 것인데 왜 사십니까?"라는 질문을 던질 때가 있다.

등산을 하다보면 어떤 때는 추워서 어떤 때는 더워서 힘들다. 때로는 목숨까지 걸어야 하는 등산을 하는 사람은 등산이 좋아서 하는 것이지 잘못된 것이 아니다. 삼복더위에 비 오듯 땀을 흘리며 도보여행을 하는 사람도 하고 싶은 것을 하는 것이지 잘못된 것이 아니다.

사람이 좋아서 하는 일은 계산기로 계산할 수 있는 것이 아니다. 어떤 사람은 쉽게 얻을 수 있는 것을 힘들게 하려고 하느냐고 할 수 있지만 어떤 사람은 땀을 흘리며 힘들게 얻는 것을 보람으로 안다.

세상 사람들이 다 똑같은 것을 생각하고, 다 똑같은 것을 좋아한다면 세상은 재미가 없을 것 같다. 이색적이고 아름다운 공연을 보고 싶지 매일 똑같은 공연을 한다면 보고 싶지 않을 것이다. 아름다운 경치도 어디를 가나 똑같다면 비싼 돈을 들여가며 비행기를 타고 멀리 갈 필요가 없다. 가는 데마다 색다르고 독특한 맛이 있으니까 비싼 돈을 들여가며 여행을 하는 것이다.

사람들은 다른 것이 좋아서 다른 것을 찾으면서 다른 것을 틀리다고 한다. 나와 생각이 다르면 잘못된 것이라고 생각한다. 다른 것을 있는 그대로 인정하면 그 나름의 의미가 있음에도 그것을 인정하지 않으려고 하면서 갈등을 겪고 싸우고 상처를 주고 상처를 받는다.

에니어그램 성격검사를 하면 성격유형을 9가지로 나눈다. 그러나 사람들의 성격유형을 다 9가지로 나눌 수는 없다. 날개가 있고 통합과 분열이 있고 각 유형의 점수가 각기 다르다. 1번 유형의 성격이라고 하더라도 모두 똑같지는 않다. 비슷한 성향이 나타날 수는 있지만 모두 같을 수는 없다.

사람들은 자신의 성격이 나쁘다고 나올까봐 검사를 하지 못하겠다는 사람이 있다. 그러나 어떤 성격의 유형은 좋고, 어떤 성격의 유형은 나쁜 것이 아니다. 어떤 성격의 유형에도 장점이 있고 단점이 있다. 어떤 성격의 유형은 행동으로 옮기려고 하고, 어떤 성격 유형은 생각을 많이 하고, 어떤 성격의 유형은 감정을 느끼는 것이 강하다.

부부가 함께 성격유형 검사를 받고 본인의 성격유형을 알고, 배우자의 성격유형을 아는 것은 자기를 이해하고 배우자를 이해하는 데 많은 도움이 된다. 배우자의 성격유형을 알며 배우자의 행동이 왜 그런지를 이해할 수 있고, 내가 어떻게 하는 것이 좋은지를 알게 됨으로써 서로에게 상처를 주는 것을 줄이고 장점을 살릴 수 있도록 도와줄 수 있다.

　다르다는 것이 결코 잘못된 것이 아니다. 오히려 서로 다른 것이 서로에게 도움이 될 수도 있다. 다른 것으로 인해서 힘이 들고 어려운 문제가 발생할 수도 있지만 서로 다른 점을 인정하고 장점을 찾아가며 살아가다 보면 더 풍요로운 삶을 살 수 있다.

　차이를 인정해야만 서로 행복해진다. 차이를 잘못된 것이라고 생각하면 차이가 단점이라고 생각하게 되지만 차이가 장점이라고 생각하면 오히려 장점이 된다. 차이가 장점이 되느냐 단점이 되느냐는 전적으로 본인의 선택에 달려 있다. 어떤 선택을 하느냐에 따라 행복한 삶이냐 불행한 삶이냐를 선택하게 된다.

부부만의 행복했던 순간만을 기억하라

결혼해서 가장 행복했던 순간이 언제냐고 물으면 금방 답이 나오지 않는다. 행복한 순간이 없어서 그럴 수도 있고, 행복한 순간이 있었지만 그것이 생각나지 않아서일 수도 있다. 언제 가장 행복했었는지 하나를 꼽기는 쉽지 않다. 그러나 찬찬히 생각해 보면 우리가 살아오는 데 크고 작은 좋은 추억들이 꽤 많이 있다.

내가 결혼하기 전에는 어머니가 끓여주시는 미역국은 먹었지만 누구에게서도 생일 선물을 받아 본 적이 없다. 결혼하고 첫 번째 생일에 집사람이 생일 선물이라며 은색 넥타이를 선물로 줬다. 결혼하니까 생일선물도 받아본다는 생각이 들었다. 공무원이다 보니 평범한 넥타이가 좋을 것 같은데 톡 튀는 넥타이를 사온 것이다. 톡 튀는 넥타이이지만 아내가 직접 넥타이를 매주니까 정말 기분이 좋았다.

결혼하면 결혼기념일과 아내의 생일은 절대로 잊지 말라는 얘기를 많이 한다. 언젠가 아내의 생일날을 지나칠 때가 있었다. 아내는 무척 서운했던 모양이다. 생일 때는 케이크를 사고 조그마한 선물을 준비했었다. 아내가 케이크를 뭐 하러 사오느냐고 하여 케이크를 사오지 말라고 하는 줄 알았다. 사실은 그게 아니다. 아내의 결혼기념일과 아내의 생일은 기억에 남게 해주는 것이 좋다. 이것이 달콤한 사랑의 추억을 만드는 일이다.

공무원 교육을 받으며 아내에게 편지를 보내는 프로그램이 있었는데 그때 쓴 편지를 아내는 지금도 소중하게 간직하고 있다. 아내는 큰 이벤트만 좋아하는 것이 아니라 아주 작고 사소한 것이라도 마음을 알아주는 것을 좋아한다. 마음을 알아주는 사랑의 편지를 쓰는 것은 오랫동안 간직하는 소중한 사랑의 기억으로 남을 수 있다.

내가 산삼 20여 뿌리를 캐왔을 때가 있었다. 아내가 가족들이 몇 뿌리씩 먹고 나머지는 처가 식구들에게도 한두 뿌리씩 나누어 주겠다며 좋아하는 모습을 볼 때가 좋았다. 산삼을 캐오기는 했지만 처리는 아내 마음대로 하게 하니까 좋아했다. 처가 식구들에게 나누어 주면서 좋아하는 모습을 보면서 나도 좋았다.

그러면서 매년 봄에는 꼭 산삼을 캐러 간다. 산삼을 캐지 못할 때가 많지만 산삼을 캐러 가면서 아내가 좋아할 모습을 그려본다. 그리고 산삼을 캐면 우리 가족이 올 한해 건강하게 보낼 수 있을 텐데 하는 생각을 하게 된다.

산삼을 먹은 해에는 감기가 걸리지 않았다. 지난해에는 산삼을 한 뿌리도 캐지 못해 먹지 못했다. 그래서 그런지 3개월이나 감기에 시달려야 했다. 그래서 금년도에 우리나라를 한 바퀴 도는 해안가 도보여행을 시작하기 전에 지인에게 함께 산삼을 캐러 가자고 해서 다행히 8뿌리를 캤다. 다른 때는 제일 큰 것을 다른 식구들에게 먹으라고 했지만 이번에는 도보여행을 하려고 가장 큰 것을 내가 먹고 출발해서인지 삼복더위에 48일 동안이나 매일 10시간 이상 걷는 도보여행을 하면서 감기한 번 걸린 적이 없다.

산삼의 약효보다 더 중요한 것이 오래되고 큰 것을 가족에게 양보하면서 가족을 사랑한다는 것을 보여주는 일이다. 이렇게 하면 자신이 어려움에 처했을 때 외면하지 않을 것이라는 믿음을 주게 된다. 신뢰가 쌓이면 어떠한 어려움도 나눌 수 있고, 어떠한 문제도 해결할 수 있다.

가문의 영광이라고 하는 청백봉사상을 서울 프레스센터에서 수상할 때 아내가 함께 시상식에 참여했는데 많은 지인들이 꽃다발을 가지고 찾아와 축하해줬다. 수상자 부부에게 해외연수의 기회를 주어 미국 동부 여행을 하면서 전에 가보지 못했던 유엔본부, 테러로 소실된 무역센터를 기념하는 곳 등을 보면서 좋은 추억을 만들었다.

유엔본부에 가서는 반기문 유엔사무총장 사진이 걸려 있는 곳에서 기념사진을 촬영했고, 유엔총회가 열리는 총회장에서도 기념사진을 촬영했다. 세 번이나 도전해서 청백봉사상을 수상했지만 시흥시에서 최초로 수상했다. 사람들이 사모님의 내조가 없었으면 불가능한 일이라고 했다. 좋아하는 아내를 보면서 정말로 아내의 내조가 없었으면 불가

235

능한 일이었다는 생각이 들었다. 청백봉사상의 수상은 우리 부부에게 여러 가지 좋은 추억을 남겨줬다.

어떤 공적으로 표창을 받았을 때 배우자의 도움이 없었으면 불가능했을 것이라는 것을 말하고 고맙다는 말을 해주는 것이 필요하다. 배우자의 보이지 않는 숨은 기여를 인정해 줌으로써 배우자와 기쁨을 같이 나누는 것이 필요하다.

공직생활을 하면서 자서전《원칙을 지켰더니 해결되더라》를 출판한 경험이 있다. 책이 출간된 후 아내가 자서전을 지인들에게 나눠주며 남편인 나를 자랑하는 모습을 보면서 아내가 더 사랑스럽게 보이고 예쁘게 보였다. 지인들에게 나눠주면서 정말 대단한 일을 했다는 소리를 들으니까 아내도 좋아했다.

자서전을 출판했을 때 아내는 자서전에 어떤 내용이 들어가 있는지 궁금해했다. 아내가 한 일이 잘 정리되었다며 좋아하며 만족해하는 아내의 모습을 보며 평생을 몸담아온 공직생활과 관련된 내용이 주를 이루면서도 아울러 나의 어릴 때부터 성장과정도 정리함으로써 아이들에게도 좋은 선물을 안겨주었다는 생각이 든다.

여행자모임을 만들어 매년 아내와 해외여행을 가면서 촬영해온 사진으로 기념 앨범을 만든다. 여행하는 나라마다 조그마한 소품을 구입해 진열장을 장식하고 그것을 이렇게 배치하고 저렇게 배치하면서 좋아하는 아내의 모습을 보니까 나도 기분이 좋다. 국외여행이든 국내여행이든 여행을 하는 것은 부부가 함께 좋은 추억을 만드는 데 도움이 된다.

평소에 서로 대화가 없는 부부는 여행을 하면서 대화하는 시간을 가질 수 있다. 부부의 사랑을 유지하기 위해서는 의도적인 노력이 필요하다. 마음만으로는 안 된다. 시간이 없다. 바쁘다며 핑계를 만들지 말고 실천하고 표현해야 한다.

사랑의 표현은 마음에만 담아두지 말고 말이나 행동으로 표현하는 것이 좋다. 출근하면서 뽀뽀를 하거나 퇴근하면서 안아주는 것이 좋다. 아무리 바쁘더라도 전화를 하거나 문자나 카톡을 하는 것도 관계를 좋게 유지하게 만든다.

부부가 좋은 추억을 만드는 것은 배우자 한 사람만의 힘으로 만들어지는 것은 아니다. 서로가 동의해주고, 서로가 함께할 때 가능한 것이다. 좋은 추억은 부부가 살아가며 힘들고 어려울 때 힘이 되어 준다. 문제가 발생했을 때 문제를 해결해 준다. 좋은 추억이 많을수록 부부의 삶이 행복해진다.

사랑의 달콤한 추억을 많이 만들수록 부부관계는 좋아진다. 부부관계가 좋아지면 자녀와의 관계도 좋아진다. 가족의 평화가 유지된다. 부부만의 행복했던 순간을 만들고 오랫동안 기억하면 부부 사이는 저절로 좋아진다.

매일 구체적으로 사랑을 표현하라

우리나라 사람들은 감정표현에 인색한 편이다. 자기가 느끼는 감정을 말로 하거나 행동으로 표현하는 것을 어색해한다. 부부가 사랑의 표현을 하지 않으면서 '그것을 꼭 말로 해야 아느냐.', '그것을 행동으로 표현해야 아느냐'라고 말하는 사람이 있다. 물론 오래 살다보면 이심전심으로 알 수도 있지만 사랑의 표현의 가치는 말로 표현하고 행동으로 표현할 때 더 빛이 발한다.

내가 출근할 때는 매일 아내와 뽀뽀를 하고 출근한다. 나는 아내가 뽀뽀를 하지 않으면 출근을 하지 않았다. 어떻게 하다가 갈등이 생기는 일이 있을 때도 아침에 출근할 때는 뽀뽀를 해야만 출근을 했다. 뽀뽀를 하지 않으면 현관에 서서 출근하지 않았다. 감정이 좋지 않을 때 뽀뽀를 하는 것이 다소 어색하기는 하지만 뽀뽀를 하며 서로 웃게 된다. 웃으며 갈등이 해소되기도 하고 활력소가 되기도 한다.

평소 사랑의 표현에 인색한 내가 어느 때부터인가 출근하는 내게 아내가 뽀뽀를 해주면서 출근할 때 뽀뽀하기 시작했다. 그것이 계기가 되어 매일 출근할 때 뽀뽀를 하게 되었는데 우리 부부에게 하루 일과 중에 반드시 해야만 하는 하나의 의식이 되었다. 그런데 이제 공로연수에 들어가면서 출근하지 않으니까 그 의식이 중단되었다.

뽀뽀하는 의식이 사라졌으니 새로운 의식을 만들 필요가 있었다. 48일간 도보여행을 마치고 3일째 되는 날 새벽 5시에 아내가 일어나 군자봉에 올라갔다가 오자며 아내가 깨웠다. 도보여행을 하면서 체중을 줄여 몸무게가 적당히 되었는데 다시 늘어나면 안 된다며 운동을 해야 한다며 나가자는 것이다.

도보여행을 갔다 와서 쉬고 싶었지만 첫 날은 아내가 깨우니까 억지로 일어나 따라 나섰다. 그 삼복더위 기간 중에 48일이나 매일 10시간 이상 걸을 때도 숨이 차는 일이 없었고 다리가 아프지 않았다. 군자봉은 전에 거의 매주 올라가던 산인데 오랜만에 올라간다고 숨이 차고 다리가 아팠다. 둘째 날도 깨우는데 그냥 자고 싶었지만 따라나섰다. 첫날보다는 좀 나았다. 며칠 따라다니다 보니까 이제는 괜찮아졌다.

매일 새벽에 아내와 2시간 동안 걸으며 이야기도 하고 아내의 잔소리를 들어주는 시간을 새로운 의식으로 만들면 부부가 서로 이야기하는 시간이 되기도 하고, 운동도 할 수 있어서 좋고, 그냥 잠을 자게 되면 나태해질 수 있는데 낮 시간에 활동을 할 수 있어 여러 가지로 좋다.

도보여행 할 때 만난 고등학교 동창에게 "남편이 정년퇴직하여 출근을 하지 않으니까 되게 힘들었다."고 하는 얘기를 들었다. 남편이 출근할 때는 남편이 출근하고 나면 내 마음대로 시간을 보낼 수 있었는데 남편이 집에 있으니까 세끼 식사도 챙겨줘야 하고 어디를 가려고 해도 눈치를 봐야 한다고 했다.

지금 내 상황이 바로 그 상황이다. 집에만 붙어 있으면 아내를 힘들게 할 것 같다. 그래서 아내에게 만일 내가 집에 있다고 하더라도 평소에 하던 건강 스포츠 댄스, 사물놀이, 난타 등을 하거나 평소에 하던 일을 빠지지 말고 계속 하라고 했다. 나는 가능하면 카페나 도서관 같은 곳에 가서 글을 쓰거나 하면서 낮 시간에는 밖에서 시간을 보내려고 한다.

함께하는 시간은 매일 새벽에 2시간 정도 갖고 낮에는 각자 자기가 하고 싶은 일을 하면 서로에게 좋고 서로에게 스트레스를 덜 받을 것이다. 그러면서 이따금 함께 여행을 하거나 영화를 관람하거나 다른 방법으로 시간을 보내는 시간을 늘려가는 것이 좋을 것 같다.

내가 자서전을 출판하면서 아내에게 교정을 부탁했더니 평소에 책을 잘 읽지 않는 아내가 하루 만에 다 읽었다. 다른 부분보다는 자신과 관련된 부분에 대해 어떻게 표현했는지에 관심이 많았다. 여기에는 이렇게 표현해줘야 했는데 등 몇 가지 요구가 있었지만 대체로 만족해하는 것 같았다.

35년간 공직생활을 했으니 내용이 주로 공직생활과 관련된 내용이 되겠지만 인생을 살아가면서 공직생활만 있는 것은 아니다. 가족과는 매일 만나며 생활해야 했고, 친구들이나 지인들과의 관계도 포함하지 않을 수 없었다.

사진을 볼 때 가장 먼저 보는 것이 자신의 얼굴인 것처럼 자서전이 나오니까 아내는 자신과 관련된 부분을 가장 관심을 갖고 봤다. 아내는 처가 식구들은 물론 지인들에게 책을 나눠주며 좋아했다. 워낙 절약정신이 강해서 단돈 10원도 아껴 쓰는 아내가 자비로 출판하면서 비용이 발생함에도 동의해주고 자랑스러워하고 좋아하는 모습을 보니까 어쩌면 아내에게 좋은 선물을 줬다는 생각이 든다.

도보여행을 다녀온 후 관련 내용을 정리하여 책을 출판할 계획이라고 하니까 아내는 반대하지 않고 책에 대해 이런저런 주문을 한다. 아내는 책에 자신이나 가족에 대한 내용이 포함되는 것을 바라는 모양이다. 아내의 동의와 지원이 없었다면 불가능한 일을 선뜻 동의해준 것이다. 어찌 보면 이것이 아내에게 좋은 선물이 될 수도 있겠다는 생각이 들었다.

사랑의 표현은 말이나 행동으로만 하는 것이 아니다. 때로는 글로, 때로는 다른 사람의 말이나 인정이 아내를 기쁘게 해준다. 내가 청백봉사상을 받았을 때 다른 사람들이 아내에게 "사모님의 내조가 있었으니까 탈 수 있었지요."라고 한 것이나 내가 48일간의 도보여행을 할 때도 사람들이 아내에게 "사모님이 동의를 해줬으니까 동장님이 여행을 할 수 있는 일이지요."라는 얘기를 했다고 한다. 다른 사람들이 아내를 인정해주는 소리를 들으며 아내가 참으로 좋아하는 모습을 보면서 배우자에게 할 수 있는 사랑의 표현은 참으로 다양하다는 것을 알게 되었다.

내가 직접 사랑의 표현을 하는 것도 중요하지만 다른 사람들이 배우자를 인정해줄 때 배우자는 좋아하고 그 인정을 소중하게 여긴다. 친척들이나 지인들 앞에서 배우자에 대한 고마움을 표현해주는 것이 중요하다. 칭찬하면 고래도 춤춘다는 속담이 있듯이 자신을 인정해주고 칭찬해주면 배우자가 좋아하지 않을 수 없다.

하루 일과 중에 부부가 서로 격려하고 칭찬할 일은 많다. 아무리 작고 사소한 일이라고 하더라도 배우자로부터 인정받는 것과 인정을 받지 못하는 것은 아주 다르다. 사람들을 만나면서 아주 작고 사소한 것이라고 하더라도 칭찬해주는 사람과 친해질 수밖에 없는 것처럼 배우자의 칭찬은 배우자와의 관계를 원활하게 한다.

아내는 해외여행을 할 때마다 그 나라를 상징하는 작은 소품을 구입하는 것을 좋아한다. 소품이 모이다 보니 장식장을 사서 장식장에 진열하며 즐거운 시간을 보낸다. 이것은 어느 나라를 여행할 때 산 것이고 그 나라를 여행할 때의 추억을 말한다. 그때의 즐거운 추억을 말하며 언제 다시 가고 싶다고 한다.

우리가 세상을 살아가며 이 세상에 자기를 사랑해주는 사람이 단 한 사람이라도 있거나 자신이 사랑하는 사람이 단 한 사람이라도 있으면 최악의 결정을 하지 않는다고 한다. 부부는 살아가며 어려운 일을 만날 수 있다. 그렇지만 그때 행복했던 순간을 떠올릴 수 있는 것이 많으면 부부생활에 생기를 불어넣을 수 있고 위기를 극복할 수 있는 힘이 생긴다.

매일 구체적으로 사랑을 표현해봐라. 말로 해도 되고, 행동으로 해도 되고, 글로 해도 되고, 휴대폰 문자메시지, 카톡 등을 이용하는 방법도 있고, 다른 사람을 통해서 해도 된다. 사랑의 표현은 반드시 크고 중요한 것이어야 하는 것이 아니다. 아주 작고 사소한 것이라도 인정해주고 칭찬해주면 되는 것이다. 구체적으로 표현하면 부부는 행복해지고, 가족은 행복해진다.

06

서로의 길과 가치를 공유하라

같은 부모 밑에서 자란 형제자매도 서로 생각하는 것이 다르고, 하고 싶은 것이 다른데 서로 다른 환경에서 자라난 사람끼리 만난 부부는 더 다를 수밖에 없다. 부부로 함께 살아가기 위해서는 모두 다 같을 수는 없지만 서로 공유해야 하는 부분이 있을 수밖에 없다.

그러나 서로 공유하면서 어느 한쪽만 하고 싶었던 꿈을 포기하는 것은 바람직한 일이 아니다. 서로가 하고 싶었던 일을 다 할 수는 없더라도 해볼 수 있도록 인정해주고, 도와주는 공유가 필요하다. 부부가 함께 살고 있지만 남녀가 다르듯이 하고 싶은 일도 다르고, 꿈도 다를 수 있다.

부부라고 해서 모든 것을 공유해야 하는 것은 아니다. 부부간에 대화의 시간이 부족하고 함께할 수 있는 시간이 부족하다보니 공유하는 시간을 강조하고 있는 것이다. 아무리 부부라고 하더라도 지나치게 공유만 강요하기보다는 적당하게 자기만의 시간을 갖도록 하는 것도 필요하다. 부부이지만 자기만의 시간도 필요한 것이다. 자기만의 시간을 잘 활용하면 자기가 하고 싶은 일을 할 수도 있다.

지인 중에 아내가 공인중개사 사무실을 차려서 하고 있는데 남편이 승진도 안 되고 스트레스를 많이 받고 있으니까 그만두고 같이 공인중개사 사무실을 운영하자고 해서 그렇게 했다. 직장에서 받는 스트레스는 해소되었지만 또 다른 스트레스가 생겼다고 한다. 같은 사무실에서 근무를 하다 보니 같이 출근하고, 같이 근무하고, 같이 퇴근하고, 같이 잠을 자면서 매일 24시간을 같이 보내야 하는 것이다.

배우자가 어디 나가면 어디에 가느냐, 왜 나가느냐 등 일일이 간섭하고 통제하려고 하니까 너무나 힘들다고 하는 이야기를 들었다. 공유하라고 해서 24시간 함께 있어야 한다면 함께하는 시간이 행복한 시간이기보다는 오히려 고통스럽고 힘든 시간이 될지 모른다. 공유하는 부분도 있어야 하지만 남편은 남편대로 아내는 아내대로 각자 하고 싶은 것을 하는 시간을 갖는 것도 필요하다.

공유하는 것이 전혀 없는 것보다는 공유하는 것이 많을수록 부부가 함께할 수 있는 시간이 많고 혼자 있는 시간이 줄어든다. 요즈음은 부부라도 외롭다고 한다. 부부간에 대화가 없고, 서로 공유하는 것이 없기 때문에 이러한 일이 벌어지는 것이다.

취미생활, 봉사활동, 운동, 등산, 정기적인 여행, 산책 등을 함께하는 것은 매우 뜻깊다. 함께하며 대화를 나누고, 생각을 공유하는 시간을 가질 수 있다. 공유하는 시간을 통하여 원하지 않았던 행복이 찾아올지 모른다. 함께 공유하는 시간을 잘 활용하면 부부의 정이 그만큼 깊어지게 된다.

바쁜 시대에 살다보니 가족이라도 함께하는 시간을 갖기가 쉽지 않다. 맞벌이 부부인 경우 아침을 건너뛰거나 각자의 방식으로 각자 해결하는 경우가 많다. 아무리 바쁘다고 하더라도 한 끼 식사는 같이 하는 것이 필요하다. 점심식사는 직장에서 해결해야하고, 저녁식사는 회식이다 뭐다 해서 외식으로 해결해야 할 때가 있다. 함께 식사가 가능한 시간은 아침식사 뿐이다.

출근할 때 여자들의 경우 화장을 해야 하는 등 남자보다 준비시간이 많이 걸리는데 여자가 아침식사 준비를 책임지다 보니 너무 힘들다. 그러다 보니 부부가 아침식사를 거르게 되는 경우가 있다. 상대적으로 출근시간 준비가 짧은 남자가 아침식사를 준비하고 설거지는 나중에 한다면 바쁜 시간이지만 아침식사를 같이 할 수 있다.

48일간의 도보여행을 하면서 농촌을 지날 때 할아버지와 할머니가 타고 가는 경운기를 많이 보았다. 경운기를 운전하는 사람은 할아버지이고 그 뒤에 앉아서 타고 가는 사람은 할머니다. 들에 나갈 때도 같이 나가고, 일을 할 때도 같이 하고, 집에 올 때도 같이 온다. 자식들은 모두 외지로 나가버리고 두 노인만 남아서 농사를 짓는 것이다. 그러다 보니 논에 나갈 때도 같이 나가고 밭에 나갈 때도 같이 나간다.

어느 일은 남자일이고 어느 일은 여자일이라며 각자의 일을 한다면 혼자 있을 때가 많아질 수밖에 없다. 어떤 일이든 둘이 함께 나가서 하는 것이 두 노부부가 함께 살아가는 비법이다. 서로 말벗이 되고, 서로 의지가 되기 때문에 외롭지 않다.

함께 시간을 보내는 것도 중요하지만 가치를 공유하면 부부의 삶은 물론 자녀들에게 미치는 영향도 크다. 함께 참여하는 봉사활동은 아니지만 어려운 사람들을 돕는 일에 가치를 부여하는 것은 의미 있는 일이다. 때로는 함께 봉사활동에 참여하고, 때로는 각자의 영역에서 봉사활동을 할 수 있다.

처음에는 봉사활동에 참여할 때 어려운 사람들을 돕는 일이라고 생각했지만 꾸준히 봉사활동에 참여하다보면 도움을 준다는 생각보다는 내가 도움을 받고 있다는 생각이 들 때가 있다. 도움을 받는 사람들이 좋아하는 모습을 보면서 내가 좋아지고 보람을 느낄 수 있다. 봉사활동에 참여하는 봉사자들과 교제할 수 있어서 좋다.

그러다 보니 봉사활동에 꾸준히 참석하게 된다. 어쩌다 한 번 빠지면 뭔가 허전함을 느끼게 된다. 그러다보니 부부가 함께 봉사활동에 참여하는 것도 좋고, 가족이 함께 봉사활동에 참여하는 것도 좋다. 봉사활동을 마치고 함께 외식을 하는 시간을 가지면 가족이나 부부간에 유대관계가 강화될 수 있다.

부부라도 어느 한쪽의 일방적인 의견에 어느 한쪽이 억지로 따라가는 식이라면 자발적인 참여를 이끌어내기 어렵다. 이런 경우 몸은 같이 있지만 마음은 다른 곳에 가 있을 수 있다. 겉으로는 함께하고 있는 것처럼 보이나 실제로는 함께하는 것이 아니다. 외형상으로 함께하고 공유가 이루어지는 것처럼 보이지만 실제는 그렇지 못할 경우가 많다. 보여주기 위한 것 보다는 실제적이고 자발적인 공유가 중요하다.

부부라고 하더라도 한 사람은 즐기는 시간을 더 갖자고 할 수 있고, 한 사람은 여행을 자주 가자고 할 수 있다. 또 어떤 부부는 서로 간섭하지 말았으면 좋겠다고 하는 사람이 있을 수 있다. 서로 바라는 것이 다를 수 있다. 서로 바라는 것들 중에서 부부가 같이 동의하는 것을 서로 어떻게 공유할지를 정하여 활동하면 자발적인 참여가 이루어지고 실질적인 공유가 이루어진다.

부부라고 하더라도 서로 가고자 하는 길과 가치가 다를 수밖에 없다. 다름은 잘못된 것이나 바꿔야 되는 것이나 일치시켜야 하는 것은 아니다. 서로가 다름을 인정해주고 존중해주어야 하는 것이다. 서로 다른 길과 가치를 가지고 있다고 하더라도 서로 공유하면서 서로가 인정해주고 도와주면서 살아가면 애정이 깊어지고 보다 더 헌신하게 된다.

부부는 서로의 길과 가치를 공유하는 것이 필요하다. 공유를 통하여 부부는 서로의 길과 가치를 존중하며 지켜주는 것이 필요하다. 부부라도 각자의 길과 가치를 존중하면서 함께하는 시간을 통하여 서로 커뮤니케이션을 잘하면 함께하는 시간의 소중함을 알게 된다. 서로가 상대방에 대한 가치를 인정해주고, 가치를 부여하면서 아름다운 삶을 살 수 있는 것이다.

07

상대를 바꾸려고 하지 말고
나를 바꿔라

상대방의 생각과 행동이 나와 다른 것을 잘못되었다고 생각하기 때문에 바꿔야 하는 것이라고 생각하는 것이다. 이러한 잘못된 판단은 갈등을 만들고, 바꾸려고 하면서 하지 말아야 할 말을 해 서로에게 상처를 주고, 상처를 받는다. 상처가 깊어지면 부부 사이가 멀어지게 된다. 이혼까지 가는 경우도 있다.

부부 중 한 사람은 성격이 느긋하고, 상대방은 성격이 급하다. 성격이 급한 사람은 성격이 느긋한 상대방이 답답하다며 빨리 하라고 다그친다. 그렇지만 아무리 다그친다고 해서 성격이 느긋한 사람의 성격이 쉽게 빨라지지는 않는다. 오히려 왜 그렇게 서둘러 대느냐며 짜증이 나고 힘들어한다.

성격이 급한 사람은 성격이 느긋한 사람을 답답해하기도 하지만 부러워하기도 한다. 반대로 성격이 느긋한 사람도 성격이 급한 사람을 힘들어하기도 하지만 부러워하기도 한다. 성격이 느긋한 사람은 어떤 결정을 할 때는 느리게 보일지 모르지만 매우 수용력이 있고, 정서적으로 안정적이고 침착하다. 훌륭한 중재자이도 하고 화해자이기도 하다. 그리고 성격이 급한 사람은 이성적이고 합리적이며 스스로를 통제하는데다 일을 처리함에 성숙하고 온전함을 원한다.

성격이 급한 사람이나 성격이 느긋한 사람 모두에게 단점만 있는 것도 아니고 장점만 있는 것도 아니다. 서로가 상대방 성격의 장점과 단점을 알 수 있다면 성격이 느긋한 사람의 장점을 살려주고 단점을 보완해주는 역할을 할 수 있다. 성격이 급한 사람은 신속하게 결정하지만 안정적이거나 침착성이 부족하다.

많은 사람들이 성격은 쉽게 변하지 않는다고 말한다. 학자들도 사람의 성격이 변하지 않는다고 주장하는 학자가 있고, 변한다고 주장하는 학자가 있다. 성격이 변한다고 주장하는 학자들도 성격이 쉽게 변하지 않는 것에는 동의하고 있다.

쉽게 바꿀 수 없는 상대방의 성격을 바꾸려고 하기보다는 부부가 함께 성격검사를 받아보고 서로를 아는 것이 좋다. 내가 이때까지 왜 그래왔는지를 알고, 상대방이 왜 그러는지를 알 수 있다. 서로 상대방의 성격을 알면 상대방이 힘들어하는 것이 무엇인지 알 수 있다. 상대방이 힘들어하는 것이 무엇인지 파악하여 도와주고 상대방이 가지고 있는 장점을 살려주면 성격을 바꾸려고 하면서 갈등을 겪을 필요가 없다.

아내는 너무 깔끔해서 집안이 조금만 어질러져도 난리다. 그러다보니 쓸고 닦는 것에 사용하는 시간이 너무 많다. 내가 조금만 어질러 놓으면 어지른다고 난리다. 책상을 정리정돈하지 않는다고 난리다. 애들이 조금만 어질러도 난리를 부리니까 아이들과 갈등을 빚는 일도 자주 있었다. 아내가 너무 깔끔하다 보니까 너무 힘들었다.

크게 문제가 되지 않는 것은 그냥 넘어가주면 서로가 편한데 그냥 넘어가지 않으려고 하다 보니 아내는 아내대로 힘들고 남편은 남편대로 힘들고, 가족은 가족대로 힘들다. 집에 있으면 힘드니까 집에 있으려고 하기보다는 가능하면 밖으로 나가려고 하는 것이다.

아내가 깨끗하고 정리정돈을 하자는 것이 잘못된 것은 아니다. 깨끗한 것이 좋지만 생활하는 데 불편이 없으면 그냥 넘어가자고 하는 것도 잘못된 것이 아니다. 서로가 자신의 기준으로 보면 기대에 미치지 못할지 모르지만 잘못된 것은 아니다. 선천적으로 타고났든 성장과정에서 습득한 것이든, 오랫동안 지속되면서 굳어진 것은 하루아침에 바뀌지 않는다. 아니 영원히 바뀌지 않을 수도 있다.

상대방을 자신의 기준으로만 보고 잘못되었다고 하지 말고 상대방과 내가 다르다는 것을 인정하는 것부터 해야 한다. 다름을 인정하는 순간부터 상대방이 잘못되었다는 생각이 사라진다. 상대방이 잘못되었다는 생각이 사라지면 내가 어떻게 해야 하는지를 생각하게 된다.

처음에는 우리 부부간에나 애들과 갈등이 많았지만 이제 아내가 어지르는 것을 싫어하는 것을 알고 있으니까 무엇을 해도 가능하면 정리를 해가며 한다. 그리고 아내도 생활에 불편할 정도로 어지르지 않으면 그냥 넘긴다. 그러다보니까 이제는 더 이상 그로 인한 갈등은 없어졌다.

아내와 어디를 가려고 하면 뭘 그렇게 꼬물거리는지 먼저 밖에 나가서 기다리면 한참을 기다려도 나오질 않는다. 기다리다가 화가 나고 스트레스 받으니까 아내가 나타나면 한 마디 하게 된다. 한 마디 하면 그것이 나들이 기분을 잡치고 심지어 나들이가 취소되는 일도 있다.

아내는 "다시는 당신과 나들이를 하나 봐라."하고 차에서 내려 집으로 들어가 버린다. 여자들이 나갈 때는 가장 오래 걸리는 것이 화장이지만 화장 이외에도 가스, 창문 시건장치 등 사소한 것까지 둘러보고 나오다 보니까 더 늦다. 남편들은 먼저 나가면서도 아내가 점검하는 것을 대신 해주지도 않으면서 늦게 나온다고 타박을 한다.

아직까지 나도 아내가 하는 가스점검 등을 하지는 않지만 갈등이 없다. 차 안에 항상 책을 한두 권 놔두고, 기다리는 시간에는 책을 본다. 책을 읽다보니까 기다리는 시간이 지루하지 않고 아내와 갈등을 일으킬 이유도 없다.

여자들은 남자들과 다르다는 것을 인정하고 기다리는 시간을 지루하지 않게 할 방법을 찾아서 실천해야 한다. 그것을 할 수 없다면 아내가 화장하는 동안 아내가 해야 할 가스점검, 창문의 시건장치 등을 꼼꼼하게 점검하여 아내가 할 일을 줄여줄 필요가 있다. 그래도 화장을 하고 있으면 뭐라고 하지 말고 ,TV를 시청하든지 다른 방법을 찾아서 하는 것이 좋다.

여자들은 화장을 하지 않으면 잠깐 쓰레기를 버리는 것도 하지 않으

려는 사람들이다. 화장을 하지 않은 얼굴을 남에게 보여주지 않으려고
하는 사람들이다. 여자들은 남자들과 다르다는 것을 알아야 한다. 바꾸
려고 해도 절대 바꿀 수 없는 것이다. 바꾸려고 하다가는 갈등만 생기
고 하려던 일을 망칠 수 있다.

사람은 상대방이나 다른 사람이 억지로 바꾸려고 하면 잘못인지 알
면서도 바꾸지 않으려는 경향이 있다. 그래서 스스로 인지할 수 있는
동기를 만들어 스스로 고쳐보려는 노력을 하게 하는 방법을 찾는 것이
효과적이다. 인지하게 한다며 직설적인 말을 하기보다는 타인에 의해
서가 아니라 스스로 해냈다는 인식을 갖게 하는 것이 좋다.

상대방이 나와 다르다고 나에게 맞게 바꾸려고 하지 말고 나를 상대
방에 맞게 바꿔라. 먼저 다름을 잘못된 것이라고 보는 시각을 바꾸고
다름을 인정하고 자신이 상대방과 원만하게 지내는 방법을 찾아라. 내
가 편안해지고 상대방이 편해진다.

08

귀 기울여 들어주는 것부터 시작하라

오래전에 어떤 친구와 이야기를 나눌 기회가 있었다. 그 친구가 이야기하면 쳐다봐 주고, 때로는 고개를 끄덕여 주고, 때로는 웃어주고, 때로는 '응', '그래'등의 맞장구만 쳐줬다. 듣기만 하고 내 주장은 한 마디도 하지 않았는데 그 친구는 좋아했고, 내게 고맙다고 했다. 말을 많이 하는 것보다 잘 들어주는 것이 더 중요하다.

어떤 사람이 말하는 것을 잘 들어주기만 해도 상대방과 가까워질 수 있다. 내담자가 상담자를 좋아하는 경우가 내담자가 하는 말을 있는 그대로 들어주기 때문이다. 필요에 따라 반박하는 경우가 있기는 하지만 대부분 상대방이 무슨 말을 해도 그냥 들어준다. 상담자가 아무것도 하지 않고 잘 들어주기만 해도 문제가 해결되는 경우가 있다.

힘들고 어려울 때는 위로의 말을 하는 것도 좋지만 상대방이 힘들고 어려워하는 것을 말하게 하고 들어주는 것이 더 위로가 될 수 있다. 누구에게도 말하지 못하는 것을 말하는 것만으로도 마음이 편해지고 위로가 된다. 누구에게 이야기하려고 해도 들어주려고 하지 않는데 들어주는 사람이 있을 때 설사 문제가 해결되지는 않았다고 하더라도 마음은 편해지는 경우가 있다.

부부로 살아가는 동안 좋은 일도 있지만 힘든 일이 있을 수도 있다. 부부가 평생 아름다운 삶을 살기 위해서는 힘들 때를 잘 극복해야 한다. 힘들 때를 잘 극복하지 못하면 부부 관계가 멀어질 수 있다. 부부는 가장 가까운 사이라 무촌관계이고, 매일 한 이불을 덮고 사는 사람이기는 하지만 멀어지면 바로 남이 될 수 있는 사이다.

배우자가 이야기를 하면 잔소리라고 무시하기도 하고, 배우자가 이야기하는 것은 들어주지 않고 자신의 이야기만을 하려고 하면 상대방은 짜증이 나고 스트레스를 받게 된다. 어느 일방의 주장은 커뮤니케이션이 아니다. 커뮤니케이션이 되어야 서로의 의견을 들을 수도 있고, 나의 의견을 말할 수 있다.

상대방의 말은 들어주지 않고 자신의 주장만을 이야기하는 사람과는 이야기하고 싶지 않다. 이야기를 하려고 하면 피하고 싶어진다. 이렇게 되면 상대방의 의견을 알 수도 없고, 자신의 의견을 전달할 수도 없다.

사람들은 남의 이야기를 들을 때 말하는 대로 듣는 것이 아니라 듣는 사람이 듣고 싶은 대로 듣는다. 배우자의 이야기를 들을 때 배우자가 한 대로 듣는 것이 아니라 내가 생각한 대로 듣고, 내가 처한 입장에서 왜곡하여 듣는다. 자기 마음대로 판단하고 자기 마음대로 생각하고, 자기 마음대로 듣는다. 때로는 말한 사람의 의도와는 달리 전혀 엉뚱하게 듣는다.

듣는 사람은 상대방이 말하려는 내용이 무엇인지 그대로 드러나게 반응을 해주며 들어야 한다. 그래야 상대방은 자기가 하는 말을 제대로 이해하고 있다는 느낌을 갖게 된다. 사람들은 대부분 먼저 이해를 받고 싶어한다. 말하는 사람을 이해해주면 되는데 상대방을 이해하려고 하기보다 자신의 관점에서 판단하고 해석하려고 한다.

상대방이 자신을 이해해준다는 감정이 느껴질 때 안심하고 마음속에 있는 이야기를 털어놓을 수 있다. 마음속에 있는 것을 배우자에게 털어놓으면 설사 해결되지 않는 문제가 있다고 하더라도 부부관계를 돈독하게 할 수 있고, 그런 유대관계는 앞으로 살아가는 데 더 큰 도움이 될 것이다.

살아가다 보면 힘이 들 때도 있고, 속이 상할 때도 있다. 갈등을 겪을 때도 있고 싸울 때도 있다. 이럴 때 이를 풀기 위해 대화를 할 때 상대방의 이야기를 있는 그대로 들어주는 자세가 필요하다. 물론 화가 나고 감정이 상해 있는데 어떻게 그대로 들어줄 수 있느냐고 할지 모른다. 그렇지만 부부가 화목하고 돈독해지기를 원한다면 그렇게 해야 한다.

아무리 화가 나고 감정이 상했다고 하더라도 최소한 그대로 들어주는 자세는 필요하다. 설사 마음에 들지 않고 사실과 다른 부분이 있다고 하더라도 상대방의 말을 중간에 끊지 말고 끝까지 들어준 다음에 상대방을 공격하려는 것이 아닌 문제를 해결하려는 자세로 이야기를 나누는 것이 필요하다.

사람들은 본능적으로 공격을 받으면 반격을 하게 되어 있다. 서로가 공격을 하고 반격하기를 반복하면 상처만 깊어지고 쌓이게 되어 있다. 감정은행 계좌의 잔고가 줄어들어 잔고가 부족하면 해결하기 어려운 문제가 발생한다.

상대방의 말을 경청하는 자세는 정해진 것이 아니다. 상대방의 말을 되풀이하는 것이나 요약하는 것이 좋은 방법이기는 하지만 상대방의 말을 되풀이하는 것을 자신을 비웃는다고 생각할 수 있고, 요약하는 과정에서 잘못 판단하는 경우가 있어서 이런 자세가 상당히 위험할 수도 있다. 어떤 때는 아무 말을 할 필요가 없을 때가 있고, 때로는 얼굴 표정으로 당신을 이해하고 있음을 알려줄 수 있다. 상황에 맞게 적절하게 대응할 필요가 있다.

상대방의 말을 들을 때 대화의 내용도 중요하지만 비언어적인 면이 중요할 때가 있다. 상대방은 사람의 몸짓이나 얼굴 표정, 목소리의 어조를 통해서 상대방의 마음을 읽을 수 있다. 따라서 대화에 임하는 자세는 상당히 중요하다.

부부가 서로 신뢰가 쌓여 있으면 서로에게 솔직하게 이야기를 나눌 수 있지만 신뢰가 부족하면 상대방이 자신의 약점을 드러내기를 꺼려하여 더 오랫동안 인내력을 갖고 공감하는 경청을 해야 한다.

상대방의 말을 잘 들어주기 위해서 기술보다는 상대방을 진정으로 이해하고자 하는 마음이 중요한데 그것이 그리 쉽지만은 않다. 그렇게 하려면 상당한 인내가 필요하며 부부에게 맞는 기술을 개발하고 부단히 노력해야 한다.

배우자의 말을 경청하겠다고 마음먹었는데도 상대방이 사실이 아닌 이야기를 하거나 비난의 말을 할 때는 끝까지 듣지 못하고 중간에 상대방의 말을 끊기 쉽다. 상대방의 말이 사실이 아니라고 설명하거나 변명하기 쉽다. 이때부터는 경청이 아니라 상대방의 말에 반박하고 언성이 높아질 수 있다.

부부가 이야기를 나눌 때는 사실대로 진실되게 이야기하는 자세가 매우 중요하다. 아무리 화가 나더라도, 하고 싶은 말이 있더라도 상대방이 하는 말을 인내심을 갖고 끝까지 경청해야 한다. 물론 힘들다. 참기 어렵다. 하지만 끝까지 참아봐라. 한 번이 어렵지 그다음부터는 쉬워진다. 상대방의 말을 끝까지 다 듣고 나서도 반박하거나 핑계를 대지 말고 먼저 잘못된 부분이 있으면 인정하고 사과해야 한다.

그다음에 이해를 구하고 앞으로 그런 일이 반복되지 않도록 지속적으로 노력해야 한다. 물론 쉬운 일이 아니다. 하지만 부부의 행복을 위해서, 가족의 미래를 위해서 반드시 해야만 한다.

먼저 배우자의 말에 귀를 기울여 들어주는 것부터 시작하라. 잘 들어주는 것이 부부의 행복의 시작이다. 가정을 건강하고 튼튼하고 행복하게 만들어준다. 설사 어떤 문제가 발생하더라도 극복할 수 있다.

에니어그램의 9가지 성격유형의 특성

《한국형에니어그램 검사의 해석과 활용》에 정리된 에니어그램 9가지 성격유형의 특징은 다음과 같다.

1번 유형은 개혁가라고 한다.

원칙적이고 이상주의적인 타입으로 옳고 그름이 분명하며 양심적이고 윤리적이다. 일을 개선시키려고 하지만 실수를 할까봐 두려워한다. 정리정돈을 잘하며 까다롭고 높은 기준을 갖고 있다. 비판적이고 지나친 완벽주의가 될 수 있다. 성질이 급하고 자신이 정한 방식이 아니면 어떤 것에도 만족하지 않는다. 종종 일에 중독되어 있고, 시간을 엄수하고, 비판적이다. 일반적으로 분노나 조바심을 잘 억제하지 못한다.

2번 유형은 조력가라고 한다.

남을 위하여 대인관계를 존중하는 유형이다. 감정이 풍부하고 성실

하고 따뜻한 마음을 가지고 있다. 다정하고 친절하며 자신을 희생시키기를 잘한다. 그러나 감상적이고 아첨과 아부를 잘한다. 사려 깊고 다른 사람들과 가까워지려고 노력한다. 남들의 욕구에 따라가거나 강제로 도우려 한다. 일반적으로 소유욕 때문에 곤란을 겪으며 자신의 필요를 지각하는 것이 어렵다. 사랑이라는 이름으로 다른 사람 주위를 맴돌며 간섭하며 통제하려 한다.

3번 유형은 성취자라고 한다.

융통성이 있고 성공지향적인 유형이다. 자신감이 있고 사람의 마음을 끌며 매력적이다. 야망이 많고 유능하고 에너지가 넘치며 자신의 위치를 늘 염두에 두며 발전을 위해 항상 노력한다. 일을 수행하는 데 관심이 많으며 일을 잘하고 우월한 존재이며 다른 사람들보다 승진이 빠르다. 교섭에 능하고 침착하지만 자신의 이미지와 남들이 생각하는 자기 자신에 대해 지나치게 고민하기도 한다. 이 유형의 문제는 지나친 일중독과 경쟁심에서 비롯된다.

4번 유형은 예술가라고 한다.

내성적이고 낭만적인 유형이다. 자신을 잘 알며 감수성이 예민하고 말이 없다. 감정에 솔직하며 창의적이고 개인적이다. 자신은 다른 사람들과는 다르다고 느끼고 그 때문에 자신의 욕구가 충족될 때까지는 일반적인 사람들과 같은 삶의 양식으로부터 멀어진다. 자의식이 강하고 쉽게 우울해질 수 있다. 사람들을 피하는 이유는 자신이 약점이나 결함이 있다고 생각하기 때문이다. 이 유형은 평범한 삶의 방식을 경멸할수 있다. 우울증, 방종, 자기연민 때문에 문제를 겪을 수 있다.

5번 유형은 사색가라고 한다.

지각력이 있고 사색적인 유형이다. 경각심과 통찰력이 있고 호기심이 많다. 복잡한 생각이나 기술을 발전시키는 데 집중하는 능력이 있다. 자신의 내적 세계와 개인적 비전을 방해하는 어떤 것에 대하여 적대적인 입장을 취하기 시작한다. 독립심이 강하고 혁신적이며 독창적이다. 자신의 생각과 공상에 몰두하기도 한다. 초연하기도 하지만 일에 집착하고 강렬하기도 하다. 일반적으로 그들은 비정상적인 행위, 허무주의, 고립으로 고민한다.

6번 유형은 충성가라고 한다.

충성심이 있고 안전을 중시하는 유형이다. 의지할 수 있고 열심이며 책임감이 강하고 믿을 만하다. 그들은 훌륭한 문제해결사로 문제를 파악하고 협력을 촉진할 줄 안다. 방어적이고 회피적이고 결단력이 없고 신중하며 꾸물거리고 양면적이다. 근심이 많은 사람이 될 수 있다. 불만을 갖는 동안 스트레스에 시달리기도 한다. 우유부단하고 신중할 수 있으며 반항적이 되기도 한다. 일반적으로 이들의 문제점은 자기부정과 의심이다.

7번 유형은 낙천가라고 한다.

　바쁘고 생산적인 유형이다. 외향적이고 긍정적이며 다재다능하고 자발적이다. 노는 것을 즐기며 밝고 실천적이다. 일을 지나치게 벌여놓고 산만하고 규율을 잘 못 지켜서 자신의 능력을 적절히 적용하지 못할 때가 있다. 지루해지는 것을 두려워하고 부단히 움직이지만 너무 하는 일이 많아서 어설픈 전문가가 된다. 늘 새롭고 신나는 경험을 추구하지만 무엇인가를 유지시켜 나가는 데는 관심이 없고 피곤해한다. 일반적으로 충동적이고 참을성이 없어 문제를 겪는다.

8번 유형은 지도자라고 한다.

　힘 있고 적극적인 유형이다. 자신감이 넘치고 강하며 고집이 세다. 남을 보호하며 임기응변에 능하며 직설적이고 결단성이 있다. 자존심이 강하고 권력을 휘두르기도 한다. 자부심이 강하고 자기중심적이어서 자신의 의지와 비전을 강요한다. 자신들이 주변의 환경, 특히 사람들을 통제해야 한다고 생각한다. 가끔 남들과 대결하며 협박하기도 한다. 그들은 화를 조절하는 것과 약점이 있음을 인정하는 것을 어려워한다.

9번 유형은 중재자라고 한다.

　조화와 평화를 바라는 유형이다. 수용하고 믿을 줄 알며 안정적이다. 일반적으로 창의적이고 낙관적이며 남들을 잘 지지한다. 평화를 유지하기 위해 남들과의 좋은 관계에 지나치게 집착하기도 한다. 문제 상황을 회피하고 묻어둠으로써 별 반응 없이 둔감하고 자기만족적인 행동 양식을 보인다. 모든 일이 불화 없이 순조롭게 진행되기를 바란다. 결점을 숨기고 문제를 단순화시키며 속상한 일은 무조건 축소시키려는 경향이 있다. 일반적으로 게으름과 외고집이 문제가 된다.

남편을 보면 아내가 보인다

초판인쇄	2017년 10월 13일
초판발행	2017년 10월 20일

지은이	김은영
발행인	조현수
펴낸곳	도서출판 더로드
마케팅	최관호 최문순 신성웅
편집	정민규
디자인	호기심고양이

주소	경기도 고양시 일산동구 백석2동 1301-2
	넥스빌오피스텔 704호
전화	031-925-5366~7
팩스	031-925-5368
이메일	provence70@naver.com
등록번호	제2015-000135호
등록	2015년 06월 18일

정가 15,000원

파본은 구입처나 본사에서 교환해드립니다.